DE mal a PIOR

Hoo Editora Ltda.
Rua do Bosque, 1589 – Bloco 2 – Conj. 605
Barra Funda – Cep: 01136-001 – São Paulo/SP
Telefone/Fax: (11) 3392-3336
www.hooeditora.com.br
E-mail: contato@hooeditora.com.br
Siga-nos no Twitter: @hooeditora

SIMON JAMES GREEN

DE mal a PIOR

São Paulo
2017

UNIVERSO DOS LIVROS

Noah Can't Even
Copyright © Simon James Green, 2017
© 2017 by Hoo Editora
Todos os direitos reservados e protegidos pela Lei 9.610 de 19/02/1998.

Nenhuma parte deste livro, sem autorização prévia por escrito da editora, poderá ser reproduzida ou transmitida, sejam quais forem os meios empregados: eletrônicos, mecânicos, fotográficos, gravação ou quaisquer outros.

Diretor editorial: **Luis Matos**

Coordenadora editorial: **Rayanna Pereira**

Tradução: **Michelle Gimenes**

Preparação: **Aline Graça**

Revisão: **Jadson Gomes**

Capa: **Rebecca Barboza**

Diagramação: **Vanúcia Santos
(AS Edições)**

Dados Internacionais de Catalogação na Publicação (CIP)
Angélica Ilacqua CRB-8/7057

G83m

    Green, Simon James

    Mal a pior / Simon James Green ; tradução de Michelle Gimenes – São Paulo : Hoo Editora, 2017.

    320 p.

    ISBN: 978-85-93911-09-5

    Título original: Noah can't even

    1. Literatura juvenil inglesa I. Título II. Gimenes, Michelle

17-1547   CDD 823

para **Sarah**

Capítulo 1

Noah agarrava-se à vida. Um deslize e seria o fim. Ele não sabia ao certo quanto tempo mais seus dedos aguentariam. Se ele se soltasse... morte instantânea! Talvez essa fosse a melhor opção no momento. Será que era assim que tudo acabaria? Três semanas antes do seu aniversário de dezesseis anos. Será que ele havia feito o bastante em sua breve vida para garantir seu nome nas manchetes nos jornais? É claro que ele tinha ganhado uma medalha de soletração (segundo lugar, graças à capciosa palavra *dodecaedro*), doze distintivos de escoteiro e um certificado por preparar a melhor torta de maçã na aula de Tecnologia de Alimentos, mas isso bastava para que sua morte fosse considerada uma "tragédia"? Será que escreveriam coisas como "Ele tinha tanto a oferecer ao mundo" e "Sua morte é uma enorme perda, não só para a sociedade, mas também para a humanidade"?

Ele suspirou. *Provavelmente não.* Droga, por que ele não tinha doado o fígado para uma criança que precisava de transplante ou arrecadado milhões em doações para cãezinhos órfãos cegos do Peru? Por outro lado, ele queria mesmo virar notícia de jornal? Eles apenas ilustrariam a matéria com uma foto retirada de seu perfil do Facebook e, considerando sua sorte, provavelmente seria aquela em que ele está chorando em seu aniversário de treze anos, quando sua mãe contratou uma *stripper* porque achou que seria engraçado. Não foi. Nem um pouco. Tudo o que ele queria era pizza, boliche e dormir na casa do Harry. Em vez disso, ela tinha convidado um monte de amigos *dela,* além da Bambi Sugapops e seus seios aterrorizantes e anatomicamente impossíveis.

Pelo menos, em sua morte prematura, haveria certo tipo de glória. Pelo menos ele seria imortalizado, nunca envelheceria, ficaria jovem para sempre e…

– Desça daí, seu tampinha magrelo! – gritou a srta. O'Malley lá da base da estrutura de escalada, apitando para ele. – Já!

Noah sentiu os joelhos vacilarem ao olhar para ela lá embaixo. A srta. O'Malley tinha um rosto duro e enrugado, que claramente nunca tinha visto uma gota de hidratante na vida, e um corpo tão deformado por exercícios físicos que era um bloco retangular sólido de puro músculo. Ela não era só a professora de Educação Física do inferno; era o próprio Satã em roupas de ginástica.

– Não consigo, estou preso! – Noah mentiu, arrumando o short vergonhosamente curto que sua mãe lhe comprara no oitavo ano e que ele, desde então, se recusava a trocar por um mais novo. Se ao menos este fiasco terminasse rápida e discretamente, ele com certeza reconsideraria seu ateísmo.

– Se alunos do sétimo ano conseguem subir até o topo, você também consegue!

– Eles são menores. Mais ágeis! – O garoto mudou de posição, esperando que uma combinação de *distância* e *ângulos* a impedisse de enxergar o que ele tentava esconder.

– Desça daí!

Percebendo que suas opções se esgotavam rapidamente, ele decidiu usar a desculpa de saúde e segurança; deixar uma criança morrer dentro da escola nunca era uma boa.

– Srta. O'Malley, estou aqui *sem equipamento de proteção individual* e correndo sério risco de cair e sofrer uma lesão gravíssima.

– Ninguém se importa! – ela gritou, indicando que aparentemente o bem-estar dos alunos não interessava aos professores de Educação Física. Ela agarrou uma bola de ginástica e arremessou contra a base da estrutura. – *STRIKE*! – exclamou, como se estivesse jogando um tipo de boliche com pinos gigantescos. Então se afastou, provavelmente para pendurar cruzes de cabeça para baixo e sacrificar um bode.

Noah cerrou os dentes e observou a professora se afastar. Só era *strike* se os pinos fossem derrubados. E ele ainda estava bem... *de pé*.

Ele observou desesperado toda a extensão do ginásio de esportes. Os garotos estavam de um lado, fazendo uma série de exercícios bestas; as meninas estavam no outro lado, jogando o fino e sofisticado badminton. No canto mais distante, Eric Smith filmava secretamente as garotas com seu celular por trás de alguns colchões de queda, sem dúvida para que tivesse algo com que se divertir sozinho mais tarde. Eric olhou para cima e, claramente surpreso ao notar Noah o encarando, enfiou o telefone no bolso do short e se dirigiu à saída, mostrando o dedo do meio para Noah enquanto abria as portas duplas com um empurrão.

– Aaaaahhh – Noah choramingou, conforme a estrutura chacoalhava e seu melhor amigo começava a subir até onde ele estava. *Era exatamente disso que ele precisava.*

– Me mandaram buscar você – Harry explicou, escalando pelo lado oposto, de modo que seus narizes estavam quase se tocando.

Noah olhou para baixo e viu Jordan Scott, um brutamonte de um metro e oitenta de altura e quase um metro de largura, encarando-o e dizendo "Imbecil!" enquanto fingia tossir, para grande diversão de seu bando de puxa-sacos.

Tinha sido um erro. Noah estava dando um show e jamais sobreviveria ao desfecho agora inevitável. Ele teria que mudar de escola. Quando tudo terminasse, não valeria mais a pena continuar vivendo.

– Só me deixe aqui para morrer, Harry. Salve-se.

– Noah! Recomponha-se e deixe de ser covarde. É só colocar um pé abaixo do outro. E repetir o procedimento. Vou descer com você. Não pense na altura.

– O problema não é esse! – ele explodiu, sentindo as bochechas ficando vermelhas.

– Ok, qual é o problema então?

Noah desviou o olhar, desejando desesperadamente pegar fogo espontaneamente.

– Isto é ridículo. Terei que carregá-lo para baixo! – Harry disse.

– Haz, não!

– De jeito nenhum – ele disse, tentando dar a volta, a estrutura balançando perigosamente durante o movimento.

– Apareceu um problema de garotos! – Noah sussurrou, evitando com destreza as mãos de Harry.

Harry olhou para ele sem entender.

– *O quê?*

– *Apareceu* um problema de *garotos* – Noah repetiu –, por isso é *duro,* para mim, descer agora. Entendeu? Muito *duro.*

Um sorriso surgiu no rosto de Harry e ele baixou os olhos para o short de Noah.

– Oh, entendi.

– Não precisa olhar.

– *Uau!*

– Pare de olhar!

– Bem, o que causou isso?

Ele sentiu uma agitação no estômago.

– O quê?

– Tudo isso só porque eu fico *lindo* em minha nova camisa polo? Noah revirou os olhos.

– Cale a boca.

– Sophie! – Harry sorriu, o rosto radiante devido à descoberta.

– Não!

– Sim! Oh, sim! Eu sabia! Eu sabia...

– Cale a boca! Não tem nada a ver! – Noah fechou a cara. *Um comentário.* Ele tinha feito um maldito comentário despretensioso no nono ano. Um monte de garotos estava falando de garotas, e peitos, e sexo, e coisas do tipo no almoço. Havia sido terrível, porque todos pareciam já ter assistido a milhares de filmes pornôs e saber tudo sobre diferentes tipos de sexo. E ele nunca havia... Ele não pensava muito naquilo. Ele não sabia o motivo, apenas não pensava. Provavelmente, porque ele era *simpático* e *respeitável,* não um *maníaco sexual* como todo mundo. De qualquer forma, ele confidenciara ao Harry, enquanto voltavam para casa naquela tarde, que achava que Sophie tinha um "jeito agradável" e um "rosto bonito". Só isso. E então a coisa se transformou em:

HARRY: Oh, meu Deus, você está *apaixonado* por ela!

NOAH: Não! Quer dizer, ela é simpática, mas…

HARRY: Ela é *simpática*! Oh, meu Deus! Vindo de você, isso quer dizer que você quer fazer *tchaca tchaca na butchaca* a noite toda. *Isso, gata, adoro seu jeito agradável! Seu jeito agradável é tão sexy! Que jeito agradável, gata! Vem me dar seu jeito agradável sensual!*

NOAH: Vá para casa, Harry. Você está bêbado.

E, sinceramente, ele admirava *apenas* suas boas maneiras e sua simetria facial agradável. Sophie era uma garota incrível. Ela tinha um visual alternativo e descolado, usava só o que queria – não o que estava na moda e todo mundo desejava. Ela tinha um cabelo maravilhoso – ou, mais especificamente, cachos negros e brilhantes que ondulavam e cascateavam ombro abaixo e cheiravam a pêssego e, às vezes, a outras frutas perfumadas. Além disso, ela tinha a pele dourada mais radiante – graças à boa genética, por pura sorte ou por obra de bruxaria, *ela jamais tivera espinhas*. Sim, ela era mesmo perfeita. Mas o que Noah mais gostava nela era o fato de que ela era inteligente e não tentava fingir o contrário. Se você tira boas notas, geralmente é melhor disfarçar para não ser alvo de zombaria de outros alunos. Mas Sophie não se importava. Ela andava com seu pequeno grupo de amigas inteligentes, lendo e discutindo assuntos que não envolviam fofocas maldosas e rumores indecentes sobre quem estava ficando com quem. Ele havia passado por elas uma vez durante o almoço e ouvira perfeitamente a frase "Eu *leria* Dostoiévski, mas o texto parece denso demais, sabe?". E Noah então havia suspirado e desejado que um dia fosse aceito naquele grupo de amigas. Era tudo o que ele queria. Uma discussão sobre autores russos, em vez de sanduíches de salmão defumado e suco natural feito na hora. Ele não tinha pensado em fazer… *outras coisas* com ela. Não seria certo. Ela era tão sofisticada, culta e elegante. Algo tão primitivo e animalesco quanto sexo estava obviamente abaixo do nível dela.

– Noah, desista – disse Harry, balançando a cabeça e reposicionando os pés na estrutura de escalada. – Ela está totalmente fora do seu alcance.

Noah bufou.

– O que quer dizer com isso? – Claro, ele jamais seria considerado o garoto mais sexy da escola; aquele título pertencia ao Josh Lewis. (Para ser sincero, Josh tinha a injusta vantagem de ter *dezenove* anos, já que a escola aparentemente havia pedido a ele que ficasse por mais um ano para ajudar as equipes esportivas. Noah tinha suas dúvidas quanto à veracidade da história, mas um jovem tão atlético e com olhos tão expressivos não seria mentiroso, então devia ser mesmo verdade.) Mas Noah tinha vários pontos positivos ao seu favor: bons dentes, pés sem chulé e óculos relativamente novos com armação preta que lhe davam o visual de alguém que trabalha com publicidade em Londres. Sim, havia muito a ser trabalhado. Os outros garotos tinham mais tônus muscular e pareciam ser maiores, enquanto ele era magrelo e meio esquisito. Os outros garotos tinham mais pelos em lugares inesperados (e às vezes alarmantes), enquanto ele era… bem, *lisinho*. E ele ainda era mais baixo do que a maioria das garotas – exceto Maisie Andrews, que atualmente estava na cadeira de rodas, depois de ter quebrado as duas pernas ao cair do cavalo. Mas supondo que ela fique boa e possa andar novamente, ela também será mais alta que ele. *Mas,* e esse era seu trunfo, ele era bom *em tudo*.

Ele olhou para Harry com os olhos apertados.

– *O que exatamente você quer dizer?*

– Vamos colocar desta forma: que roupa você vai usar na festa da Melissa amanhã?

– Não vou à… oh, *engraçado*. Você é *engraçado*. – Noah fez uma careta. Ok, talvez haja um probleminha quanto à popularidade, mas e daí? Mesmo que quisesse ir àquela festa idiota para gente descolada, *o que ele não queria*, não haveria ninguém que ele gostasse na festa. E, mesmo que quisesse ir, *o que indiscutivelmente, sem dúvida nenhuma, ele não queria*, ele não tinha nada remotamente adequado para vestir. Mesmo que quisesse ir, *e ele não podia pensar em nada mais repugnante que perder tempo com os malditos convidados de Melissa*, ele teria que levar bebida alcoólica para entrar e, em hipótese alguma, conseguiria comprar algo, porque ainda parecia ter doze anos, embora não tivesse tal idade. Não, ele na verdade *preferia* passar a noite em casa, devorando um pacote tamanho família de salgadinho de queijo. Na realidade, ele até *pagaria* para fazer isso.

— Algumas pessoas gostam de geeks! — ele exclamou. — Algumas pessoas sabem que seremos nós que um dia teremos os melhores empregos e os maiores salários. Somos boas apostas em longo prazo! — Qualquer pessoa com a mínima visão de futuro enxergaria isso e começaria a namorá-lo agora mesmo.

— *Isso não importa*. Não parecemos uma boa opção para transar.

— Geeks também podem ter um pouco de *tchaca tchaca na butchaca*. Não é tão raro assim!

Harry virou o rosto na direção do amigo.

— Há… acho que é raríssimo. A propósito, se alguém quiser fazer *tchaca tchaca na butchaca*, provavelmente vai querer fazer *tchaca tchaca na butchaca* com alguém que faça *tchaca tchaca na butchaca* muito bem.

— Que tipo de gente é boa em fazer *tchaca tchaca na butchaca*? — Porque ele tinha sérias dúvidas de que seria ele, considerando que havia visto ilustrações na aula de Ciências e Saúde e aquilo parecia bem complicado.

— Não sei. Talvez alguém que tenha músculos peitorais e abdominais. Talvez tenha uma tatuagem…

— Não vou fazer uma tatuagem. Não sou trabalhador braçal.

— É esse tipo de coisas que as pessoas querem.

— *Você* está pensando em fazer uma tatuagem?

— Não. Talvez.

— *O quê?* — Noah chiou. — É ilegal em menores de dezoito anos!

— Quebrar regras. Isso é muito atraente. Todo mundo adora um *bad boy*.

– Vou contar para sua mãe. Você não pode confiar nesses lugares. Eles não têm treinamento médico, sabia? Enfiam agulhas velhas e sujas nas pessoas e o máximo que fazem é um curativo tirado do kit de primeiros socorros de escoteiros. É nojento.

– Relaxa. Não vou fazer uma *tattoo*.

– *Uma tattoo?* Uma *tattoo?* – No que Harry tinha se transformado? Por que ele estava usando gírias como se fosse um pivete traficante da esquina? – Você não pode ser descolado. Se você for descolado, serei a única pessoa não descolada da escola!

Harry sorriu.

– Não há perigo de eu ficar descolado, *tá ligado*?

– Não abuse da sorte. *Cabeça oca*.

– Falando em "cabeça", como está a sua? – perguntou Harry indicando as partes baixas do amigo.

– Pior do que nunca. Se você tiver um... *problema de garotos* por mais de uma hora, deve ir ao hospital. Li na internet. Não posso ser hospitalizado por causa de um problema de garotos! Seria um prato cheio para minha mãe. – Ele fechou os olhos e imaginou a cena: os médicos consolando sua mãe que chora sem parar. *Sentimos muito, sra. Grimes, não havia nada mais a ser feito... Apenas explodiu. A sala de cirurgia está coberta de sangue.*

– O que está acontecendo aí em cima? – a srta. O'Malley gritou, chacoalhando a base da estrutura novamente. – Esta não é uma reunião de senhoras! É a aula de Educação Física da turma do décimo primeiro ano! Não estou vendo nenhuma atividade *física* acontecendo!

– Veria se eu descesse – Noah murmurou, fazendo Harry segurar o riso.

– *Naomi* Grimes, traga seu traseiro magro até aqui. Já! – a srta. O'Malley berrou.

– Meu nome é Noah! – ele gritou, indignado. – Ela sabe muito bem que meu nome é Noah! – sussurrou para Harry.

– Acho que é óbvio que ela está debochando de você.

Houve uma agitação na entrada do ginásio de esportes quando Jess Jackson adentrou o local, segurando um punhado de folhas A5.

— CARAMBA! VOCÊS PRECISAM VER ISTO! — ela guinchou. — VOCÊS VÃO MIJAR NAS CALÇAS!

Noah observou a turma toda cercar Jess, arrancando os papéis de suas mãos, como se ela estivesse distribuindo balas de gelatina de graça na festa do sétimo ano.

— Que diabos está acontecendo? — Noah perguntou.

— Quem se importa? Provavelmente não é nada.

— Por que estão apontando para nós?

— Hum... acho que estão apontando para você.

Foi então que Jordan Scott ergueu uma das folhas, dando ao Noah uma visão bem clara de seu conteúdo, enquanto os alunos irrompiam em risos e deboches.

Noah engoliu em seco. Eram *flyers*. E ele sabia exatamente que *flyers* eram aqueles. Na verdade, ele já havia tentado destruir uma pilha deles, torcendo — ele havia até mesmo *rezado* — para que nunca vissem a luz do dia.

Capítulo 2

Noah se sentou no canto mais afastado da sala de aula, observando uma mosca solitária se lançar contra a janela repetidamente, ignorando o fato de que todos ainda o olhavam, como se ele acidentalmente tivesse ido para a escola pelado.

Sete anos! Ele havia mantido aquilo em segredo por sete anos! E então a maldita imbecil decidiu "apostar mais alto" (palavras de sua mãe) e mandou fazer alguns *flyers*. Ele jogara no lixo alguns que havia encontrado pela casa na semana anterior, mas ela devia ter mandado fazer mais. E agora todos sabiam; ela poderia ter mandado imprimir também aqueles cartõezinhos oferecendo *serviços de acompanhante* e os colado nas cabines telefônicas.

Oficialmente, sua mãe vivia de programa assistencial. Extraoficialmente, ela se apresentava em *pubs* e boates com a porcaria de sua performance vertiginosa: "Ruby Devine – Tributo à Beyoncé". O nome dela não era realmente Ruby Devine. Era um nome artístico para "aumentar a magia e o glamour" (palavras de sua mãe), mas também para manter os fiscais do trabalho longe de suas atividades. Até então, ela só havia se apresentado em cidades maiores da região e em alguns acampamentos de férias no litoral, o que significava que o verdadeiro horror do que ela fazia continuava sendo desconhecido pelos moradores locais. Mas, em uma tentativa equivocada de penetrar no mercado de Little Fobbing, ela havia mandado imprimir dez mil *flyers* tamanho A5 e, por motivos conhecidos apenas por sua pessoa idiota, claramente tinha deixado um monte deles na recepção em frente ao ginásio de esportes, e a maioria deles agora estava espalhada pela escola. Sua mãe, usando um *collant* catastrófico, fazendo beicinho diante da câmera, como se fosse de fato uma grande estrela aclamada internacionalmente. Ele teria se safado, já que mal dava para reconhecê-la com os cílios postiços e a peruca, se não fossem as informações no canto inferior direito do *flyer*:

Para agendamento de shows, entre em contato com Lisa Grimes.

E pela pequena biografia pessoal que ela acrescentara em uma tentativa de melhorar sua imagem:

Lisa tem se apresentado em muitos dos maiores e mais glamourosos estabelecimentos há mais de duas décadas. Mãe orgulhosa de Noah, ela divide seu tempo entre Nova York, L.A. e Little Fobbing.

Nada daquilo era remotamente verdade. Ela nunca havia estado em L.A. ou em Nova York, e ainda por cima *mãe orgulhosa*?! Será que ela estava se divertindo? Noah cerrou os pulsos, as unhas se enfiando nas palmas das mãos. Por que ela era totalmente incapaz de ser uma mãe normal? Por que não podia ser uma advogada ou executiva de respeito ou apenas receber o auxílio do governo tranquila e discretamente? No mínimo, por que ela não podia tentar, nem que fosse uma vez ao menos, *não* o envergonhar totalmente e arruinar sua já patética vida?

E o deboche na escola havia sido do seguinte nível:

– Tudo bem, Noah? Quanto sua mãe cobraria para fazer um show *particular* para mim?

E:

– Ei, Noah! Diga meu nome! Vamos, *diga meu nome*![1]

E até:

– Ei, Noah! Você tomou *limonada*? Sim, aposto que sim. Aposto que deve ter um monte de limonada em casa!

---

1 No original em inglês: "Say my name" e "Lemonade", em referência às músicas da Beyoncé. (N. T.)

Aquele havia sido o dia mais humilhante de todos. Pior do que aquela vez que sua mãe havia dito em voz alta que ele ficava "brincando com seu brinquedinho" na fila do KFC, quando, na verdade, ele não estava fazendo aquilo – ÀS VEZES ERA PRECISO DAR UMA AJEITADA NAS COISAS, CERTO?! Do jeito que as coisas iam, Noah agora tinha noventa e oito por cento de certeza de que Deus não existia. Deus devia recompensar os bons e punir os maus; era assim que Noah sempre achou que as coisas funcionassem. Mas ele não tinha sido mau. Pelo menos, não mau no sentido de ser um déspota maligno responsável por crimes de guerra. A lista de coisas ruins que ele tinha feito era verdadeiramente boba. Na verdade, os três principais itens seriam que ele havia:

1) Enfiado no bolso uma camisinha extra na aula de Ciências e Saúde, para o caso de se dar bem (mas que agora já havia passado do prazo de validade);

2) Sabotado a torta de maçã de Penélope Carter na aula de Tecnologia de Alimentos, aumentando a temperatura do forno, quando ela não estava olhando, fazendo com que a torta queimasse e garantindo, assim, sua própria vitória no Concurso de Melhor Torta de Maçã do oitavo ano;

3) Falsificado vários bilhetes de dispensa com a assinatura de sua mãe para os jogos de futebol nos meses de inverno (o que era mais do que justo, já que a professora usava dez camadas de roupas quentes e um kit de sobrevivência com revestimento de pele, que poderia ser usado para escalar o Everest, enquanto os alunos vestiam apenas um short fino de náilon e uma camiseta surrada. Era uma questão de *direitos humanos,* certo?!).

Então, as coisas ruins que ele havia feito não eram tão ruins assim no fim das contas. Sem dúvida, um ser todo-poderoso devia dar um desconto em algum momento, não?

Aparentemente, não.

– E aí, No-ah? – disse a voz pretensamente sensual.

De mal a pior

Jess Jackson jogou para trás seu cabelo tingido de loiro, sorriu maliciosamente e sentou no assento vazio ao lado dele. Noah gelou de pavor. Ela estava tão perto que ele sentia o cheiro de seu bronzeador artificial e de seu perfume do Justin Bieber. Todos os garotos sonhavam com a Jess. Cada centímetro dela era alisado, embelezado e pintado, com maquiagem pesada e escura nos olhos e sobrancelhas austeras. Os outros garotos pareciam gostar daquilo, mas Noah achava que ela estava mais para um palhaço demente saído de um filme de terror. Com sua saia acima dos joelhos, ela também ignorava descaradamente as regras sobre uniforme de um jeito totalmente inaceitável. Jess significava problemas. No quinto ano, ela havia levado o hamster da classe para casa na Páscoa – *e ele voltara morto*. No sétimo ano, ela havia jogado um KitKat para um cisne em uma excursão a campo para a aula de Geografia – *fazendo com que o animal atacasse uma criancinha que estava por perto*. No oitavo ano, ela claramente havia fingido uma convulsão após um evento escolar sobre epilepsia e, de algum modo, conseguira dispensa escolar; no nono ano, ela havia roubado um cavalo; no décimo, atirado uma baqueta na sra. Butcher e a polícia fora chamada. E esses eram apenas os casos que Noah conhecia.

– O que você quer, Jess? – Ele baixou os olhos para sua carteira, fazendo o possível para soar forte e controlado.

– Eu estava pensando, sua mãe faz outras performances além da Beyoncé?

– Não.

– Ela não faz Miley Cyrus?

– Não.

– Ela faz o *twerk*, Noah? Ela faz o *twerk* a noite toda?

– Não, não faz.

Respostas diretas. Diretas. Não diga nada que possa ser usado contra você.

– Você está ficando vermelho. É porque está ficando excitado, pensando em sua mãe fazendo o *twerk*?

Ele engoliu em seco. *Ignore. Não reaja.*

– Está todo mundo fazendo o dever? – a srta. Palmer disse, inspecionando a sala. – Jess?

– Estou *discutindo* com Noah, professora, a respeito de uma das perguntas, mas ele não sabe a resposta! Tem certeza de que ele é *bom* em tudo?

– *Vá à merda!* – Noah sibilou. Como essa *total imbecil* ousava questionar seu sucesso acadêmico conquistado a duras penas!

– Ooh, Noah, olha só, quem está ficando *ejasperado*!

Ele se encolheu.

– É *exasperado*. Olha só quem está ficando *exasperado*!

Não havia nada mais irritante para ele do que erro gramatical, mas ou Jess não tinha entendido ou estava deliberadamente provocando ainda mais.

– Não sou eu quem está com raiva, Noah! Você é um *doido batido*!

– Cale a boca!

– Você está tão *preturbado*!

– PELO AMOR DE DEUS!

– Você está *amargorado*! Você está *ranziza*! Você…

– Cale a boca. Apenas CALE A BOCA! – ele gritou.

Silêncio. A turma toda parou o que estava fazendo para olhá-lo. A srta. Palmer cruzou os braços e lançou um olhar de censura em sua direção.

O garoto sentiu o sangue sumir de suas bochechas. Ele havia deixado Jess atingi-lo. Você não responde a gente como ela. É melhor só ouvir a provocação e não lhes dar munição. Quando é que ele aprenderia?

– Babaca – Jess disse, levantando-se tão bruscamente que a cadeira tombou para trás. – Bela barraca.

Vendo pelo lado positivo, ver sua mãe de *collant* pelo menos acabava com qualquer *problema de garotos*.

– Eu não…

– Oh, sim. Pessoal! Noah armou a barraca porque está pensando em sua mãe pop star! – ela gritou, para alegria do resto da turma.

– Jess! Já chega! – gritou a srta. Palmer.

Jess foi gingando até sua carteira enquanto o barulho morria. Ele cerrou os dentes e considerou seriamente atirar seu lápis no chão *com toda força,* ou talvez quebrá-lo no meio ou algo do gênero. Mas era um lápis Mirado Black Warrior da Paper Mate com grafite de dureza média e corpo de cedro fechado por pressão envolvendo um núcleo muito macio. E havia acabado de ser apontado. Ele não estava preparado para estragar um material de papelaria tão bom por causa dela.

O garoto suspirou. Ele nunca havia feito nada contra Jess. Por que ela não podia continuar levando sua vida inútil e deixá-lo em paz para levar a dele? Por que o dia tinha que piorar cada vez mais? Ele olhou discretamente para o outro lado da sala, para ver se Sophie também estava se divertindo à custa dele.

Não.

É claro que ela não estava. Porque Sophie era amável e sempre fantástica e não faria algo do tipo. Ela estava apenas terminando seu trabalho em silêncio – com todas as respostas corretas e sua caligrafia perfeita, Noah imaginou. Sophie Perfeita. Sophie perfeita, inteligente e que dava duro, mas ainda assim era popular, mesmo que não ligasse para popularidade.

Se ao menos ele pudesse ser um pouco mais como ela.

Por que sua carga de azar tinha de ser tão grande?

Droga. Agora ele estava noventa e oito vírgula cinco por cento certo de que Deus não existia. Noventa e oito vírgula cinco por cento certo de que não podia ser uma força totalmente maligna e cruel em ação. A vida não era um milagre realizado por um ser superior; era apenas falta de sorte.

E ainda assim…

E se, na verdade, seu quase-ateísmo tivesse *irritado* um Deus bem real e vingativo, que agora estava determinado a transformar sua vida num inferno devido à sua falta de fé? O que fazer?

Bem, Deus, se você existe, ele pensou, *a hora é agora. Esta é sua última chance. Você tem uma chance de exatamente um vírgula cinco por cento de provar sua existência para mim. Faça algo de bom acontecer. Só uma coisinha. Prove. Prove até a hora que o sinal tocar no fim da aula e eu reconsiderarei minha posição.*

– Ok, pessoal! – disse a srta. Palmer, arrastando-se até a frente da sala.

Noah olhou para cima, recusando-se deliberadamente a dar seu usual sorriso encorajador, já que a srta. Palmer não conseguira repreender Jess de forma aceitável.

– Ouçam: aqui está o que quero que todos vocês preparem no fim de semana para a aula de segunda-feira…

– Segunda-feira?! – disse Jess, levantando os olhos das unhas que estava lixando.

– Sim, segunda. Vou dividi-los em grupos de três e definir aqueles que serão "a favor" ou "contra" a construção de um novo supermercado fictício em Little Fobbing. Vocês terão que imaginar que estamos em uma grande assembleia do conselho municipal e terão que apresentar seus pontos de vista. Todo mundo entendeu?

Houve murmúrios de descontentamento geral por parte dos alunos descolados, que não queriam que o fim de semana, geralmente dedicado à bebedeira ilícita e ao exercício de sua popularidade, fosse prejudicado. Noah pegou sua melhor caneta-tinteiro e abriu a agenda de tarefas escolares numa página em branco, pronto para fazer anotações. Haveria tempo para se divertir quando ele fosse milionário. E estava tudo bem. Sério, estava mesmo.

– Certo! – A srta. Palmer analisou a sala, formando os grupos. – Jess com Jordan e Tom… Ella com Louise e Eric…

– Jesus… – murmurou Ella.

– Sophie, você pode ficar com…

Noah prendeu a respiração e olhou para cima como um suricato animado, esperando chamar a atenção da srta. Palmer para que ela o escolhesse. Estar no mesmo grupo que Sophie podia resolver tudo! Graças à sua mãe, sua popularidade estava em baixa, mas Sophie podia ajudá-lo a melhorar sua imagem aos olhos dos outros; seu estilo enigmático passaria para ele! Não apenas isso, já que ela era um par cuja inteligência estava no mesmo nível que o seu, então seria ótimo tê-la no projeto, e assim ele não teria de fazer o trabalho inteiro sozinho enquanto outra pessoa levava todo o crédito.

– Você pode ficar com Jon e Lauren...

Noah afundou na cadeira. Noventa e nove vírgula noventa e quatro por cento. Pra que tudo aquilo? As coisas estavam péssimas e sempre estariam péssimas. Ele chafurdou na autopiedade enquanto a srta. Palmer continuava formando grupos com o restante da classe, com sua porcentagem de certeza ateísta aumentando como o mostrador de um cronômetro. Noventa e nove vírgula noventa e cinco por cento. Noventa e nove vírgula noventa e seis por cento. O Ser Todo-Poderoso tivera a oportunidade perfeita de provar sua existência e a perdera.

Apenas quando a srta. Palmer começava a explicar no que exatamente consistia o projeto foi que ele se deu conta de que não fazia parte de nenhum grupo, com ou sem a melhor garota da turma. Noah entrou em pânico. Todos os outros tinham grupo. Por que ele havia sido deixado de fora? Então ergueu a mão.

– Responderei as perguntas no fim, Noah.

Obviamente, então seria tarde demais. Se ele esperasse até o fim, o sinal tocaria e todos sairiam da sala, e ele ficaria sem nenhum grupo. Ele teria de fazer o exercício sozinho, sem ajuda. O que significava que não teria as melhores notas. Inaceitável! Noventa e nove vírgula noventa e sete por cento.

– Noah ainda está com a mão levantada! – Jess disse com prazer.

– *Responderei as perguntas no fim!*

Noventa e nove vírgula noventa e oito por cento.

– Talvez ele precise ir ao banheiro, professora – sugeriu Ella.

Oh, lá vamos nós! Noah pensou, sabendo bem o que viria em seguida.

– Ele pode mijar nas calças de novo, professora, como naquela excursão do oitavo ano ao London Dungeon – Jess acrescentou.

– O que foi, Noah? – suspirou a srta. Palmer.

Noventa e nove vírgula noventa e nove por cento. Ele baixou a mão.

— Ainda não tenho grupo, professora — murmurou.

— Certo. Por que não disse nada?

— Ninguém vai querer ficar no mesmo grupo que *ele* — disse Jess.

O sinal tocou. Era o fim. Término da aula. Fim da oportunidade do Ser Todo-Poderoso provar sua existência. Tudo acabado.

E então as nuvens se abriram, os anjos cantaram, uma luz ofuscante brilhou enquanto a terra tremia e um milhão de querubins lançavam flechas de felicidade no ar alegre... e o maior milagre de todos os milagres aconteceu.

Capítulo 3

—Na verdade, eu ficarei com o Noah. – Foi Sophie quem disse. Ela havia se voluntariado para trabalhar com ele. Mas, falando sério, como assim?!

– Ótimo. É para a primeira aula de segunda! – a srta. Palmer gritou, quase inaudível com todo o barulho.

Noah encarou sua carteira, incapaz de fazer sua perna direita parar de balançar. Ele não ousava olhar para Sophie. Não ousava fazer nada além de continuar sentado, imóvel, para o caso de tudo ser tomado dele de repente, tão rápido e fácil quanto lhe fora concedido. Aquilo era loucura. Por que ela iria querer trabalhar com ele? Por que ela colocaria sua popularidade em risco *se oferecendo* para trabalhar com ele, em vez de aceitar com relutância uma parceria forçada pela professora?

– Oi, Noah.

Era ela. Era Sophie. Ela estava parada ao lado dele. Falando. Oh, Deus!

– Quer combinar um horário para a gente se encontrar?

Noah olhou para ela perplexo.

– Você quer se encontrar?

– Sim.

– Comigo?

– Vamos trabalhar juntos na apresentação.

– Ah, é. Certo. Claro.

Ele não podia acreditar. Ela estava perguntando se ele queria encontrá-la. Sua mente girava: ele vestiria sua jaqueta com capuz azul; ele ficava bem nela. E usaria Lynx Africa. Ele sabia que as garotas *amavam* o cheiro desse perfume. Se sua mãe lhe desse algum dinheiro, ele poderia levar Sophie a um café. Compraria um milk-shake para ela. Era isso o que as pessoas faziam quando se encontravam, não? Ele tinha quase certeza de que havia visto algo do tipo na TV, antes que eles...

— Podemos ir até sua casa agora para fazer? – Sophie sugeriu.

Ele a fitou com olhos arregalados. Certamente, ela não estava se referindo a... *aquilo*, estava? Não aquilo. Sem dúvida, não. Não tão rápido... Ele limpou a garganta.

— Quando você diz que quer *fazer*, quero dizer... O que você quer dizer?

— Fazer o dever de casa – ela continuou, paciente. – Daí não precisaremos nos preocupar com isso no fim de semana.

— Isso. Entendi. Ótimo. – Era uma notícia excelente. Ele detestaria se envolver em algum tipo de relação sexual. – Mas... você disse *agora*?

— Isso.

— Na *minha casa*?

— É que meu pai está em casa e ele é simplesmente irritante. Você sabe como são os pais.

Ele sabia.

— Sei... – Ele conseguiu concordar com um movimento de cabeça. Mas *agora*? *Agora* mesmo?! Ele estava usando o uniforme escolar, a casa estava uma bagunça, ele sabia que não tinha Coca-Cola ou outra coisa boa para beber na geladeira e seu quarto estava cheio de roupas sujas, e lenços de papel espalhados, e outras coisas que ele não queria que ela visse. Não. "Agora" não era bom. "Agora" era um desastre. "Agora" era...

— Agora está bom para mim – disse Noah. – Agora... está *muito* bom.

Ela sorriu para ele. Era uma boa reviravolta. Ele podia ainda ser alvo das piadas, mas enquanto ambos caminhavam pelo corredor rumo à saída, ninguém disse nada; ao menos, não na sua cara. Todos cochicharam. Encararam por tempo demais. E, sim, fizeram uma coreografia inteira da Beyoncé, que obviamente devia ter demorado um tempão para ser montada e que incluía dançarinos de fundo do sétimo ano, *mas ninguém disse nada na sua cara.*

Harry estava sentado, como sempre, na mureta perto dos portões, mascando chiclete preguiçosamente enquanto observava Noah e Sophie se aproximarem.

– Tudo bem, Harry? – disse Noah, se esforçando para fingir que não havia nada de mais acontecendo. – Você conhece Sophie, não?

– Sim, me lembro com facilidade de todos que andaram com a gente. E aí, Sophie? Tudo bem?

– Tudo bem, obrigada, Harry. Acho que nunca andamos juntos de fato, não?

Harry deu de ombros.

– Precisamos corrigir isso então.

– Precisamos.

Como Harry conseguia manter uma atitude tão natural e descontraída naquela conversa? Como ele, de repente, parecia algum tipo de herói de ensino médio todo americano, todo *descolado* e fazendo sucesso com as garotas, enquanto Noah claramente se mostrava como um bebê balbuciante?

Ele decidiu assumir o controle.

– Enfim... Sophie e eu estamos trabalhando em um projeto de Geografia. Vamos até minha casa agora para terminar a tarefa, já que é para segunda, então...

– Então, você está me dispensando? – Harry perguntou.

– Eu estou... *o quê*? O que estou fazendo com você?

– Me dispensando.

Noah ficou vermelho. Aquilo soara terrivelmente sexual e estranho, mas eles *estavam* com Sophie, e ela *era* legal, e descolada, e coisas do tipo, então ele supôs que devesse se esforçar e usar o inglês americano moderno, ainda que aquilo o deixasse totalmente maluco.

– Há... bem, preciso *dispensar* você, se estiver tudo bem, Harry, porque Sophie e eu só vamos para casa fazer esse negócio. Mas depois que a gente terminar, posso te encontrar se você estiver a fim, ok?

– Tanto faz, sem problema.

Harry estava se mostrando indiferente àquilo tudo, mas Noah sabia que não era bem assim, e se sentiu péssimo. Era a primeira vez que eles *não* voltavam para casa juntos depois da escola. A primeira vez desde o sétimo ano.

– Vou compensá-lo depois, Harry.

– Escutem, meninos – Sophie disse, se sentindo culpada –, podemos deixar para outra hora, sem problema. Quer dizer, *agora* seria um bom momento, mas se vocês já tinham planejado alguma coisa...

– Não! – os garotos disseram em coro.

Sophie olhou para Harry e depois para Noah.

– Tudo bem. *Ótimo.* Podemos ir juntos parte do caminho, pelo menos, não?

Noah prendeu o olhar ao de Harry, passando uma importante mensagem subliminar. A mensagem era clara: *Estou com Sophie. Isto é importante. É minha chance de impressioná-la.*

– Na verdade, tenho que encontrar um pessoal – Harry disse, encerrando o contato visual.

– Ok, *ótimo.* – Noah assentiu. – Do clube de informática?

– Não – Harry respondeu.

– Oh? Então... então *quem*?

– Noah, você pode apenas, sabe, *ir embora*? – Harry sugeriu, enfiando mais um chiclete na boca. *Agora ele estava mascando dois chicletes.* Era rebeldia pura. Chicletes não eram permitidos na escola. Harry se levantou. – Falo com você depois. Boa sorte! – E deu uma piscadela. Harry *deu uma piscadela.*

Noah o fitou, perplexo.

– O que quer dizer?! – perguntou. – O que quer dizer com "boa sorte"? Por que eu precisaria de sorte? Não está acontecendo nada. Está tudo normal! Não é um encontro! – Ele virou-se para Sophie em uma tentativa de conter os danos. – Não é, Sophie, de verdade. Não sei de onde ele tirou essa ideia!

– Acho que ele estava se referindo ao projeto de Geografia – Sophie acudiu.

– O quê?

Harry deu de ombros novamente. *Ele estava fazendo muito isso. E mascando demais o chiclete. O que significava?*

– Exatamente. Boa sorte com o projeto. O que achou que eu queria dizer?

– Você deu uma piscadela ao dizer isso, então parecia que você queria dizer...

– Que eu queria dizer "tchau", talvez?

– Não, mas piscadelas às vezes significam que a pessoa está falando, no fundo, de... sexo... coisas assim.

– *O QUÊ?!* – Harry e Sophie disseram ao mesmo tempo.

Noah engoliu em seco. Ele havia entendido tudo errado. E queria bater a cabeça na parede. *Por que você é um completo desastre social? Por que não é trancafiado em algum lugar para poupar os outros de situações constrangedoras?* Ele bancou o insolente, já que não queria chamar ainda mais atenção para o fato de que era um COMPLETO IDIOTA.

– Enfim. Bom. Agora entendi o que você quis dizer. É óbvio. Tudo bem. Boa sorte com o projeto de Geografia. *Obrigado.*

Harry balançou a cabeça, incrédulo.

– Me liga.

– Ligarei. Já ia ligar, de qualquer forma. – Tirou uma bala de gelatina levemente cheia de fiapos do bolso e a colocou na mão de Harry, como uma forma de pedir desculpa por não ir embora com ele. – Vá com cuidado.

Harry revirou os olhos.

– É uma caminhada de espantosos cinco minutos, então espero conseguir evitar os sequestradores, terroristas e perigos iminentes. A gente se vê, Soph. – Ele sorriu para ela. Ele tinha um sorriso *muito charmoso,* Noah pensou. *Muito charmoso* mesmo. Será que ele estava secretamente tentando ganhar Sophie com aquilo? Será que estava tentando seduzi-la com seus profundos olhos castanhos nos quais era possível se perder? Além do fato de ter uma franja jogada perfeitamente para o lado, sem redemoinhos? Será que ele estava tentando encantá-la com o fato de ser alguns centímetros mais alto que Noah, não ter bolsas debaixo dos olhos e ter um nariz pequeno e levemente arrebitado? Ele e sua visão 20/20 e seu IMC perfeito! E em seus braços era possível ver músculos definidos surgindo. Noah havia notado isso na aula de Educação Física. E também notara outra coisa… algo possivelmente mais preocupante. Harry, de repente, tinha começado a usar cuecas boxer da Calvin Klein. O tipo de roupa íntima de pessoas que estão pensando em enfeitiçar outras para levá-las para a cama, com certeza! Por que essa mudança repentina? Até então, Harry sempre havia usado cueca simples, vendida em qualquer loja de varejo da rua principal. Agora, ele era uma pessoa que usava cueca de marca. Noah não comentou nada sobre os últimos acontecimentos, mas talvez tudo fizesse sentido. Talvez, Harry estivesse competindo com Noah pela atenção de Sophie.

Noah observou Harry se afastar com seu gingado, todo arredio e misterioso. Arredio, e misterioso, e charmoso, e herói de ensino médio todo americando, usando cueca boxer da Calvin Klein…

– Será que podemos ir agora, *por favor*? – Sophie perguntou, arrancando Noah de seus devaneios.

– O quê? Ah, hum, claro! Vamos, vamos, vamos!

Capítulo 4

Se Little Fobbing tivesse uma entrada totalmente verdadeira na Wikipédia, seria algo assim:

Little Fobbing

Little Fobbing é uma cidadezinha ridícula no meio do nada, sem absolutamente nada de bom para se fazer; habitada principalmente por pessoas com mais de 130 anos. Venha para cá se quiser ser agente funerário; do contrário, nem perca seu tempo. Veja também: Inferno, Poço do Abismo, Casa do Capeta, Purgatório.

A casa de Noah ficava em um terreno plano e havia sido construída com tijolos baratos na década de 1980, durante uma aparente falta de criatividade arquitetônica nacional. Ele respirou fundo e virou a chave na fechadura, apresentando à Sophie o minúsculo vestíbulo e a sala, onde descobriu, embaraçado, que sua mãe havia montado um varal de chão e pendurado orgulhosamente suas ridículas calcinhas de babados e fios-dentais horrorosos.

– Oh, meu DEUS! – ele exclamou, se jogando em frente ao varal em uma tentativa de escondê-lo. Alucinadamente, ele fechou a estrutura e a jogou pela porta da cozinha/sala de jantar, tirando-a de vista.

– Não são minhas, claro! – ele riu, tentando descontrair, mas percebendo imediatamente que soava exatamente como se *fossem* dele, ou então por que ele se daria ao trabalho de negar?

– Quer dizer, não uso calcinhas!

Não, isso fazia parecer como se usasse.

– São da minha mãe. Não minhas. Eu não usaria calcinhas. Odeio.

Odeia calcinhas?!

–… a menos que estejam em uma garota como…

Oh, cale a boca, seu completo idiota, agora está parecendo um pervertido.

– Não uso calcinhas. Garotas usam calcinhas. Calcinhas são ok em garotas. Mas não penso muito nisso.

Ele confirmou com um movimento de cabeça. Era o melhor que podia fazer.

– Uau – disse Sophie, ignorando Noah e observando a sala.

– É. Desculpe – respondeu o garoto, lançando um olhar para as cortinas desbotadas e frouxas, o aparador caindo aos pedaços e a TV de tubo de vinte e uma polegadas. O motivo pelo qual ele não queria que as pessoas fossem à sua casa? A vergonha de morar ali. Tudo naquele lugar gritava o quanto eles estavam falidos.

– Não, eu gosto.

– O quê?

– Tem personalidade.

– Essa é uma forma gentil de dizer que é esquisita – Noah disse, convencido de que ela estava apenas sendo educada e que, por dentro, estava morrendo de rir daquele buraco doido em que havia acabado de entrar.

– Tem história. – Sophie sorriu. – Gosto disso. Como o sofá, por exemplo. Tem alma.

Noah se esforçou muito para não olhar estupidamente para ela. Alma? A única coisa que aquele sofá puído provavelmente tinha eram *pulgas*. Alma, com certeza, não.

Por que ela estava sendo tão simpática? Ninguém em seu juízo perfeito seria tão simpático assim, exceto Harry, é claro. Parecia que ela estava se preparando para derrubá-lo. Como se estivesse, na verdade, zombando dele, mas de um modo muito esperto e astuto.

– É sua mãe, né? – ela perguntou, olhando para uma colagem na parede, cujas fotos eram de shows que ela havia feito.

– É – ele murmurou, esperando o comentário maldoso que certamente viria em seguida.

– Foto bacana. Você já viu o show dela?

– Algumas vezes. *Trinta e seis e contando*.

– É bom?

Noah deu de ombros. O show era provavelmente a pior coisa que ele já tinha visto na vida, consistia em uma coreografia decadente, dublagem ruim e uma máquina de fumaça portátil que frequentemente dava pau e soltava uma fumaça densa, que quase asfixiava o público. Estranhamente, as pessoas geralmente aplaudiam e gritavam animadas. Talvez, estivessem zombando dela. Talvez, achassem que sua mãe fazia parte do "programa" que ajudava pessoas talentosas a encontrar emprego no campo das artes, e sentissem que deviam encorajá-la.

– Não sei, provavelmente é ok quando se está bêbado.

– Sei o que estavam falando sobre isso na escola – ela afirmou, olhando-o. – Embora alguns garotos não estivessem de forma alguma achando ruim, se é que você me entende.

– Oh, meu Deus! É sério?

– *Sério*. O pessoal da nossa escola é tão patético e desrespeitoso. Exceto você.

– Oh, claro, obrigado – ele disse. – Elogio… aceito. Mas quer dizer… aqueles *flyers* idiotas que ela fez não ajudaram em nada.

– Mas é como os artistas conseguem trabalho. Precisam divulgar sua arte.

– Sim, mas *naquele collant*? Você viu? Fazendo beicinho e… usando *collant*.

– Não há nada de errado com o *collant*.

– Ela tem quarenta anos!

– Você também terá quarenta um dia.

– Sim, mas quando tiver, não usarei *collant*!

Sophie riu, e Noah relaxou e sorriu timidamente. Afinal, ela não ia debochar. E por que debocharia? Aquele tipo de coisa estava abaixo do seu nível. As coisas estavam indo bem, ele supôs.

– E o seu pai?

As coisas *não* estavam indo bem.

– O que tem ele? – Noah disse, fingindo estar ocupado tirando seu material da mochila e colocando tudo no canto do velho sofá vagabundo. E, afinal, o que ele *podia* dizer sobre seu pai? Que ele havia sumido seis anos atrás e que ninguém sabia onde ele estava? Que ele havia deixado Noah e sua mãe sem nada? O que Noah podia contar a ela? *Meu pai foi embora. Não sei para onde. Não sei por quê. Ele arruinou nossas vidas, mas ainda sinto a falta dele. E ainda o amo. E sei que parece loucura, mas tudo seria melhor se ele simplesmente voltasse.*

– Nada. Eu só... – Sophie deu de ombros e desviou o olhar. – Nada.

Noah baixou os olhos e se perguntou se devia dizer alguma coisa. Ele sabia o que ela estava pensando. *Todo mundo* conhecia a história. Ele havia acabado de fazer dez anos quando seu pai sumiu. Quando perguntou à sua mãe para onde o pai tinha ido, ela simplesmente disse que não sabia. Na primeira noite, na segunda noite, na terceira semana, no quarto mês, ela tinha dito que "não sabia". Mas então as pessoas começaram a falar. Dizendo que fazia tempo que não viam o pai dele – onde ele estava? Então Noah começou a inventar histórias, porque dizer que não sabia parecia estranho demais. Então dizia que o pai estava "de férias", ou "visitando uns amigos", ou "trabalhando em outro lugar". Mas, conforme o tempo passava, as pessoas ficavam mais e mais intrigadas, principalmente porque se sabia que ele devia dinheiro para um monte de gente da cidade. As pessoas começaram a debochar: "Seu pai ainda está 'trabalhando em outro lugar', não é?". Eles o provocavam e sua mãe não dizia nada – nem mesmo falava sobre o assunto com ele. Ele não conseguia mais aguentar. Então criou a maior de todas as histórias: seu pai tinha sido capturado por piratas. Parecia a desculpa perfeita: explicava por que seu pai tinha desaparecido. Explicava por que nunca mais ouviram falar dele. E talvez ainda fizesse as pessoas sentirem pena de seu pai, mesmo que ele devesse dinheiro a elas.

O problema era que ninguém tinha acreditado nele. *Tudo bem,* ele pensou. *Vou provar.* Então escreveu um bilhete pedindo resgate, para dar credibilidade à história. Mas então alguém notou que o bilhete tinha sido escrito usando letras recortadas do jornalzinho da escola primária, embora os piratas fossem, segundo Noah, de "Tombuctu" – que fora o primeiro lugar supostamente estrangeiro que lhe ocorrera.

Tudo bem, ele pensou. *Vou apresentar mais provas.* Então, em uma reviravolta final, Noah produziu e estrelou um vídeo supostamente gravado pelos sequestradores. Ele tinha ouvido falar de ataques de piratas no telejornal, então sabia que os piratas eram reais, mas não lhe ocorreu que fossem bem diferentes daqueles vistos em livros e filmes e que talvez tivessem armas modernas e usassem tecnologia para se comunicar. Então, ele vestiu um chapéu com a figura da caveira e ossos cruzados, um tapa-olho e dez colares de sua mãe. Ele filmou utilizando um programa que deixava a imagem granulada e distorcida e... pronto! Lá estava um pirata sequestrador cruel dizendo ao mundo que o pai de Noah "dançaria a giga do cânhamo" ou teria que "andar na prancha". Ele encerrou com um "Yo ho ho" e com um "Macacos me mordam" para dar mais autenticidade ao vídeo. Com alguns cliques, a obra de arte foi colocada no YouTube.

E então... *calamidade!* Em algumas horas, o vídeo conseguiu um número absurdo de curtidas e se tornou viral. "O vídeo mais engraçado do mundo!", alguém comentou. Ou: "Esse moleque é maluco!". Todos riram. Todos acharam que era uma piada e ninguém jamais esqueceria aquilo. E aquela história de pirata era algo que as pessoas usavam até hoje para ridicularizá-lo. Ninguém havia, nem por um segundo, considerado que ele era um garoto de dez anos que estava confuso, assustado e arrasado por seu pai ter sumido.

– Agora somos só eu e minha mãe – afirmou o menino, desesperado para mudar de assunto porque sentia as lágrimas chegando e não queria chorar na frente dela. *Controle-se!* disse a si mesmo. *Não faça caso. Aja com naturalidade!* – Quer beber alguma coisa?

– Uma xícara de chá seria ótimo – a garota respondeu, se jogando no sofá.

– Chá? Ok. Chá. – Estava tudo bem, ele conseguia fazer aquilo. Saquinho de chá, água quente, leite. Mas e se ela quisesse um tipo especial de chá? E se ela quisesse Earl Grey, ou Darjeeling, ou outra coisa? E se ela quisesse açúcar? Será que eles tinham açúcar?!

– Está tudo bem? – Sophie perguntou.

E SE ELA GOSTASSE DE BEBER CHÁ COM ALGO ESQUISITO, TIPO, UMA RODELA DE LIMÃO?!

– Sim, está. Claro que está. Também gosto de chá.

– Que bom.

– Chá é ótimo – ele confirmou com um movimento de cabeça entusiasmado, tentando iniciar uma conversa despretensiosa como qualquer pessoa normal. – Chá é incrível. Adoro chá. O bom e velho chá inglês!

Sophie olhou para ele e ergueu a sobrancelha, divertida.

– Relaxe, ok?

– Ok – Noah concordou. – Ok.

Ele deslizou para a cozinha destruída, botou a água para ferver, respirou fundo algumas vezes e massageou as têmporas.

– Ok, ok – disse a si mesmo, desejando ter voltado para casa com Harry em vez de Sophie, para que pudessem passar meia hora relaxando em frente à tv assistindo a programas infantis idiotas.

Não. Não, ele tinha que impressioná-la. Ela tinha que acabar gostando dele o bastante para que, talvez, se tornassem bons amigos e para que as pessoas pensassem que, no fim das contas, ele era só um garoto comum e normal. Isso seria ótimo.

Ele lavou algumas canecas sujas na pia e, na falta de uma esponja de lavar, tentou esfregá-las com os dedos. O que Sophie estaria fazendo naquele instante? Estaria xeretando as coisas? E se ela achasse a lista de pratos sugeridos para o jantar que ele tinha preparado para sua mãe, a qual ela tinha rejeitado impiedosamente e chamado de "porcarias esnobes do *MasterChef*"? Um garoto normal não anota ingredientes para preparar um "duo de porco acompanhado de batata rosti e aipo, purê de maçã e sálvia assada, seguido por *panna cotta* de pétalas de rosas com biscoito amanteigado vienense de lavanda e ameixa". Oh, meu Deus.

Chá.

Ele estava procurando chá no armário. Onde é que estava? Um pote de café instantâneo... vazio... adoçante, um pote de extrato de carne já endurecido... Noah começou a entrar em pânico, abrindo portas aleatórias do armário. Onde diabos estava o chá?

— Está tudo bem aí? — Sophie perguntou da sala.

— Há... sim!

— Precisa de ajuda?

— Não! Não, está tudo sob controle.

Ele fechou com força a última porta do armário e ela se soltou das dobradiças e caiu no chão com um estrondo. Noah se contorceu em agonia silenciosa, sem querer chamar a atenção de Sophie para o caos que se instalava do outro lado da parede. Derrotado, o garoto se apoiou de leve na bancada bem quando a água começava a ferver, e um jato de vapor absurdamente quente atingiu seu rosto.

— AAAARGH! DROGA! QUE... PORCARIA! — ele gritou, tentando desesperadamente não xingar na presença dela.

— Noah?!

— NÃO! FIQUE ONDE ESTÁ! NÃO ENTRE AQUI! — ele chiou, tateando em busca da torneira.

— O que está havendo?

— FIQUE AÍ! — ele gritou, jogando água fria no rosto.

Ele secou a face com um pano de prato sujo e colocou com violência a porta do armário de volta no lugar. Ele podia sentir o sangue de sua canela molhando a perna da calça, mas era inútil procurar um curativo. Sua mãe não tinha nem saquinhos de chá, por que teria algo tão luxuoso quanto um kit básico de primeiros socorros?

Ele considerou se seria uma opção viável pegar um saquinho de chá usado na lata de lixo. Era nojento, mas a água fervente mataria qualquer bactéria, então provavelmente não tinha problema. Cuidadosamente cutucou as cinzas de cigarro e os restos de comida indiana deixados por sua mãe na noite anterior e, por fim, encontrou um saquinho de chá endurecido coberto de molho korma. Pescou o saquinho e o lavou em água corrente. Não era o ideal, mas era sua melhor chance de sucesso. Noah colocou o saquinho na caneca e despejou a água sobre ele, espremendo o saquinho endurecido contra as laterais da caneca na esperança de fazê-lo soltar um pouco de gosto de chá.

Nada.

Era apenas uma caneca de água quente com um saquinho de chá velho e bolorento e uns fragmentos que tinham se desprendido do fundo da chaleira. Talvez demorasse um pouco para aquilo virar chá. Ele despejou um pouco de leite e uma massa sólida do que parecia ser queijo cottage caiu dentro da caneca. Noah fechou os olhos e contou até cinco. Ele estava determinado a não deixar que sua mãe e sua casa decadente estragassem tudo. Calmamente, ele pegou a colher de chá e começou a pescar os grumos na caneca, um por um. Havia um monte deles. Milhões de pequenos pontinhos que flutuavam na água branca e opaca. Satisfeito por ter removido vários grumos maiores e decidindo que coaria o chá antes de servir, ele espremeu mais uma vez o saquinho de chá, torcendo para que a água, pelo menos, ficasse com cor de chá.

Mas nada aconteceu.

Ele espremeu com mais força, apertando agressivamente a colher contra o saquinho, que acabou rasgando, e então a água branca se encheu imediatamente de pequenos flocos de folhas de chá. Pensando bem, havia grandes chances de aquela ser a pior xícara de chá que Sophie beberia em toda sua vida. Era terrível. Como ela poderia considerá-lo um possível amigo, uma pessoa que devia oferecer apoio e companhia, se ele não era capaz nem mesmo de oferecer uma simples xícara de chá? Sua mãe, a idiota da sua mãe inútil, devido a uma total falta de planejamento de compra de mantimentos, tinha estragado tudo.

– Houve um problema com o chá – Noah disse, surgindo na porta da sala.

– Que tipo de problema?

– Do tipo extrato de carne – ele disse, sentindo as lágrimas querendo sair de seus olhos novamente. Seria sempre assim. Ele se sentia impotente diante do destino e da fortuna – ou, pelo menos, diante da incompetência de sua mãe. As coisas nunca dariam certo para ele como davam para outras pessoas. Ele sempre estaria no lugar errado e na hora errada, usando as roupas erradas, dizendo a coisa errada. Ele seria sempre o geek baixinho esquisito no canto da festa. Correção: longe da festa. Indesejado. Ridicularizado. E, às vezes, ele se perguntava: será que era por isso que seu pai havia ido embora? Será que era porque ele era uma imitação de garoto? Péssimo no futebol? Asmático? Que chorava quando era intimidado? – Ouça, sinto muito – ele balbuciou, mal conseguindo se controlar. – Talvez, eu não seja o parceiro certo para você...

– Noah...

– Talvez, você devesse voltar para o grupo de Jon e...

– Noah!

O garoto se sentou no sofá e apoiou a cabeça nas mãos. Ele nunca deveria ter permitido que ela fosse à sua casa. Não sem antes preparar tudo devidamente.

Ela se aproximou e se sentou ao lado dele. Ótimo. *Prolongue a agonia,* ele pensou.

– Ouça, o dia hoje tem sido meio estressante, tenho certeza de que você sabe disso – ele disse, sua perna direita começando a balançar. Ele precisava se deitar. Corria sério risco de ter um derrame ou algo assim.

– Ignoro o que as pessoas dizem na escola – ela falou, pousando uma mão no joelho dele para fazer com que a perna parasse de balançar. *Por que ela está tocando sua perna? O que está acontecendo? Oh, meu Deus! Ela está a fim de mim? Não tenho camisinha!* – Sei que tudo não passa de fofoca boba – ela continuou –, como o que Jess disse hoje, sobre você ter feito xixi na calça naquela excursão ao London Dungeon. Quer dizer, eu não fui naquela excursão porque...

– É, mas eu estava com infecção urinária – ele disse.

– Oh! – ela exclamou, tirando a mão da perna dele.

– Foi só por isso.

– Oh, certo.

– Tomei antibiótico e agora tenho pleno controle da minha bexiga, então… só estou dizendo que não tem acontecido mais. Mais nenhum acidente. Não há uns três anos, pelo menos. – Ele confirmou com um movimento de cabeça. Era crucial que ela entendesse que ele não era mais criança. Ele era maduro. Sofisticado. Como ela.

– Ei, você está a fim de ir à festa amanhã à noite? – ela perguntou.

– O quê? A festa de Melissa? – Ele olhou para ela desconfiado. Sophie não percebia que pessoas como Noah não tinham vez em festas como a de Melissa? – Ela não me convidou.

– Ah, Melissa é legal. Ela não se importaria. E posso levar uma pessoa.

– Mas… *o quê*? – Ele definitivamente não tinha escutado direito. Por que ela estava sendo gentil com ele? Ele não tinha feito nada para merecer aquilo. Ele não tinha nem mesmo conseguido preparar uma xícara de chá para ela. – Você pode levar quem quiser. Connor… James… Josh Lewis do décimo terceiro ano! Todo mundo o adora, ele…

– Você é tão bobo – ela disse, rindo e lhe dando um empurrãozinho, que fez com que ele caísse sobre o braço do sofá. – Me dê seu telefone. Vou gravar meu número nele.

O garoto entregou o celular, confuso, tentando entender o que estava acontecendo. Ele não sabia ao certo se ela estava fazendo aquilo por pena ou se realmente queria fazê-lo, então fez uma lista mental das evidências que tinha até o momento:

Ela estava sendo legal ✓
Toque na perna ✓
Empurrão no sofá (termo técnico: brincadeirinha) ✓
Convite para a festa ✓
Dar o número do celular para manter contato ✓

Considerando tudo, era bem positivo. Havia até mesmo uma pequena chance de que ela *estivesse a fim* dele. Ele não sabia ao certo como se sentia com relação a isso... Era algo próximo do pânico, o que não era nada bom, mas ele achava que era apenas nervosismo da primeira vez ou algo assim. Se Sophie gostasse mesmo dele, quem sabe ele poderia gostar dela? E então ele seria um garoto normal, que faz coisas normais, e todo mundo esqueceria de sua mãe... Talvez seu pai ficasse sabendo que ele estava namorando uma garota e pensasse: *Ah, isso é bacana e normal; vou voltar então.* Talvez, ele pensou, devesse retribuir o gesto dizendo algo gentil. Algo que talvez desse a entender que ele meio que gostava dela. Mas o quê? *Você é legal* soava bobo. *Bonita.* Soava esquisito. *Gosto muito de você* era ir longe demais; ninguém gosta de pessoas ansiosas demais. Ela devolveu o aparelho e o olhar dele foi imediatamente capturado pela segunda metade do número... 4412144... Havia algo naquele número...

Você é muito gentil e simpática... (Urgh! Não!)

4412144

Você e eu... seria ótimo! (Brega.)

... 4412144... Aquele número...

Esteja sempre comigo — assuma a forma que quiser — enlouqueça-me! Apenas não me abandone neste abismo onde não posso encontrá-la.[2] (Palavras de Emily Brontë, mas proferidas de coração e com intenção por Noah Grimes, talvez fossem a melhor opção?).

Era um palíndromo! 4412144! A segunda metade do número era um palíndromo!

— ADORO números palindrômicos! — ele disse.

Ela olhou para ele de um jeito estranho e deu um meio-sorriso.

Imbecil! Ele tinha *dito* aquilo em voz alta, não? Ah, meu Deus! *Você parecia realmente empolgado!* Ela balançou a cabeça, virou para ele, com um ar muito sério. Ele tinha soado como um perfeito geek

---

2 Trecho de *O morro dos ventos uivantes,* tradução de Guilherme da Silva Braga. São Paulo: L&PM Editores, 2011. (N. T.)

nada sensual, e sabia disso. Por quê? Ela estava sendo tão legal e, talvez, até estivesse flertando com ele, e aquilo era o melhor que ele podia fazer? "Adoro números palindrômicos!". *O que havia de errado com ele?!*

– Que ótimo, Noah! Sim, números palindrômicos são… muito legais. – Ela confirmou com um movimento de cabeça nada convincente. – Há… ouça, não sei se você está sabendo, mas…

Noah fechou os olhos por um instante. Ele reconhecia o tom de más notícias quando ouvia, e aquilo, *aquilo* tinha a ver com *más notícias*.

Capítulo 5

Ele respirou fundo e se recompôs. *Nada tinha dado certo.*

— Diga.

— Estou indo embora — ela disse.

— O quê? Agora? Mas e o...

— Não. Semana que vem. Para sempre.

Ele piscou, confuso.

— Como assim?

— Vou me mudar — ela explicou.

— Mas... para onde?

— Milton Keynes.

— *Vai se mudar.* Entendi. Há... — ele disse, tentando fazer sua voz soar natural enquanto processava o peso daquela revelação. *Que "maravilha".* Milton Keynes. Um lugar a quilômetros e quilômetros de distância daqui. *É claro que ela ia se mudar.*

— Então... você sabe que meus pais se divorciaram há alguns anos, não? E que fiquei com meu pai porque o trabalho da minha mãe, que era em Milton Keynes, exigia que ela ficasse muito tempo fora de casa?

— É, isso. — Ele não tinha ideia do que ela estava falando.

— Daí agora meu pai foi promovido, o que significa que *ele* vai ter que viajar bastante e, como minha mãe não está mais passando tanto tempo longe de casa em Milton Keynes, eles decidiram que seria melhor se eu fosse morar com ela.

— Sério?

— Absurdo, né? Como se eu não pudesse cuidar de mim mesma! Quer dizer, tenho "só" dezesseis anos; não saberia escovar os dentes, nem tomar banho, nem fazer uma torrada sozinha, não é? Não importa que meu pai não seja capaz de usar a Netflix, não saiba reiniciar a internet e não entenda os programas da lava-roupas e que seja eu que faça tudo isso. Eu disse a eles que isso é loucura, ainda mais agora, com as provas de conclusão do ensino médio chegando em maio e tudo mais, mas eles me ignoraram.

Noah assentiu e tentou não demonstrar o quanto estava arrasado. Será que era um tipo de brincadeira maldosa? Que tipo de Ser Todo-Poderoso colocaria toda esperança e possibilidade diante de seu nariz e então as tomaria de volta?

– Podemos manter contato – ela sugeriu.

Ah, claro, aquilo parecia ótimo, ele pensou. "Manter contato". Soava como uma grande promessa de beijos apaixonados e redenção social. Maldito pai da Sophie! Por que ele simplesmente não recusava a promoção e ficava em Little Fobbing?

– E como é Milton Keynes?

– É ok. Tem um cinema multiplex, um teatro – ela disse, minimizando a importância daquelas coisas, como se não fossem algo um bilhão de vezes melhor do que o que havia em Little Fobbing. – Pista de esqui *indoor*, shopping center…

– Legal – ele confirmou com um movimento de cabeça, sabendo muito bem que jamais falaria com ela ou a veria novamente, como acontecia com todos que se mudavam. Ela estaria ocupada demais esquiando e tomando bebidas à base de café gelado em shopping centers.

– Só achei que devia lhe contar. Você sabe…

– Ok. – Ele a cortou antes que ela dissesse "Não tenha muita esperança de romance".

Ela se virou para ele, passou um braço pelos ombros dele em um pequeno abraço. *Eu devia abraçá-la também. Para mostrar que estou interessado e que gosto de abraçar. Mas onde eu colocaria meu braço? Não posso passar perto dos seios. E na parte de baixo das costas seria estranho. Então, só me resta o pescoço. Será que dá para abraçar alguém pelo pescoço? Ah. Ela está me soltando.*

— Acho que é melhor eu ir embora — ela disse.

— Mas e o dever de casa?

— Isso é fácil. Seremos contra a proposta. Falaremos sobre como o novo supermercado acabará com as lojas locais e com os estabelecimentos da rua principal e como arruinará o espírito de comunidade. E como aumentará o trânsito e a poluição e como destruirá a identidade única da cidade. Gigantes multinacionais sem rosto *versus* comércio independente, ético e diversificado. Defenderemos os pequenos comerciantes. Alguém tem que fazer isso.

Noah anuiu e sorriu. Não havia dúvidas de que a apresentação deles seria um sucesso. Um sucesso, embora envolta em uma enorme tristeza, já que a pessoa que tinha tornado a apresentação um sucesso mudaria para outra cidade, poucas horas depois de apresentar o trabalho.

— Se você puder preparar alguns estudos de caso com propostas parecidas em outras cidades, buscarei algumas estatísticas reais de emprego para mostrar o efeito adverso geral no mercado de trabalho. Partiremos daí — ela prosseguiu. — E passo aqui amanhã às sete para irmos à festa, ok?

— Tem uma regra de vestimenta?

— Noah, é uma festa. Na casa de alguém.

— Tipo, casual?

— Isso. Tipo, casual. Como em qualquer outra festa a que você já foi.

— Certo — o garoto respondeu incerto, se perguntando se aquelas em que havia gelatina e brincadeiras como "batata quente" contavam.

— Falou, então — afirmou a menina, se levantando e pegando seus pertences.

— Há... falou — ele respondeu, a palavra prendendo em sua garganta de tão estranha.

Ele a levou até a porta e ela saiu. Uma garota realmente bacana que havia sido realmente legal com ele. Ele achou que poderia chamá-la de *amiga* com razão. Não apenas isso; ela não tinha tirado totalmente a ideia de romance da cabeça. Só havia anunciado que se mudaria para uma cidade distante e que eles provavelmente não se veriam mais.

Sem dúvida, podia ser pior.

E a simples presença de Sophie em sua casa, de algum modo, havia tornado a vida mais alegre. Mais leve. Ele suspirou e respirou fundo, enchendo os pulmões de…

AAARGH! Que *fedor* era aquele?! Jesus! Ele começou a procurar pela sala com os olhos lacrimejando e acabou encontrando um dispositivo plugado na parede. Que coisa maligna era aquela? Ele se agachou e tirou o aparelho da tomada. "AirDivine: Essência de Passiflora." A-ha! Sua mãe, que estava sempre reclamando que não tinha dinheiro, achara apropriado comprar um neutralizador de odores. Imagine neutralizar os odores simplesmente *não fumando* dentro de casa ou, talvez, dando um jeito nos ralos entupidos e na umidade. Não, era melhor encharcar a casa com uma dose cavalar de produtos químicos que provavelmente lhe causariam um ataque de asma. Megera velha e insensível. Ele jogou o dispositivo na lixeira e voltou para a sala no momento em que sua mãe entrava pela porta principal.

– De Barry, do Red Lion – ela disse, largando uma sacola de carne moída crua sobre a mesa e pendurando seu casaco de pele falsa no encosto da poltrona.

Noah olhou desesperado para a carne moída. Sua mãe gostava de ser paga em dinheiro pelos shows que fazia. Quando isso não era possível por motivos de contabilidade e de registros contábeis, não era incomum que ela recebesse em mercadorias. Porções de carne do bufê, várias embalagens de ketchup e até mesmo caixas de cerveja surgiam com certa frequência. Independentemente das outras necessidades que ele e sua mãe tivessem, certamente fome não passariam.

– Que pena que não pagaram em saquinhos de chá – o garoto resmungou.

– Do que está falando? – a mulher indagou, acendendo um cigarro e dando uma grande tragada.

– Acabou o chá.

– Bem, e daí? Você não toma chá – ela disse, arrumando os cabelos diante do espelho que ficava acima da lareira a gás. O cabelo dela estava diferente, mas ele não sabia exatamente o motivo. Estava mais loiro? Com um penteado novo? Era difícil dizer com toda a fumaça de cigarro.

– Na verdade, eu estava com uma pessoa que queria tomar chá.

– Harry agora está tomando chá?

– Era Sophie – ele disse, indiferente, na esperança de que sua mãe não desse muita importância ao fato.

A mulher soltou uma grande quantidade de fumaça pela boca e lançou um olhar penetrante na direção dele.

– Você trouxe uma garota para casa?

– Mãe…

Ela imediatamente deu a volta na mesa e se sentou ao lado dele, enfiando um dedo no ouvido e fingindo tirar cera.

– Acho que não escutei direito. Repita o que disse.

– Mãe! Não é nada de mais…

– Oh, meu Deus! Finalmente está acontecendo. Os hormônios enfim resolveram agir, não?

– Não é nada disso. – Ele detestava falar daquelas coisas com ela. Uma vez, ela havia tentado conversar com ele sobre puberdade. Ele a interrompera na primeira menção a testículos. Ele não concordava com aquilo.

– Então… fale dessa Sophie! Ela é bonita?

Noah revirou os olhos. Embora ele estudasse com Sophie desde que tinham cinco anos, sua mãe não sabia quem ela era. E, embora fosse uma cidade pequena com uma população pequena e um número ainda menor de adolescentes, ela *ainda* assim não sabia quem Sophie era. Porque sua mãe era totalmente egoísta e completamente envolvida em seu pequeno mundinho particular. Tirando Harry, ela não conhecia mais ninguém da idade deles.

– Mãe! Eu só disse que acabou o chá. Nada mais. O que faço com relação ao chá?

— Não sei. Vou sair daqui a pouco, para ser sincera. Por que não prepara um pouco de carne moída?

Noah torceu o nariz.

— Acho que vou visitar a vó. Tomar meu chá lá.

— Você é quem sabe.

— Bem, seria legal para a vó receber a visita de *certas* pessoas.

— Você sabe que não gosto daquela casa de repouso. Tem um cheiro estranho. *Além disso,* ela é mãe do seu pai, então não vejo por que ela seria minha responsabilidade, como todo o resto!

— *Ótimo,* mãe. *Maravilhoso.* Você é um exemplo de altruísmo e caridade.

— Ah, pare com isso, Noah. Mas e, então, você beijou a garota?

— Tchau. Estou indo.

— Estou demonstrando interesse! Como todos os programas de TV dizem que devemos fazer!

— Não me importa — ele disse, pegando o casaco e indo em direção à porta de entrada. Ele não estava com paciência para aquelas baboseiras. — A propósito — ele se virou —, você gostará de saber que seus *flyers* idiotas foram espalhados por toda a escola.

— Oh, isso é bom.

— Não, isso não é bom. Sou alvo de piadas. — Ele precisaria de muitos anos para perdoá-la por aquele esforço de marketing idiota. Graças a ela, sua vida havia atingido um nível mais profundo de zombaria e desgraça.

— Bem, você precisa superar isso. Acha que o filho de Alan Carter ficou todo temperamental quando o pai mandou imprimir seus cartões de visita?

— Ele é contador!

— E eu sou atriz!

— Você é muitas coisas, mãe, mas *atriz* é uma coisa que você *não* é! — ele sibilou, abrindo a porta de entrada.

— Ei! Ei, Noah?! — Ela tirou da bolsa e jogou para ele um pacote enorme de Skittles. — Pegue!

— Para que isso?

– Aqueles "*flyers* idiotas" já renderam alguns shows agendados, então estou dividindo com você os despojos.

Ele lançou para ela um olhar demorado e petulante. Será que ela realmente achava que o ganharia assim fácil? Que conseguiria consertar as coisas facilmente com um pacote grande de Skittles?

Sim, é claro que conseguiria. Clássico. Ele adorava Skittles.

– Humpf – ele grunhiu, abrindo o pacote e enfiando um punhado de Skittles na boca.

– Amo você! – ela disse enquanto ele saía.

Suborno. Era o tipo de coisa que confirmava para Noah que sua mãe era a pior.

Capítulo 6

Ele podia ouvir "The Final Countdown", do Europe, vindo do quarto de sua avó mesmo a uma boa distância no corredor. Noah sorriu para si mesmo. Ela adorava música dos anos 1980.

Sua batida na porta foi ignorada, então ele a abriu com cuidado e enfiou a cabeça pelo vão.

– Vó? vó! – ele gritou.

– George? Ainda bem que chegou! – ela disse, deixando de lado a pequena mala que estava fazendo sobre a cama. Seu cabelo grisalho estava penteado no seu estilo normal e elegante, mas ela estava estranhamente vestida toda de preto, como se fosse um ninja. Um ninja que também calçava chinelos com estampa de flores.

– É o Noah, vó.

– O quê?

– NOAH! – o garoto gritou acima do barulho.

– Não estou ouvindo...

Ele desligou o som.

– Sou o Noah, vó.

– Minduim!

– Sim, vó. Minduim.

Era o apelido que ela lhe dera quando criança. Ele devia ter uns quatro ou cinco anos quando explodiu em um ataque de raiva na loja de departamentos John Lewis de Nottingham, porque ela não queria comprar um ferro de passar para ele.

Não um ferro de passar de brinquedo.

Um ferro de passar de verdade.

Ele queria um ferro de passar de verdade que esquentasse, e soltasse vapor, e tudo mais. Por que ele queria aquilo continuava sendo um mistério até hoje, mesmo para ele, mas, na época, resultara em um chilique gigantesco no meio da seção de eletroportáteis, durante o qual Noah se sentira tão contrariado que tinha arrancado a maior parte de suas roupas e ficado estrebuchando no chão como um peixe fora d'água.

Os seguranças foram chamados por fim, já que o tumulto estava perturbando o jantar dos clientes no restaurante da loja.

– Você é doido – a avó lhe dissera na volta para casa. – Completamente doido, não é, Minduim?

– Minduim?

– Minduim! Porque você, além de doido, é tão pequenininho! – sua avó dissera.

E o apelido ficara. No início, ele não tinha se importado, mas, agora que era mais velho, esperava que ela parasse de chamá-lo daquele jeito. E, se precisasse continuar, não poderia, pelo menos, escolher um tipo de oleaginosa mais chique e desejável? Castanha-de-caju ou pistache talvez?

– Onde está George? – a avó perguntou.

– O vovô? Está morto, vó.

– Morto? MORTO? Oh, pelo amor de Deus... – ela disse, se jogando na cama.

– Por que está fazendo a mala?

– Estou tentando fugir, Minduim. Estão me mantendo aqui contra a minha vontade. Já mataram George e agora querem me matar também. É uma conspiração! E sabe quem é o culpado? O relapso do seu pai, aquele meu filho imprestável! É ele quem está fazendo isso! Ele está subornando o pessoal para me manter aqui! Subornando!

– Vó, ninguém sabe do meu pai faz... séculos – ele suspirou.

– Escreva o que digo. Ele me colocou aqui para botar as mãos sujas no meu dinheiro. Molhou algumas mãos para que fizessem coisas para ele. Quantas vezes eu já lhe disse isso?

– Milhares – o garoto admitiu. Mas isso não tornava aquilo verdade. Era paranoia dela. Ela não queria admitir que o motivo real que a fizera ir parar ali era não ser mais capaz de cuidar de si mesma. Aquilo o deixava triste. É claro que ela preferia morar em sua própria casa. Se ao menos ele tivesse tempo, se não tivesse que ir para a escola, teria se mudado para lá com prazer para cuidar dela. Ele odiava vê-la daquele jeito. Infeliz, solitária e frequentemente irritada.

– Você sabe o código da porta de entrada?

– Não – ele mentiu, sabendo que ela já havia tentado aquela rota de fuga várias vezes, felizmente sem sucesso.

– Droga. Droga.

Noah se sentou na poltrona enquanto sua avó, sem nenhuma outra opção de fuga imediata, pegou uma caixa de jujubas da gaveta da mesinha de cabeceira. Ela abriu a caixa, pegou uma jujuba para si e passou a caixa para Noah.

– Aqui é péssimo – ela afirmou em tom conspiratório. – Não, a de laranja não. É minha favorita.

– Qual é o problema? – Noah perguntou, pegando uma jujuba vermelha.

– À noite, umas crianças entram no meu quarto e batem nos meus joelhos com martelinhos.

Noah mastigava sua jujuba e tentava se mostrar horrorizado com aquela revelação. Ele sentia pena dela. Perder o juízo devia ser uma coisa terrível. Mas, além disso, ele sentia falta dela. Ele costumava passar a maioria dos fins de semana na casa dela, enquanto sua mãe fazia seus shows. A avó preparava jantares excelentes e assistiam à série *Murder, She Wrote* na tv. Era uma tv muito boa, bem melhor do que aquela que eles tinham agora. E ela preparava comida de verdade, com legumes de verdade, e se sentavam devidamente à mesa de jantar e usavam todos os talheres apropriados. Ela havia lhe ensinado como dobrar um guardanapo no formato de cisne e um milhão de outras regras de etiqueta que ele jamais saberia que existiam se não fosse por ela.

Mas agora era diferente.

Agora era Noah que se sentia adulto e a avó quem parecia criança. Ele não estava preparado para aquilo. Ele ainda queria que a avó lhe dissesse o que devia ou não devia fazer e quando era hora de dormir e que lhe desse sábios conselhos sobre a escola e a vida em geral – pérolas de sabedoria antiga passadas de uma geração para outra. Se a avó não era mais capaz de fazer aquilo, quem seria? Havia Harry, é claro, mas ele também era uma criança ainda. Às vezes, a situação simplesmente exigia um adulto. E a avó tinha sido o único adulto com quem ele sempre pudera contar.

Alguém bateu à porta, e a avó rapidamente pegou seu roupão e o vestiu por cima da roupa que estava usando.

– Boa noite, Millie – disse uma matrona de rosto vermelho, abrindo a porta ao entrar, empurrando um carrinho de comida. – Ah, oi, Noah. Como está?

– Bem, obrigado.

– Noah veio visitar você, Millie! – a mulher exclamou, animada.

– É, eu sei, estou vendo! – a avó disse, revirando os olhos para Noah.

– Trouxe o seu jantar. Quer jantar também, Noah?

– Sim, por favor.

Noah pegou agradecido seu prato fumegante de cozido de carne com purê de batata e o equilibrou nas pernas. Era uma comida estranha, o tipo que costumavam comer nos Velhos Tempos, mas certamente parecia bem melhor do que qualquer coisa que ele já tivesse comido em casa.

– Tenha cuidado, acho que tem veneno – a avó disse assim que a matrona saiu.

– Está gostoso.

– Minduim, nós dois sabemos que está uma porcaria, não é?

– É verdade, vó. – Ele sorriu. Adorava quando um pouquinho da vó pré-demência emergia. Do jeito que ela era. Do jeito que ela *deveria* ser. A vó clássica de antigamente.

– Ligue o som. Veja se consegue por algo do Starship. Faixa 10, eu acho.

Noah apertou os botões do *CD player* passando pelas faixas do álbum *Greatest Hits of the 80s* da sua avó. Ambos comeram felizes ao som de *soft rock*, baladas românticas e pop eletrônico dos anos 1980, enquanto a vó lhe contava histórias de sua juventude, quando ela era a "rainha da pista de dança" e "sabia fazer uns movimentos". *Que pena,* Noah pensou, *que não herdei esses genes.* Mas ele tinha herdado outra coisa, e era algo muito, muito melhor: na parede do quarto havia pôsteres emoldurados de Angela Lansbury (de *Murder, She Wrote*) e de Joan Hickson (a melhor Miss Marple), olhando com ar inquiridor (ambas em seus respectivos papéis) para seus dois maiores fãs. Sim, aquele amor por histórias de detetive ele tinha herdado da vó, e era muito melhor do que saber como… *sacudir o esqueleto,* ou seja lá qual fosse o termo que os jovens descolados usassem atualmente.

– Fui convidado para uma festa, vó! – ele disse, pousando o prato.

– Minduim, tenho seis palavrinhas pra você: Mantenha. Seu. Negócio. Dentro. Das. Calças.

Noah engasgou. A vó estava sempre lhe dizendo para não transar em hipótese alguma. Se ela ao menos soubesse o quanto ele estava longe de qualquer atividade daquela natureza.

– Não, não é nada desse tipo. Quer dizer, é uma festa normal, não uma *orgia*.

– Mantenha seu negócio dentro das calças.

– Vou mantê-lo dentro das calças! – Deus sabia bem que ele o manteria, querendo ou não.

– Quem convidou você?

– Uma garota – respondeu, acrescentando rapidamente, antes que ela tivesse a chance de abrir a boca –, e juro que vou manter meu negócio dentro das calças, então não precisa… Mas é isso. Uma garota. Chamada Sophie. E está tudo bem, porque ela vai se mudar para longe, então não vai acontecer nada, nem que eu queira.

– Para onde ela vai?

– Milton Keynes.

A avó torceu o nariz.

— Um buraco — ela disse. — E Harry?

— E Har... — Ele cortou a frase pela metade. E Harry? Como ele podia ter sido tão desatencioso? Ele e Harry tinham regras! Eles tinham pactos!

As Regras (acordadas por Noah e Harry no nono ano em uma tarde alegre de novembro em que ambos tinham bilhetes de dispensa das aulas de Educação Física):

(1) Primeiro os amigos, depois os encontros românticos (Mas reconhecemos que encontros românticos são altamente improváveis);

(2) Balas de gelatina contam como presente de aniversário ou de Natal aceitável;

(3) Não é vergonha ainda assistir ao *Bob Esponja*, mas isso não precisa ser mencionado em público e jamais será usado para chantagear ou ameaçar o outro;

(4) Sempre odiaremos o seguinte: futebol, rúgbi, tofu e a excursão desastrosa do oitavo ano para a França;

(5) Juramos solenemente que jamais deixaremos o outro para trás se um de nós:

   a. ficar rico;

   b. fizer *tchaca tchaca na butchaca;*

   c. for preso;

(4) O outro fará tudo que estiver ao seu alcance para garantir que a boa/má sorte seja compartilhada: (a) dividindo a grana de forma igualitária, (b) ajudando o outro a encontrar pares românticos apropriados ou (c) preparando uma defesa no tribunal e gritando coisas como "Objeção!" para o juiz e encarnando a Miss Marple para encontrar evidências que provem a inocência do outro sem sombra de dúvida.

Ele não podia acreditar. Ele tinha quebrado as regras da seção (1) e, possivelmente, da seção (5b); como era possível?! As Regras eram sagradas. Eles não podiam quebrá-las. Em todas as ocasiões, principalmente naquelas péssimas (e tinham havido muitas ocasiões *péssimas*), havia uma pessoa que sempre estivera lá para apoiá-lo: Harry.

Ele examinou a avó.

– Obviamente Harry também vai. É claro que ele vai! – Noah blefou.

A avó deu um sorrisinho.

– Então é melhor você informá-lo disso, não?

Droga! Como ela sabia? Era impossível enganar aquela mulher! Noah se despediu dela com um abraço e um beijo na bochecha.

– OK. Cuide-se, vó.

– Se você vir o George, diga que estou esperando por ele!

– Digo, sim! – ele entrou no jogo porque era mais fácil.

– E do que você tem que se lembrar?

– Há...

– Mantenha seu negócio dentro das calças.

– Ah, sim.

– Diga!

– Vou manter meu negócio dentro das calças.

– Muito bem, Minduim.

Ele enviou à Sophie uma mensagem em que se lia "TUDO BEM SE HARRY FOR COM A GENTE PARA A FESTA?", tudo em maiúsculas, porque era MUITO IMPORTANTE e um tanto URGENTE. Ela respondeu imediatamente com um "Claro!" e colocou "Bjo" no final, ao qual ele respondeu com "Bjo" também. Era praticamente sexo, mas ele tinha mantido seu negócio dentro das calças, então não tinha problema algum. Além disso, o bom de mandar beijos por mensagem (em vez de fazer isso na vida real) era o fato de ser totalmente higiênico e de não precisar praticar antes, então era bom para todo mundo. Sentindo-se um *homem* moderno e bem-sucedido, ele deitou em sua cama e ligou para o amigo.

– Haz? Adivinha só!

– Você a beijou?

– O quê? Não!

– Aconteceu algo?

– Não. Não aconteceu nada. Ouça, Harry, esse interrogatório é…

– Não aconteceu *nada?!*

Noah suspirou. Harry obviamente queria saber cada pequeno detalhe, embora em casos como aquele, de natureza romântica, os detalhes devessem ser mantidos em sigilo. Ele não era um cara que gostava de contar vantagem, afinal.

– Eu disse a ela que gostava de números palindrômicos e ela me disse que vai se mudar para Milton Keynes.

– Vocês estão juntos?

– Acho que não. Mas ouça – ele disse, ansioso para mudar de assunto –, você e eu temos uma festa para ir!

– O quê? Como assim?

– Sophie me convidou. E eu disse a ela, *enfaticamente e de acordo com As Regras*, que eu só iria se você também fosse.

– Gostamos de *chegar lá* juntos.

– Gostamos, sim… Ah, entendi! Hahaha! – Noah disse, dando uma risada forçada.

– Prefiro quando *chegamos lá* juntos – Harry continuou.

– Certo, ok. Isso. É uma boa expressão com… *duplo sentido.*

– Embora… você se lembra do casamento da minha tia, quando *cheguei lá* sozinho?

Ok, por algum motivo, aquilo era importante para Harry.

– Lembro *bem* do casamento. Eu não estava me sentindo bem e não consegui *chegar lá* aquele dia. Mas teve o churrasco na casa dos seus pais, e eu *cheguei lá* primeiro e você *chegou lá* depois, porque estava nadando, não foi?

Harry gargalhou, obviamente satisfeito.

– Bem, não consigo mais fazer piadas com "chegar lá", mas todas elas são ótimas! Mas você estava falando sério sobre a festa? Não quero *segurar vela.*

– Não tem nenhuma *vela* para segurar, seu bobo. Não tem nada a ver. – Ou, pelo menos, ele achava que não tinha nada a ver.

Talvez tivesse. Talvez *fosse* aquilo mesmo. De qualquer forma, se acontecesse algo entre Sophie e ele, pelo menos Harry estaria na festa também e teria igual oportunidade de fazer *tchaca tchaca na butchaca* com quem quisesse. Era justo. – Enfim... por que você estava todo estranho hoje à tarde?

– Noah, eu estava tentando *descontrair* o clima. Você está sempre tão tenso que simplesmente... não consegue se segurar e explode.

Por algum motivo, ouvir Harry dizendo que ele *não conseguia se segurar* lhe dava frio na barriga.

– Você *não consegue se segurar* – Harry repetiu.

– Entendi.

– No que está pensando *neste exato momento*?

– Cale a boca – ele fez uma careta, ajeitando suas coisas, já que um problema de garotos havia surgido, por motivos que Noah não podia imaginar.

Harry riu.

– Tem uma regra de vestimenta?

– É uma festa, Harry. Em uma casa. Uma festa... particular. Em uma casa. Você já foi a festas particulares antes, não?

– Só aquelas em que há gelatina e "batata quente".

– Certo, bem... é estilo casual transado, acho – ele disse, paciente.

– Casual transado?

Noah quase podia ouvir Harry dando risadinhas.

– Imagino que esse deva mesmo ser o termo moderno – Noah fungou.

– Ok, bem, está na hora do meu sono de beleza, então...

– Certo. Falou, então.

– *O que você disse?*

– Falou, então.

Harry suspirou.

– *Você está diferente.*

Noah bufou, balançou a cabeça e desligou. Ele deitou e ouviu o lindo silêncio que reinava em sua casa naquele momento. Não era *normal* encerrar uma conversa com seu melhor amigo e ter um problema de garotos. Aquilo só podia ser culpa dos hormônios fora de controle e… da conversa mais ou menos sobre Sophie. Era isso. Ele tinha conversado com seu amigo – *sobre uma garota* – e era por isso que o problema de garotos havia surgido.

– Noah! Cheguei! – sua mãe gritou do vestíbulo, fechando a porta principal com um estrondo. Com reflexos que deixariam um piloto de guerra orgulhoso, ele se cobriu com o edredom com habilidade e rapidez em um único movimento, para o caso de ela entrar em seu quarto e vê-lo naquele estado de excitação.

– Deve estar dormindo – ele a ouviu dizer em voz baixa.

Ele decidiu não dizer nada. A luz de seu quarto estava apagada; ela deduziria que ele já estava dormindo, e ele não teria que falar com ela ou…

Ele gelou de pavor quando escutou aquele som.

O pior som do mundo.

Vindo do andar de baixo.

Capítulo 7

O inconfundível som grave de uma voz masculina. Seguido pela risada coquete de sua mãe. Mais voz grave. Mas risadinhas, e então:

– Sssh! Sssh! Assim você vai acordá-lo! (Sua mãe.)

Voz grave dizendo várias coisas incompreensíveis. (O Homem Misterioso.)

Risinhos abafados. (Sua mãe.)

Noah se sentou na beirada da cama. Tenso. Olhos arregalados. Quem era aquele homem que ela havia trazido para casa?

Ele andou na ponta dos pés até a porta do quarto e encostou o ouvido nela, tentando escutar melhor, mas eles estavam falando muito baixo. Aquilo aumentava suas suspeitas. Ela não estava falando baixo porque temia acordá-lo. Estava sendo totalmente egoísta e não se importava com o sono restaurador dele.

Não.

Ela estava falando baixo, *porque tinha algo a esconder.*

Ele discretamente girou a maçaneta e puxou a porta devagar em sua direção, milímetro por milímetro, para evitar que rangesse e alertasse os ocupantes da sala de estar de sua presença.

Mas agora eles não estavam mais falando.

Agora o som era diferente.

E era algo mais ou menos assim:

Slurp… sluurrrp… sllllurrrrp…

Ele não era especialista no assunto, mas sabia que som era aquele.

Era o som de beijos apaixonados antes do sexo.

Aquilo era inaceitável em muitos níveis. Havia inúmeros motivos para tanto, mas no topo da lista de Noah estariam os seguintes:

Motivos pelos quais a mãe não devia transar com ninguém:

(1) "Mãe" e "transar" são duas palavras que jamais deveriam ficar tão perto uma da outra, porque... arghhhhh! E eeeeeca!

(2) E O PAPAI?! Ela estava agindo como se ele não existisse mais! E eles nem estavam divorciados! E se o pai ainda os amasse, mas, por algum motivo, não conseguisse contatá-los? E se ele tivesse sido sequestrado de verdade? E se ainda fosse refém? Como ela podia traí-lo daquele jeito?

(3) Eu não posso chegar em casa com um cara de meia-idade aleatório e dizer "este é meu novo pai", então por que ela pode trazer para casa um cara de meia-idade aleatório e dizer que é seu novo "amigo"? ("Amigo" definitivamente era o tipo de palavra irritante que ela usaria).

Era terrível. Sua mãe estava no andar de baixo, acariciando e usando sua língua para beijar um homem misterioso! Ele tinha ânsia de vômito, conforme seu estômago revirava o cozido de carne que havia comido horas antes. E se eles começassem a transar ali mesmo, naquele instante?

Ele gelou. Como ele tinha sido tão cego? Miss Marple já teria resolvido o caso a essa altura e reunido todo mundo na sala de estar. Jessica Fletcher teria conseguido arrancar uma confissão do culpado. As pistas sempre estiveram debaixo do seu nariz!

Sim... agora tudo começava a fazer sentido. Quando sua mãe chegara em casa mais cedo naquele dia, ficara ajeitando o cabelo diante do espelho, porque *ela tinha retocado as raízes*. Ela tinha retocado as raízes *para impressionar um homem*. Na tomada do vestíbulo, ele tinha encontrado o *neutralizador de odores...* "Essência Passiflora"... Ele tinha achado estranho, mas não dera muita importância *até agora*! Era algum tipo de afrodisíaco para aumentar a disposição e estimular o sexo.

Ah, meu Deus! Ela ia levá-lo para cima!

Ela ia levá-lo para cima e eles começariam a transar ali, com Noah a poucos centímetros de distância e com apenas uma parede fina como papel separando seus quartos, e ele *ouviria cada grunhido e cada gemido de prazer* e era SUA PRÓPRIA MÃE e tudo aquilo era TERRÍVEL demais.

— AAARRRRRRGGGGHHHHH! — o garoto gritou, tapando os ouvidos com as mãos.

Ouviu-se uma agitação lá embaixo.

— Droga, ele está acordado — ouviu sua mãe dizer e então algumas palavras incompreensíveis e o som da porta principal abrindo e fechando rapidamente. Houve cinco segundos de silêncio, e então:

— Noah?

Droga! E agora?

— Sim?

— O que diabos está acontecendo aí?

— Há… eu tive um pesadelo com minha prova oral de francês.

— Certo.

E então silêncio. Noah virou a cabeça e apertou os olhos, como se aquilo, de algum modo, lhe desse a audição de um super-herói. Mas, de um jeito ou de outro, tinha funcionado. Ela tinha quarenta anos e, como a maioria das pessoas mais velhas, não havia tirado o som do teclado do seu celular. *Ela estava digitando uma mensagem.* Mandando uma mensagem para quem quer que fosse a pessoa que ela havia acabado de beijar. Provavelmente, dizendo a ele que havia sido alarme falso, que já podia voltar para que eles tivessem *relações sexuais.*

Não.

De jeito nenhum!

Ele vestiu rapidamente seu roupão e começou a descer a escada. Ele ia explodir, com certeza.

Ele ia explodir bem na cara de sua mãe.

(Não, não desse jeito. Soou como uma coisa freudiana.)

— QUEM ERA?! — ele gritou com a mãe, assim que ela tirou os olhos do celular, no meio da elaboração da mensagem.

— Quem era o quê? — a mulher indagou, inocente.

Por que ela negava? Ele a tinha *ouvido*!

— Quem quer que fosse a pessoa que você estava beijando. *Foi nojento.*

— Não sei do que você está falando.

Ele não ia permitir que ela negasse.

— *Sei o que ouvi.*

Ela o encarou, avaliando a situação:

— Sente-se, Noah — afirmou, tomando uma decisão.

Ele odiava quando ela usava o tom "Eu sou o adulto aqui", porque, embora fosse *tecnicamente* verdade, uma mulher que uma vez gastara cem libras em um único mês devido a várias ligações para um serviço telefônico de leitura de tarô não podia ser considerada adulta aos seus olhos.

Ele se esparramou no sofá enquanto sua mãe ficava perto da janela e demorava absurdamente para acender um cigarro.

— Ok, certo, Noah — ela disse, finalmente soltando fumaça pela sala —, *conheci* uma pessoa. Um homem. O que você acha disso?

Noah deu de ombros, tentando fingir indiferença enquanto seu coração bombeava um milhão de litros de sangue para sua cabeça. Como ela podia fazer uma coisa daquelas? E ele? Ela já havia falhado em praticamente todas as suas obrigações maternas e agora ele sofreria ainda mais porque ela só daria atenção a um homem horrível? E o pai dele? O que ele acharia daquilo tudo? Na sua ausência, ele deveria ao menos ter alguém que defendesse seus interesses, e Noah estava mais que satisfeito em poder assumir aquele papel.

— Acho terrível — o garoto respondeu, fitando-a. — Acho que você está faltando com suas obrigações de mulher casada. Acho que mentiu, traiu e ocultou a verdade e agiu do modo mais desprezível possível!

— Bem, não espero que você goste — a mulher afirmou. — Você está acostumado a andar livremente pela casa. Desfilando como se fosse um pavão.

Noah olhou para ela, perplexo. De onde ela havia tirado aquela besteira toda?

– Mãe…

– Estou falando! – ela cortou. – No momento, não estou dizendo que este relacionamento vá dar em alguma coisa. Não estou dizendo que é algo que vai durar para sempre, ou que ele vai se mudar para cá, nem nada disso. Só estou dizendo que está acontecendo e veremos no que vai dar.

Noah a observou. Então ela já estava pensando em trazê-lo para morar em sua casa, hein? Ela tinha razão em um ponto: Noah andava mesmo livremente pela casa, e a ideia de ter que dividir o espaço com outra pessoa era totalmente inaceitável. A ordem natural das coisas seria perturbada. Ele não queria outra escova de dente no armário do banheiro. Uma pessoa a mais para usar o banheiro de manhã. Almoços e jantares "em família" esquisitos e constrangedores, nos quais todos fingiam que estava tudo bem enquanto comiam com tristeza o pepino quente que havia sido tocado pelos dedinhos das crianças no limitado bufê de saladas.

– E o papai? – o garoto questionou.

– O que tem ele?

– Vocês ainda são casados! – afirmou, desesperado para saber se o pai ainda estava, de fato, na jogada. Como ela podia agir como se ele não tivesse importância?

– Noah, não sabemos de seu pai faz… o quê, uns seis anos? Pelo que sabemos, ele pode até estar morto. Sinto muito por soar insensível, mas é verdade.

Noah desviou o olhar, mas depois voltou a encará-la, tentando manter o rosto impassível. Era a primeira vez que ele ouvia a palavra "morto" com relação ao seu pai. Ele já havia *pensado* nisso, é claro, mas ouvir outra pessoa *dizê-lo* em voz alta era outra coisa… Um calafrio percorreu sua espinha. *Papai não pode estar morto.* Ele *saberia* se o pai estivesse, tinha certeza disso. Ele se sentiria diferente. Vazio.

– Bem, e se ele *não* estiver morto?

Sua mãe deu de ombros.

— Jamais saberemos. Não posso passar o resto da minha vida esperando, nem deixar que minha felicidade futura dependa da possibilidade de ele estar vivo e, se estiver, esperar que ele tenha deixado de ser um completo babaca egoísta e se transformado em um marido exemplar, posso?

— Mas...

— Não quero falar sobre seu pai, Noah.

— Mas...

— Esqueça isso! Jesus! – ela exclamou.

Ele sabia que não adiantava forçar. E, talvez, sua mãe tivesse razão naquele ponto. Se o seu pai se importasse mesmo com eles, estaria ali, com eles.

— Quem é o cara, então? – perguntou, incapaz de olhá-la.

— Você não precisa saber.

Ah, ele precisava, sim. E, em uma cidade pequena como aquela, a fofoca se espalhava rápido. Ele precisava se preparar para os rumores, para os comentários maldosos, para a repercussão.

— Mãe, apenas me diga. Conheço o cara?

— Noah, já disse. É tudo muito recente. Nós nos conhecemos só há alguns meses e pode não dar em nada. Não quero sair espalhando a novidade por aí. Você sabe como é este lugar.

Alguns meses? Meu Deus! A mulher era boa em manter seus segredinhos sujos quando queria! Como ele não tinha percebido?

— Não é um professor da escola, é?

— Não tenho nada a dizer.

— Ou algum dos vizinhos?

— Não tenho nada a dizer.

— É alguém que eu conheça? Alguém da cidade?

— Noah, não vou dizer quem é.

— Por que não?!

— Porque é algo que tem a ver com ter um pouco de *tempo para mim.* Tenho sido uma mulher trabalhadora, focada na carreira há quinze anos...

Ele deixou passar. *Focada na carreira?* Haha!

– Tenho me matado de trabalhar dia e noite para criar você – ela prosseguiu –, e isso tem a ver com a redescoberta da minha feminilidade. Tem a ver comigo dizendo "Ei, sabe de uma coisa? Sou uma *mulher*. E tenho minhas '*necessidades*'".

Noah torceu o nariz para a palavra "necessidades" e sentiu o jantar se revirar em seu estômago mais uma vez. Que tipo de mãe praticamente diz a um filho que tem desejo sexual? Aquilo era repugnante. A mãe de Harry jamais diria que tem "necessidades". Ela era pura e recatada e fazia sacrifícios pelo filho, o que incluía não o deixar enojado.

– Por que está fazendo careta? – a mulher indagou.

– Não estou fazendo careta.

– Você torceu o nariz quando eu disse que tenho "necessidades".

– Não fiz careta.

– Você é sexualmente reprimido – a mãe afirmou.

– *O quê?* – Ah, meu Deus! Eles estavam mesmo tendo aquela conversa?

– Adivinhe só, Noah?! As pessoas fazem sexo. As pessoas *gostam* de sexo. É *normal*. A maioria dos garotos da sua idade deve estar tentando levar alguém para a cama, em vez de passar todas as noites trancados em seus quartos, *stalkeando* pessoas no Twitter e se masturbando.

Noah olhou para ela, boquiaberto. Ele nunca tinha ficado trancado no quarto *stalkeando* pessoas no Twitter. A acusação era ultrajante.

– Estou falando sério, Noah – ela continuou –, com a sua idade, eu já tinha perdido a virgindade.

– Dezesseis anos e nove meses, mãe! – ele disse, triunfante. – De acordo com o Google, essa é a idade média de um garoto quando perde a virgindade. Ainda tenho quase dez meses pela frente! Então, quem é anormal agora, hein?

– Noah – ela disse, sentando ao lado dele –, não fique chateado. Eu quero que você se apaixone, que se divirta. Você é um…

pedaço de mau caminho, e não vejo motivo para não ter várias pessoas interessadas em você.

Ela provavelmente estava bêbada.

– Sabe de uma coisa? Se eu encontrar uma pessoa de quem realmente goste e quisermos fazer sexo, nós faremos. Mas não entendo a pressa. *Não preciso de sexo para validar quem sou.*

– De onde você tirou essa frase?

– Da minha cabeça.

– É da revista *OK!*, não é?

– Não. – *Era mesmo.* – Sou um dos melhores alunos de Inglês e sou perfeitamente capaz de dizer coisas inteligentes como essa.

– Que seja… – ela disse. – Não me faça me sentir culpada, Noah. Daqui a dois anos, você fará dezoito e, provavelmente, irá para o Nepal dentro de um ano ou algo assim. Você quer que eu fique sozinha? Quer que eu morra solitária e infeliz?

Ele bufou. Era exatamente aquilo que ela merecia.

Ela olhou para ele como se fosse lhe dar um tapa.

– Você tem noção de quão difíceis foram esses últimos anos, Noah?

Ele deu de ombros. É claro que ele sabia. Tinham sido terríveis.

– Não, você não faz ideia – ela prosseguiu. – Tive que pegar dinheiro emprestado de agiotas, tive que penhorar minhas joias, tive que apertar o cinto e me virar para manter um teto sobre nossas cabeças. E, durante todo esse tempo, não saí com ninguém. Nem pensei nisso, porque a *única* coisa que eu tinha em mente era como conseguiríamos sobreviver. E agora… conheci esse homem e ele faz com que eu me sinta feliz, e jovem, e leve novamente. Como se, finalmente, eu tivesse um pouco de alegria na minha vida de novo.

Ele queria dizer "Eu não a faço feliz? Eu não basto para você?", mas não disse. Ele já tinha dito o bastante, e talvez ele *fosse* egoísta e idiota e não entendesse nada de relacionamentos humanos normais. Talvez, ela estivesse certa. Ele era reprimido. Então simplesmente continuou lá sentado. Sem dizer nada.

– Bem, então é isso. Boa noite, Noah.

Ele suspirou e começou a caminhar na direção da porta, mas então parou e se virou.

– Só mais uma coisinha...

– Nem *tente* bancar o detetive comigo – sua mãe ameaçou –, não digo mais nada sobre... meu novo amigo. E você não vai me enganar.

Ele se deitou e encarou a escuridão, e uma lágrima inesperada escapou de seu olho.

Não era por causa *dela*. Era por causa de seu pai. Ele estava em seus pensamentos naquele momento, e Noah não conseguia parar de pensar nele, independentemente do quanto se esforçasse. Era estranho. Às vezes, ele queria que seu pai aparecesse; às vezes, como naquele instante, ele o odiava intensamente, porque tudo aquilo, *tudo,* era culpa de seu pai. Tudo levava a ele e ao seu sumiço.

E então, em outras ocasiões, ele se sentia envergonhado por causa do pai. Outras crianças tinham pais separados, mas geralmente os viam nos fins de semana e coisas do tipo. Mas ele não. Era a coisa mais boba que mais magoava. Como na aula de francês:

– *Je vis avec ma maman, papa et ses frères*[3] – outros alunos disseram.

Noah teve de dizer:

– *Je vis avec ma maman.*

E metade da turma tinha rido dissimuladamente e feito comentários sarcásticos, porque o pai dele "ainda estava de férias" e dito "Ei, professora! Podemos fazer um evento beneficente e arrecadar uma grana para pagar o resgate do pai do Noah?". E ele tinha ficado vermelho e baixado os olhos, morto de vergonha, embora aquilo não fosse culpa dele. Seu pai havia causado aquilo. E ele o odiava por isso.

Mas, mesmo assim, mais do que tudo, ele queria que seu pai voltasse. E, se ele não pudesse voltar, Noah gostaria de, ao menos,

---

3 Em tradução livre: Moro com minha mãe, meu pai e meus irmãos. (N. T.)

saber se ele estava bem. Se não estava em apuros. Ou morando na rua e passando frio ou fome, implorando por um prato de comida.

Noah deu um basta naquilo. Embora estivesse sozinho no escuro e ninguém pudesse ouvi-lo, ele não queria chorar. Já havia chorado muito durante os últimos anos. E talvez fosse hora de aceitar a verdade. Ele nunca mais veria o pai de novo e jamais saberia o que tinha acontecido com ele. Porque, quando você aceita a verdade, pode deixar aquilo para trás e seguir em frente. E era isso o que faria.

A partir de amanhã.

Mas, até lá, fez o que sempre fazia quando ficava pensando em seu pai e não conseguia dormir. Encarou a escuridão e disse, ainda que em voz baixa, caso a mensagem pudesse de algum modo chegar até ele:

— Amo você, pai.

Capítulo 8

Dane-se! Ele ia ser normal. Ele ia fazer coisas *normais*. Seria um garoto *normal*. Ia mostrar para sua mãe!

Era a noite da festa.

E ele ia beijar Sophie.

Talvez. Se ela quisesse. Porque *ele* queria beijá-la. Era quase certo. E não porque ele a estivesse usando para ganhar popularidade, mas porque ela era uma garota e ele era um garoto e... e... era isso que acontecia.

No mínimo, ele flertaria com ela. Começaria pelo primeiro estágio de uma progressão romântica que envolvia:

(1) Ficar de mãos dadas;

(2) Beijar (não de língua, só nos lábios);

(3) Beijar de língua e fazer todas as coisas que pessoas apaixonadas fazem;

(4) Se esfregar um no outro, ambos *vestidos,* dizendo coisas como "Oh!" e "Isso, gata";

(5) Se esfregar um no outro *sem* roupas, com respiração acelerada e gemidos;

(6) *Tchaca tchaca na butchaca.*

Mas, ao parar diante do espelho do banheiro na tarde seguinte, ele suspirou. E desejou ser um pouquinho mais alto. Um pouquinho menos magrelo. Queria que seu cabelo repartido de lado e seus óculos o fizessem parecer um pouquinho mais descolado, mais geek chique e menos geek apenas. Seu jeans provavelmente era casual demais para uma festa em que se queria causar uma boa impressão. Mas ele não gostava de como sua calça de sarja o deixava sem bunda. E suas camisetas eram largas demais ou apertadas demais – nada era do tamanho certo e adequado.

Por fim, decidiu que a melhor opção era ser ousado e bancar o extravagante. Usaria o terno que havia vestido no funeral de seu avô com camisa e gravata borboleta. Era *fashion* e ele tinha quase certeza de que se safaria. Além do mais, causaria um impacto. E um impacto equivaleria a convites para outras festas!

– Você disse casual! – reclamou Harry ao chegar vestindo calça de sarja, agasalho e braceletes trançados coloridos – embora não fosse uma garota de dez anos. Mas, pensando bem, Harry estava *bonito*. Ele tinha o visual que provavelmente alguém de sua idade teria.

– Bem, não estava dando certo.

– Escolha ousada.

– Obrigado – Noah agradeceu, enquanto a confiança em seu visual começava a diminuir.

– Não, sério, está bonitinho – Harry disse, ajustando a gravata borboleta do amigo, como sempre fazem quando outra pessoa usa esse tipo de gravata.

Noah sentiu um já conhecido frio na barriga.

– Meu Deus, por que estou tão nervoso?

– Por que você a ama? – Harry sorriu.

– Ouça…

Harry arregalou os olhos.

– Ah! Então tem um "ouça"? Eu estava esperando uma negação enfática, mas agora tem um "ouça"! E então…?

– Ah, não sei. Eu estava pensando… talvez, eu devesse flertar um pouco com ela, só isso.

Harry ficou agitado.

– Flertar com ela? Sério? Tipo… *flertar* com ela?

– Eu chamo de Operação Visual Ousado…

Harry explodiu numa risada.

– Falando sério, Noah, simplesmente diga que gosta dela ou algo assim. Não chame de Operação *Sei Lá o Quê*, como se fosse um comandante do exército no campo de batalha. Apenas… seja sincero.

– Sincero?

– Sim – Harry murmurou, baixando os olhos. – Sincero. – Ele parecia um pouco desanimado. E Noah sabia exatamente o motivo.

– Ei, veja bem. Não me esqueci das Regras. – Noah lhe garantiu. – Se eu conseguir fazer qualquer coisa com Soph, ajudarei você a se dar bem também. Apresentarei a você uma garota simpática. Alguma das amigas inteligentes e sofisticadas da Sophie que estarão lá. Você vai ver. Elas vão adorar você!

– Ok – Harry disse. – Enfim… você está cheiroso. Está usando Lynx?

– Bem, como estamos com o mesmo cheiro, imagino que você saiba qual é o perfume.

Harry o encarou.

– É *muito* sedutor – sussurrou com uma voz sexy.

– Haz! Pare de zoar! Já fui bonzinho e deixei você vir, não seja um babaca, ok?

– Ooooh! – Harry disse, fazendo um beicinho exagerado.

– Ok?

– Como quiser. – Harry se virou e abriu a mochila. – Eu trouxe vodca!

– Vodca? Mas como? Você é menor de idade! – Noah se esforçou muito para não soar estridente. Harry obviamente havia conseguido um documento falso, ido até uma loja de bebidas, falado com voz grossa e comprado a vodca. Aquilo estava acontecendo. Eles estavam virando adolescentes delinquentes. Sua mãe ia adorar.

– Não esquenta, bonitão. Meu pai me deixou trazer.

Noah olhou para ele perplexo. Ele jamais tinha imaginado que o pai de Harry fosse tão liberal. Será que depois ele dividiria alegremente sua cocaína e heroína?

– Contanto que minha mãe não fique sabendo – Harry continuou –, o que, sabe, não vai acontecer. Você tem alguma coisa para misturar com a vodca?

– Tenho groselha.

– Há… Ok. Legal.

Harry preparou as bebidas e ambos afundaram no sofá juntos.

– À nossa primeira festa de verdade! – Harry sorriu, tocando o copo de Noah num brinde. – Foi uma longa jornada até aqui.

Noah sorriu. Ele estava certo – a jornada deles até ali fora longa. A questão era: o quão longe eles iriam? Ou melhor, o quão longe Harry iria? Harry com sua atitude descolada e sua cueca boxer da Calvin Klein. Harry e sua… OH, DANE-SE! ELE SÓ QUERIA TER CERTEZA DE QUE HARRY NÃO ESTAVA INTERESSADO EM SOPHIE!

– Hum… então, você acha que terá alguém interessante na festa? Quer dizer, você está interessado em alguém?

Harry deu de ombros, um sorriso no canto dos lábios.

– Quem sabe?!

Ele tentou não gritar histericamente enquanto o pânico crescia dentro de si. *Respire. Não se desespere*, Noah disse a si mesmo. *Não se desespere.*

– ESTÁ INTERESSADO NA SOPHIE? – ele guinchou, totalmente incapaz de ouvir a si mesmo.

– O quê?!

– Responda! Está interessado na Sophie, não é? Está apaixonado por ela!

– Hum…

– É verdade! Você está apaixonado por ela! Ah, meu DEUS!

– Noah, está tudo bem. Não estou apaixonado por ela.

Noah o encarou por… bem, por muito tempo. Um mentiroso se sentiria incomodado. Harry simplesmente encarou de volta. Talvez, Harry fosse um bom mentiroso.

– Prove que não está mentindo – Noah disse.

– Como?

– Passe no teste do detector de mentira.

Harry revirou os olhos.

– Ok, tudo bem. Mas você não tem um detector de mentira, tem?

– Lá em cima. É novo – Noah afirmou, sem vacilar.

– Ok, *sem problema*. Traga o aparelho aqui.

– Ok, *trarei*.

– Ok.

Noah o encarou mais um pouco.

– Ok, não tenho um detector de mentira, mas você não tinha certeza disso, e o fato de estar disposto a fazer o teste me deixa esperançoso.

– Não estou mentindo. Sophie é toda sua.

– Bem, *merci beaucoup, merci beaucoup*. Mas assim... você está de olho em alguém? Uma *pessoa* especial?

Harry desviou o olhar e deu de ombros novamente.

– Talvez.

Noah assentiu, mas seu estômago se revirava. Harry estava agindo como se tivesse um plano secreto mirabolante. Noah estava sempre um passo atrás em relação ao Harry. Harry fora o primeiro a ganhar uma bicicleta. A voz de Harry engrossara primeiro. Harry fora o primeiro a ingerir bebida alcoólica. Não é que Noah tivesse inveja, mas ele queria que os dois estivessem no mesmo nível. Fossem iguais. E ele não queria que Harry tivesse um grande plano fabuloso para ficar com alguém naquela noite, porque, conhecendo Harry, ele provavelmente conseguiria atingir seu objetivo. E Noah inevitavelmente não seria capaz de fazer o mesmo. E então Harry também teria beijado alguém primeiro e... e não parecia justo. Não importava se era Sophie ou outra pessoa. Não era a identidade da outra pessoa o problema, e sim Harry. E Harry era... bem, eles eram amigos.

Harry era *seu* amigo.

E Noah não queria dividi-lo com ninguém.

Deus, como ele era perturbado!

Eles já haviam bebido mais dois copos de vodca com groselha quando Sophie chegou vestindo jeans azul-claro rasgado nos joelhos, uma espécie de top preto cheio de tiras e uma camisa xadrez por cima. Ela estava deslumbrante. Como uma pessoa saída de um programa de tv ambientado em Nova York ou algo assim. Ela subiu a escada para usar o banheiro no andar de cima enquanto Noah e Harry preparavam uma bebida para ela.

— Devo dizer a ela que está atraente? — Noah sussurrou assim que ela saiu da sala.

— Diga que você acha que ela tem um *jeito agradável* e que o deixa excitado.

— Hilário. Mas, quer dizer, é o que as pessoas dizem, certo? "Você está bonita".

— Isso. "Você está bonita" está bom. "Você está atraente" é bizarro demais.

Noah acrescentou groselha ao copo dela.

— Você disse que eu estava *bonitinho*.

— Não, eu disse que seu *visual* era bonitinho. É diferente.

— Então devo dizer a ela que seu *visual* é bonito? — Noah perguntou, mantendo os olhos na porta à espera do retorno dela.

— Espera aí. Você não acha que estou bonitinho?

— Não, você está. Você está... — Harry colocou as mãos nos ombros de Noah — muito bonito.

— Ah. Bem, obrigado — Noah agradeceu, surpreso pelo fato de Harry aparentemente ter dito a verdade e por não estar debochando dele. Ele se desvencilhou das mãos de Harry para terminar a bebida de Sophie. Acrescentar um canudo. Uma fatia de... maçã.

— E você está... se é que posso dizer isso, você está... *deslumbrante*. Está certo dizer deslumbrante? Geralmente são as mulheres quem são deslumbrantes, não? Talvez a palavra certa seja... adorável? Não, também não é essa. Hum... gostei MUITO da sua camisa. Veste *perfeitamente*. Quer dizer, tem um corte *bonito*. Não, quer dizer, fica ótima. Em você. Hum... quer salgadinho de queijo?

Harry piscou para ele confuso.

— Não, obrigado.

— Por que você tem uma casa de boneca? — Sophie perguntou reaparecendo na porta.

— Você entrou no meu quarto?! — Noah guinchou, envergonhado. Era o pior que podia ter acontecido. O que mais ela teria visto?

A pilha de cuecas sujas que sua mãe ainda não tinha colocado para lavar? O monte de Legos antigos debaixo da cama com os quais ele brincava, mas obviamente não mais, porque já tinha praticamente dezesseis anos agora e *fala sério! Lego! Haha! Não, é claro que não!* Ou pior, seu quadro de estudos e suas matérias classificadas por cores e a linha do tempo que ia do presente até o verão seguinte, para garantir que todas as matérias e módulos fossem estudados seis vezes e sinalizados com lembretes manuscritos, o que fazia com que ele parecesse super-mega-geek aos olhos dos outros?

– Foi sem querer! Eu estava procurando o banheiro! – ela riu, como se fosse engraçado.

Noah apertou os olhos e a encarou. Ele se sentia *violado*.

– Não é uma casa de boneca. Bem, *era*. Harry e eu a transformamos em uma versão 3D de Detetive.

Harry assentiu.

– Tem todos os aposentos do jogo de tabuleiro normal do térreo, mas no primeiro andar há cinco quartos a mais, dois deles suítes.

– Oh, certo – disse Sophie, pegando a bebida que Noah oferecia.

– E acrescentamos outros suspeitos, incluindo um ativista ambiental, um político desacreditado e um troll das redes sociais – Noah explicou.

– E ainda tem armas extras. – Harry disse. – Temos overdose de medicamentos vendidos com receita médica, facão e *trigo*.

– Trigo? – disse Sophie.

– Intolerância a glúten – Noah explicou. – Existe mesmo.

Sophie concordou com um movimento de cabeça. Será que estava impressionada?

– E vocês… fizeram a decoração e tudo mais?

– Sim! – Noah exclamou. – Usamos estiletes e madeira balsa para construir a estrutura e depois utilizamos mostruários de tinta e papel de parede que pegamos na Homebase.

Sophie olhou para eles.

– Legal – ela sorriu. – Vamos indo?

– É autêntico! – Noah alegou, preocupado, porque ela podia achar engraçado e, portanto, brega. – Detetive é um ótimo jogo. O *melhor* jogo. Mas é fácil demais. Esta versão é mais empolgante. Demora mais.

– Mais quanto?

– Cinco dias – Harry disse.

Sophie inflou as bochechas e bufou.

– Ok, garotos. Terminem de beber e vamos andando. – Ela deixou o copo de lado e foi ao vestíbulo vestir o casaco.

– Não, veja bem, é realista! – Noah berrou enquanto ela desaparecia. – O Detetive normal demora duas horas. Quem resolve um assassinato em duas horas? É absurdo!

– Sim. Sem dúvida. Legal – ela gritou em resposta.

Ele decidiu que era melhor não tocar mais no assunto, então fez o que ela dissera e terminou sua bebida. Droga. Pelo amor de Deus, ele tinha quase dezesseis anos! O que diabos estava fazendo? Daquele jeito, nunca ficaria com uma garota.

Harry ergueu a sobrancelha e olhou para Noah.

– Qual é o problema dela? – sussurrou com ar conspirador. – Por que não ficou empolgada com o jogo? É a melhor coisa do mundo!

– Sim, de fato. É incrível.

– É – Harry concordou.

Eles saíram. Às vezes, Noah achava que Harry era a única pessoa no mundo que o entendia de verdade.

Capítulo 9

A porta principal, grande e isolada, da casa de Melissa estava entreaberta, com pessoas espalhadas pela entrada de cascalho e música audível desde o início da rua. Eles se enfiaram no vestíbulo, Noah fazendo o que podia para fingir que devia estar ali.

– Oi, No-ah! – Era Jess Jackson de mãos dadas com um cara que parecia ter uns vinte anos. – Não esperava encontrá-lo aqui.

– Pois é – Noah disse.

– Ei, Sophie. Este é Kirk, meu namorado. Ele não é da escola. Na verdade, está na *faculdade* – ela disse, obviamente surpresa por ter conseguido agarrar um cara daquele. – Ele está estudando para ser construtor.

– Prazer em conhecê-lo – disse Sophie.

Kirk se afastou dos recém-chegados.

– Quer ir lá para cima, gata? – ele grunhiu.

Jess deu uma risadinha, num misto de vergonha e fingimento.

– Kirk é uma celebridade.

– É mesmo? – Sophie disse, dando um sorriso forçado e olhando para ele novamente.

– Ele saiu em um monte de jornais nacionais quando era criança, sabe? Naquela campanha para arrecadar fundos para seu tratamento de câncer na Alemanha? Ele tirou uma foto com alguns jogadores da seleção inglesa de futebol e tudo mais.

– Ohhhh – Noah disse, lembrando da história. – Sim, doei cinquenta *pence* por um cupcake – ele sorriu, certo de que Kirk ficaria grato por sua generosa contribuição.

Kirk olhou para Noah.

– Você é aquele moleque, não é?

– Que moleque? – Noah disse.

– *Yo, ho, ho e uma garrafa de rum,* meu pai foi sequestrado por piratas. *Aquele moleque.*

Noah mordeu o lábio inferior.

– Ah, eu tinha *dez* anos.

Kirk bufou e voltou-se para Jess.

– Gata? Vamos lá para cima!

– Humm… o que você quiser, gato – ela disse, enquanto o arrastava em direção à escada.

Noah observou os dois se afastarem. O que havia de tão interessante lá em cima? oh! Oh, *Deus,* era óbvio. Aquilo. Argh.

– Certo, venham comigo – chamou Sophie, assumindo a liderança e abrindo caminho pela festa propriamente dita. – Vamos achar a cozinha.

Uma festa! Seria como nos filmes? Com pessoas arrancando as blusas, todas suadas e sensuais? Será que haveria amassos e sexo e ele faria parte daquilo? *Será que teria petiscos?* Noah esperava que sim. Se tivesse, pelo menos, pavlova, e queijo, e abacaxi em palitinhos de coquetel já estaria bom; não precisava ser bufê completo.

– Tem gente de barba aqui! – ele sussurrou para Harry enquanto se espremiam para passar por uns caras absurdamente *descolados,* um deles tinha até bigode.

– E?

– Achei que só teria gente da nossa idade. Não conheço nenhuma dessas pessoas. Como Melissa os conhece?

– Ela é popular, Noah. E pessoas populares têm uma grande variedade de amigos e os convida para festas.

Noah examinou o ambiente cheio de gente "popular". Todos aqueles da escola que ele já esperava encontrar: Jess Jackson, Jordan, Connor Evans e, é claro, Eric Smith. Eric era convidado para tudo, porque todos temiam o que ele poderia fazer se não o chamassem. Ele era como um vírus: pequeno, desagradável e com a capacidade de derrubar até os alunos maiores e mais populares. Chantagem era seu talento. Noah não sabia como ele conseguia, mas Eric interceptava mensagens de cunho sexual, invadia contas de redes sociais e obtinha qualquer coisa cujo sigilo tivesse valor. Ele era melhor que o MI5[4], melhor até do que a CIA. O pai de Eric (conhecido na área como Cachorro-Louco-de-Dentes-Afiados Smith) era um valentão cruel com contatos no submundo e há anos entrava e saía da prisão. Ninguém tinha dúvidas de que Eric estava seguindo o mesmo caminho.

– Oi, Harry. Oi, Noah – disse Melissa, aparecendo do nada diante deles.

– Viemos com Sophie – Noah se apressou em dizer, com medo de que fossem expulsos.

– Legal.

– Festa bacana – disse Harry, confirmando, animado, com um movimento de cabeça.

Melissa deu um sorrisinho falso.

– O ponche está na mesa, mas, se quiserem beber, têm que botar lá a bebida que trouxeram. Vocês decidem.

– Tem uma receita? – Noah perguntou, com medo de estragar o ponche e arruinar a noite de todo mundo.

– Não. É aleatório. Não usem o banheiro de baixo. Alguém vomitou lá – Melissa disse, se afastando enquanto Noah cheirava a tigela de ponche.

– Você não quer beber aquilo – Sophie fez uma careta. – Pelo menos, não até precisar. Aquilo acaba com você. Fique com a vodca e com a groselha por enquanto.

Depois de uma hora, eles estavam bebendo "aquilo" e estava gostoso. A vodca havia desaparecido tão rápido que Noah esta-

---

4 MI5 é o serviço britânico de informações (ou inteligência) de segurança interna e contraespionagem. A sigla é a abreviatura de *Military Intelligence, section 5*.

va convencido de que alguém a havia roubado, embora ele não soubesse bem como, já que a garrafa tinha ficado em suas mãos o tempo todo. Enquanto isso, a groselha tivera participação em um incidente na cozinha, envolvendo um aluno mais velho que havia vomitado no micro-ondas, e ninguém mais se interessou por ela. Encorajado pelo álcool, Harry teve que ser contido, porque queria exibir suas partes íntimas diante de um grupo de garotas que não parava de pedir para ver "o tamanho" dele, e Noah se viu na situação embaraçosa de ter que fazer xixi atrás de um arbusto espinhento do jardim, já que a fila do banheiro do andar de cima era comprida e não andava. Aquela estava sendo a noite das empolgantes primeiras vezes, e Noah começava a entender por que as festas eram consideradas tão incríveis. Antes, na cozinha lotada, *alguém* havia dado um beliscão na bunda de Noah. Ele não sabia quem, podia ter sido qualquer um, mas em seu íntimo ele se sentia feliz e orgulhoso. Havia uns alunos do décimo ano se esfregando no corredor, um pessoal do último ano fumando maconha no jardim e fofocas absurdamente picantes sobre o que estava rolando no quarto principal. Era lá que tudo acontecia. Tudo que era "coisa de adulto", e que envolvia "primeiras vezes", e todas as loucuras. E Noah estava lá. Era um adolescente. Ele observava uma garota do nono ano vomitar em um grande vaso de suculentas. Sim. Ele estava vivendo um sonho.

Além disso, ele havia perdido a sensibilidade do nariz e tropeçava sem motivo. Mas, apesar dessas dificuldades inegáveis, ele se sentia óóóóóótimo! Ele conseguiu passar com destreza, segurando dois copos plásticos cheios de ponche pela multidão e chegou até Sophie.

– Aqui está, cara dama – ele disse, decidindo que chamá-la de "cara dama" era engraçado.

– Obrigada, Noah.

Ele havia decidido que aquele era o momento de colocar em ação a Operação Visual Ousado. Ele se sentia confiante e sexy. Operação Visual Ousado em curso! Começou usando sua frase para impressionar:

– Você está bonita. Essa blusa é bacana.

Sophie olhou para ele e deu uma risadinha.

– É só um top.

– Ah. Certo. – *Roupas femininas eram confusas.* Era melhor não entrar numa discussão sobre aquele assunto. Ele impressionaria com sua próxima proposta sedutora! – Quer cheirar meus dedos?

– Hein?! Não, obrigada – a garota respondeu.

– Não, mas você pode cheirar minha *eau de toilette.* Tem um perfume gostoso. Acho que você vai gostar – afirmou, esticando o dedo indicador para ela. *Lynx.* Ela ficaria impressionada. Aquilo tinha poderes mágicos. O olfato era um sentido importante. Em propagandas de perfume, as pessoas acabam sempre se pegando, porque adoravam o cheiro uma da outra.

Ela deu um tapinha em seus dedos e os afastou.

– Posso sentir daqui, é… muito gostoso.

Noah sorriu. Excelente! *Ela conseguia sentir o cheiro dele de longe.* Ter usado metade do frasco não havia sido desperdício, afinal! Terceiro passo: demonstrar interesse pelos interesses *dela*!

– Você gosta de música?

– Hum, sim. Atualmente, tenho ouvido bastante Mustard Gas. Noah concordou, como se soubesse de quem ela estava falando.

– Ah, sim! Sim! Eles são ótimos!

– É uma pessoa só, não uma banda.

– Sim, sei. Eu sei. Ele é ótimo! – *Idiota!*

– É uma mulher.

Ah, meu Deus!

– A-há. Isso, *mulher.* Qual o nome daquela música famosa dela?

– Qual delas?

– Você sabe, aquela tipo, *boom! Sha! La! La!…* – *Por que está inventando essas coisas e dizendo besteiras? Por que não vai para casa agora? Por que você é tão idiota?*

Sophie não parecia impressionada.

– É uma cantora de indie folk, então duvido que tenha uma música como "Boom! Sha! La! La!". Talvez, você esteja confundindo com outra cantora?

Noah concordou.

– Gosto da sua blusa.

Silêncio.

– É melhor ser o seu celular aí no seu bolso, e não outra coisa.

– Não trouxe meu celular. *Ladrões.* Não dá para ser... – Ele entendeu o que ela queria dizer. – Ah, não se preocupe, não estou tendo uma ereção. – Ele puxou do bolso sua minilanterna. – É isso!

– Por que você trouxe uma lanterna?

Noah não podia acreditar. Que pergunta besta! Por que não levaria uma lanterna? Os escoteiros lhe haviam ensinado a estar sempre preparado, e é por isso que ele sempre estava.

– Para usar em caso de emergência – explicou. – Se faltar energia, por exemplo.

Ela piscou atônita. Piscar era um sinal de atração. Ele havia lido aquilo em algum livro de linguagem corporal. Ele a beijaria até o fim da noite. Não tinha dúvida.

– Vou lá fora tomar um ar – ela disse, se afastando.

– Entendido. Câmbio e desligo – Noah respondeu, batendo continência.

Ele se virou e deu de cara com Harry parado bem ao seu lado. Há quanto tempo ele estava ali?

– Tudo bem, Haz?

– Como está indo com Sophie?

– Ah – Noah sorriu –, indo muito bem, na verdade. Então, ficamos flertando e tal e descobrimos que temos muitas coisas em comum, e eu gostei da blusa dela e ela disse que gosta do meu cheiro.

– Legal – Harry disse.

– E você? Fez algum avanço romântico com alguém?

Harry balançou a cabeça.

– Não estou muito a fim esta noite. Mas fico feliz em saber que você está se saindo bem.

– Quer ser meu padrinho? Se eu me casar com ela?

Harry olhou sério para ele.

– Pelo amor de Deus! Cresça, Noah! – E saiu enfurecido.

– Harry?! – Qual era o problema dele?

– Provavelmente está bêbado – disse Melissa, que estava por perto e havia presenciado toda a cena.

Noah assentiu. *Provavelmente.*

– Ei! Ei! Bela Adormecida!

Noah abriu um olho e Connor Evans gradualmente entrou em foco, inclinado sobre ele no sofá. Ele usava jeans justo, camisa branca de manga curta (será que não estava com frio?) e um topete absurdamente alto que desafiava a lei da gravidade. Noah supôs que aquele visual fosse *fashion*. Na verdade, como o cabelo dele *fazia* aquilo? Será que ele tinha usado supercola? A música parecia insuportavelmente alta. Tudo estava estranho e girando, como um sonho, uma visão, um...

– *Ei!* – Connor disse mais uma vez, chutando os pés de Noah.

– O que... o que... Oi, Connor... Como posso ajudá-lo?

– Seu amigo está lá em cima, dando um show em um dos quartos.

– Quem? Hazza?

– Sim, *Hazza*. Você precisa dar um jeito nele. Tentei tirá-lo de lá, mas ele continuou gritando coisas ao seu respeito.

Noah piscou atônito. O que diabos estava acontecendo?

– Vá lá, *agora*! – Connor exigiu, puxando Noah pelos pés.

– Eu... – Noah se equilibrou e respirou fundo. – Vou dar um jeito nele. Vou ter uma conversa de homem para... homem.

Ele se enfiou na multidão suada e se arrastou escada acima, se apoiando na parede e desviando de todo tipo de garotas aos prantos com maquiagem borrada.

Por que Harry estava dando show em um quarto?

Noah se viu diante de oito portas, assim que chegou ao andar de cima, e descobrir qual delas levava ao Harry era praticamente uma roleta-russa. Depois de passar por mais duas garotas aos prantos, um baseado e o início de um obsceno ato sexual, ele se arremessou contra a quarta porta e encontrou Harry agitado em um quarto de criança, jogando no chão todos os membros da Sylvanian Family, que estavam em cima de uma cômoda, em um acesso de fúria. Ele se virou e viu Noah. Havia raiva em seu olhar.

– Harry?

Mas Harry só olhou para ele. Então se curvou, pegou uma casa de boneca e a segurou no alto.

Não era uma casa de boneca qualquer. Noah reconheceu imediatamente o modelo da vasta pesquisa que fizera para construir o Detetive 3D. Eles tinham desistido daquele modelo específico de casa porque era caro demais, porque aquela, *aquela* casa de boneca, era *muito* especial.

– Harry! Não! Não o Castelo da Princesa da Barbie! – Noah gritou. – Qual é o seu problema?!

– Não me importo!

– Você não pode destruir o castelo dos sonhos de uma menininha!

Ele baixou um pouco o castelo.

– Como sabe que é de uma *garota*? Talvez, seja de um *garoto* que gosta de brincar com bonecas!

– Um garoto que gosta de usar vestidos? – Noah acrescentou, olhando para as roupas que Harry havia espalhado.

– Talvez! Talvez! Não faça suposições!

Noah seguiu o olhar de Harry até a tabuleta de madeira em que se lia "Quarto da Emily".

– Podia ser um garoto chamado Emily – Harry insistiu –, mas o que quero dizer é: as pessoas não deviam fazer suposições. Certo?

– O que…

– Certo?! – ele gritou, erguendo a casa de boneca novamente, com a respiração ofegante e irregular.

– Certo! Certo! Acalme-se! Não faço suposições! – Noah disse, recuando. Ele podia ver a veia da têmpora do Harry pulsando furiosamente. Será que Harry tinha usado drogas? Será que era a bebida? Será que Harry era mesmo o Incrível Hulk ou algo assim? Ele nunca havia visto Harry daquele jeito; era… assustador, era… como se ele fosse um cão raivoso do ferro-velho, ou uma bomba prestes a explodir.

– Você *faz* suposições. – Harry rosnou. – Você faz *um monte* de suposições!

Noah ficou boquiaberto. Agora aquilo, de algum modo, era culpa sua? O que ele havia feito de errado? Mas era perigoso demais discutir. Era melhor deixar passar, conversar depois. Era preciso acalmar Harry.

– Ok, bem, se o problema é esse, sinto muito!

– Odeio esta festa! – Harry explodiu. – Odeio todo mundo aqui. Nunca deveríamos ter vindo!

– Harry, o que aconteceu?

– Isso tudo é uma merda! Uma MERDA!

Noah concordou, desesperado para não o irritar ainda mais.

– Acho que devemos ir para casa.

– Acho que você deveria CALAR A BOCA!

Ele se encolheu e sentiu o coração aos saltos. Era como se Harry fosse lhe dar um soco a qualquer momento! Na falta de um tranquilizante para elefante, Noah tentou usar sua voz pacificadora, aquela que usaria se precisasse convencer um suicida a não pular do alto de um prédio ou se tivesse que negociar a soltura de um refém.

– Bote o castelo da Barbie no chão – falou calmamente.

– Não!

– Baixe o castelo devagar… O castelo da Barbie não tem culpa de nada… Apenas o coloque no chão… Coloque no chão…

– Não se aproxime! – Harry gritou, conforme Noah fez menção de avançar em sua direção. – Aproxime-se e eu arrebento esta coisa!

Noah parou e ergueu as mãos, como se dissesse "tudo bem". E então tentou um truque que já havia visto funcionar inúmeras vezes em um programa de TV que mostrava caras maus completamente insanos: ele fingiu que algo havia chamado sua atenção de repente à esquerda e, quando Harry instintivamente olhou na mesma direção, Noah se lançou para a frente a fim de tentar agarrar a casa de boneca e restaurar a ordem.

Só que seus pés não responderam rápido o bastante, porque ele estava *totalmente bêbado,* e tropeçou em si mesmo, se estatelando no chão. Ele esperava que o caos se instalasse, mas, ao olhar para cima, viu que Harry havia pousado a casa de boneca no chão e estava parado ao seu lado, chorando em silêncio.

Noah se levantou depressa e tentou se aproximar, hesitante.

— Harry? Haz? O que foi?

— Nada — Harry murmurou.

— Me diga, o que foi? — Noah perguntou, estendendo o braço e colocando uma mão no ombro do amigo, apertando de leve.

— Eu só... estou muito triste.

— Mas... mas *por quê,* Harry?

— Você ama Sophie de verdade? Acha mesmo que ficarão juntos?

Noah bufou. Aquela maluquice toda era por causa disso? Harry estava com ciúme porque Noah havia conseguido avançar um pouquinho no romance com uma garota?

— Bem, quer dizer, eu gostaria que isso acontecesse, mas duvido que aconteça. Ela vai se mudar para outra cidade, então... acho que voltamos à estaca zero.

E Harry simplesmente ficou olhando para a porta e respirou.

E então levantou o olhar, direto nos olhos de Noah.

E algo aconteceu.

Algo que viraria o mundinho de Noah de cabeça para baixo.

Capítulo 10

—**A**h, que se dane! – Harry murmurou, colocando a mão na nuca de Noah e o puxando para si.

Ele jamais imaginara que aquele dia chegaria. Coisas assim simplesmente não aconteciam com ele. Então ele nunca havia pensado muito no assunto… mas agora… estava…

Estava mesmo acontecendo.

Com ele.

Seus lábios se tocaram e o coração dele começou imediatamente a bater acelerado, *tum-tum-tum*. Seu estômago se contorcia, muito, como antes de um exame, ou como quando alguém diz "Tenho más notícias".

Coração acelerado.

Oscilação.

Mas até que era bom.

E meio terrível.

Definitivamente, esquisito.

Náusea, e sensação de calor, e mãos trêmulas, que ele não sabia bem onde colocar.

O que diabos ele estava fazendo? O que Harry estava fazendo? Harry o estava beijando, isso sim, mas *por quê*? Por que eles estavam se beijando? E por que Noah se deixava beijar daquele jeito? Harry, de repente, era gay? Harry nunca fora gay. Não que Noah tivesse notado, pelo menos. E *ele*, Noah, também não era gay. Ou era?

Eles estavam bêbados.

Ele não conseguia sentir o próprio nariz.

Eles ainda estavam se beijando.

Era suave e delicado, e Harry era bom naquilo. Será que ele já havia beijado antes? Será que era *mestre* na arte de beijar. *Profissional.*

Noah precisava ganhar tempo. Ele precisava entender o que estava acontecendo. Na falta de outras opções, o melhor era continuar beijando. Não havia nenhuma outra opção, na verdade. Se ele parasse de beijar, Harry podia se sentir ofendido ou magoado. Isso seria ruim. Se aquilo era a forma de seu melhor amigo assumir que era gay, ele devia, pelo menos, apoiá-lo. Se ele interrompesse o beijo, Harry poderia achar que Noah sentia nojo e era homofóbico, o que ele não era. Noah não tinha problema com aquilo. Aquilo era legal.

Línguas! Meu Deus!

Noah sabia que chegara até ali de algum modo. Ele estava agindo como um adolescente. Se sua mãe pudesse vê-lo naquele instante, ela acharia que ele era reprimido? Lá estava ele, dando beijo de língua, em um *garoto.* Lá estava ele. Sendo ousado. Ele representava a audácia da sexualidade humana... e coisas do tipo.

Mas aquilo não tinha a ver com sua mãe ou com qualquer outra pessoa.

Tinha a ver com ele e com Harry.

E aquilo mudaria tudo.

E não parecia certo.

Mas também não parecia totalmente errado.

E mesmo assim...

Será que era o álcool o responsável por aquilo? Eles tinham bebido muito... Sophie havia encorajado... Ela... Sophie... Oh, Deus... Sophie... Ele tinha ido à festa para beijar Sophie, e agora estava beijando Harry. Aquilo não estava nos planos! Ele tinha sido emboscado por Harry... e agora seu primeiro beijo era um grande beijo gay, não um beijo numa garota, como ele havia planejado... como ele certamente desejava?

— Você... — Noah começou a falar, desesperado para ganhar tempo — você é... você é gay... ou...?

— Se querer ficar com outros garotos significar que sou gay, então, sim, sou gay.

– Bem, é isso que significa. A menos que você seja bi, ou que esteja só experimentando. Você sabe, vendo como é…

– Não, não é nada disso. *Sou gay.*

Noah anuiu e engoliu em seco. Parecia bem definitivo. Como ele não tinha percebido? Como não tinha notado? Ele quase não queria que aquilo fosse verdade. Se fosse verdade, ele teria que *encarar* aquilo. Não queria encarar. Não estava pronto. Não sabia como.

– Então… é algo recente, ou…

– Na verdade, não. Nunca me interessei por garotas.

– Certo. Mas, talvez, isso não signifique que você nunca sinta atração por garotas. Talvez, você não sinta atração pelas garotas da nossa escola. Talvez, seja só isso.

– Mas sinto atração pelos garotos. Por alguns deles.

– Certo.

– Sinto atração por você – Harry disse.

Eles se olharam. Estavam sendo ditas coisas que Noah não estava preparado para ouvir. As pessoas deviam ser proibidas de dizer aquelas coisas do nada. Elas deveriam primeiro escrever tudo aquilo e depois enviar aquelas palavras aos outros. Para que houvesse tempo de se preparar. A espontaneidade não era boa para ninguém. Harry podia ter enviado um bilhete ou uma mensagem de texto. Explicando tudo. E Noah teria tido tempo de *processar* aquilo. De entender.

Harry sentia *atração* por ele. Era uma declaração tão ousada, tão extraordinária, que Noah não conseguia processar seu significado. Era um Erro 404. Era por isso que Harry estava ali, transtornado e irritado.

Ah, Senhor! Harry estava *apaixonado* por *ele*.

Silêncio.

O que eles haviam feito? As engrenagens do cérebro de Noah trabalhavam incessantemente para compreender aquilo.

Um beijo.

Um beijo demorado.

Eles eram mais que "amigos".

Eles eram próximos.

Agora eram ainda mais íntimos.

Ninguém podia saber.

Harry riu primeiro.

– Ah, uau!

– Hum… é – Noah murmurou, a cabeça girando.

– Isso foi insano.

– Sim – ele disse, baixando os olhos, tentando descobrir o que sentia e o que faria em seguida.

– Estou muito bêbado.

– Sim! Eu também. Sim. – *Era isso que tinha acontecido?*

Harry deu um tapinha na perna de Noah e aquilo lhe deu frio na barriga. Havia sido muito bom. Tinha sido estranho. Era Harry. Num minuto, eles estavam assistindo juntos ao *Bob Esponja* e, no minuto seguinte, havia *sensações,* e *emoções,* e coisas que pareciam ser bem de adultos.

– Vem cá – ele disse, puxando Noah para si de novo.

E, por um instante maravilhoso, era só ele e Harry novamente. Apenas os dois.

Juntos.

E não havia mais ninguém. E ele não queria que houvesse.

Mas ainda parecia…

Não totalmente certo.

Noah se afastou.

– Não sei se eu…

Harry estendeu o braço e segurou sua mão.

– Eu sei. Tudo bem.

– Foi uma surpresa, não?

– Foi – Harry sorriu, acariciando a mão de Noah com o dedão. Aquele movimento. Tão pequeno. Quase imperceptível, mas enviava ondas de grande prazer para o seu braço e para o seu estômago. Aquilo o deixava sem ar. Era absurdamente gostoso.

– Harry, eu…

– Ei, bichas! – Jordan Scott estava parado na porta. Há quanto tempo será que ele estava ali? Ah, meu Deus! – Está tudo tão ALEGRE por aqui!

Noah tirou sua mão da mão de Harry com um puxão.

– Ah, oi, Jordan. Oi. Estávamos só…

– Fazendo coisas gays?

– Cale a boca, Jordan – Harry disse.

– Comparando nossas mãos – disse Noah. – Só isso.

Jordan olhou para eles, curvando levemente os cantos da boca para cima.

– Todo mundo diz que vocês são gays. Isso só prova que é verdade.

– Não, isso não prova nada! – disse Noah. – Eu tinha… uma farpa no dedo e Harry estava…

– Estou *sempre* surpreendendo pessoas que não deviam estar juntas! – Jordan balançou a cabeça. – Mas jamais pensei que surpreenderia vocês dois.

– Jordan, não aconteceu nada. – Noah disse.

– *Pessoas* como *vocês*… – Jordan fez um gesto indicando os dois – deviam *morrer*. Estou só dizendo.

E saiu do quarto.

Noah ficou paralisado, olhando para a porta.

Ele nem sabia ao certo o que sentia.

Ele precisava de um tempo e de espaço.

Ele estava *bêbado*! Ele não sabia o que estava fazendo!

Ele havia ido até lá para beijar a Sophie. Ele havia ido até lá para ser normal. Para ser como todo mundo. Não para fazer uma cena, apenas para ter uma vida simples, uma vida tranquila. Uma vida normal e comum.

Harry *não devia* tê-lo beijado. Ele devia ter escolhido um momento melhor se queria fazer uma coisa daquelas. Como podia ser tão *estúpido*?!

Ele olhou para Harry.

– Acha que sou gay?

Harry olhou para ele sem expressão.

– Bem, deve ser, ou não teria feito o que fez! – Noah disse.

E com isso Noah se levantou e, sem olhar para trás, saiu do quarto e desceu a escada, empurrando um monte de bêbados, rumou direto para a porta principal, desceu a entrada de cascalho, dobrou a esquina e correu o resto do percurso até sua casa.

Parou para tomar fôlego na esquina da travessa que levava à sua rua. Jordan Scott, com certeza, contaria a todos que ele tinha visto Noah e Harry de mãos dadas. Agora, ele seria de novo motivo de fofoca na escola. Agora, sua vida seria um inferno... *de novo*.

Agora, ele provavelmente havia perdido seu melhor amigo.

Ele chutou a cerca para descontar sua frustração.

– SEU IDIOTA, INÚTIL, IMBECIL! – ele gritou, sem saber ao certo se falava de Harry ou de si mesmo. – AAAARGGGHH!

Capítulo 11

—**S**abe que horas são? – sua mãe perguntou, escancarando a porta, já que ele tentava enfiar sua chave na fechadura, sem sucesso, pela terceira vez.

– Eu estava na festa!

– Bem, por que voltou? Vá para a festa! Ainda não é nem meia-noite!

– Não...

– Noah! – ela continuou, impedindo sua entrada na casa. – Achei que tivéssemos combinado, não? Você só devia voltar depois das duas da manhã.

– Eu nunca disse isso!

– Estou *ocupada*.

– Só quero dormir...

– Este é *meu tempo pessoal*. Tempo para *mim*.

– Me deixe entrar!

– Caia fora!

– Por favor, mãe! – ele implorou, quase chorando.

– Você é tão independente quanto uma criança de dois anos de idade, sabia? – sua mãe sibilou diante de seu rosto, o cheiro de bebida barata no hálito dela deixando-o ainda mais nauseado. – Você arruinou minha vida desde o momento da concepção. Enjoo matinal inimaginável. Dez horas agonizantes de trabalho de parto. Tiveram que me cortar no final, é verdade! Fiquei com uma cicatriz. Uma cicatriz para o resto da vida! Espere aqui.

Ela bateu a porta em sua cara enquanto ele limpava a saliva do olho. Quando abriu a porta de novo, ela brandia um pano de prato.

– O que está fazendo? – ele protestou, enquanto ela amarrava o pano em volta de sua cabeça como uma venda. – Está apertado demais!

– Cale a boca. Você sabe muito bem que estou aqui com meu namorado novo. É por isso que voltou cedo. Para tentar nos flagrar juntos! Você simplesmente é incapaz de não se meter, não é? Bem, não deu certo. Você vai usar isto para proteger nossa privacidade, eu o levarei até lá em cima e é lá que você vai ficar.

Então ela começou a puxá-lo para dentro e se colocou atrás dele, empurrando-o escada acima.

– Não consegue nem mesmo ficar na festa até um horário apropriado! – ela murmurava, golpeando suas costas enquanto ele tropeçava nos degraus. – Não sei o que há de errado com você, realmente não sei.

– Mas eu não estava gostando!

– "Não estava gostando!", você ouviu o que disse? Eu devia levá-lo ao médico. Você não é um adolescente normal!

– As pessoas são diferentes, mãe. Tudo bem ser diferente!

– Não, Noah, não é bem assim – ela disse, empurrando-o para dentro do quarto. – Eles só dizem isso para que as crianças esquisitas se sintam bem. E não saia daí!

E então ela bateu a porta. Noah desamarrou o pano de prato e escutou sua mãe arrastar um armário de seu quarto pelo corredor e colocá-lo em frente à porta do quarto dele.

– Se houver um incêndio, você terá que sair pela janela! – ela gritou do outro lado da porta, assim que se deu por satisfeita, vendo que ele não tinha por onde escapar.

Mas a possibilidade de incêndio era a menor de suas preocupações naquele momento. Ele queria sair. Queria chorar. Muito. Ele esmurrou a porta do quarto.

– Mãe? Mãe? MÃE?! Olá? Socorro? MÃÃÃÃE! SOCORRO! SOCORRO! – Não houve resposta alguma, exceto o som dos passos dela descendo os degraus. Ele estava agitado e continuou esmurrando a porta. – Mãe! Me escuta! É sério! MUITO sério! Preciso USAR

A CASINHA! É muito urgente e é muito importante que você me deixe sair. É... uma questão de direitos humanos. Você está VIOLANDO meus direitos humanos e a ONU vai mandá-la para a cadeia. – Ele esperou. Nada. – Fogo! FOGO! – Ele fingiu tossir. – Socorro! Estou morrendo! MORRENDO!

Ele correu o olhar pelo quarto, desesperado.

Não podia mijar no cesto de lixo; era de vime. E uma caneca que já estava meio cheia dificilmente daria conta. AI, DEUS! AI, DEUS!

– É claro! – ele guinchou, se lembrando da janela. Mijar da janela! Como faziam nos velhos tempos! E situações extremas exigiam medidas extremas. Noah mal conseguia se segurar quando abriu a janela, subiu na cadeira e finalmente conseguiu soltar um jato totalmente livre e desimpedido de urina quente ao vento.

– Aaaaarrgh! – um grito de homem veio lá de baixo.

– Mas que diabos...? – foi a voz de sua mãe.

Noah ficou paralisado antes de começar a se afastar da janela horrorizado, ainda mijando para todo lado. Com o alvoroço instalado no andar de baixo ("Aaarrrgh! Parece ácido ou algo assim... meus olhos! Meus olhos!"), Noah deitou no chão e fechou os olhos, tentando fingir que nada daquilo havia acabado de acontecer.

– Sua BESTA! Seu *ANIMAL*! – a mãe gritou diante da porta de seu quarto. – Seu ANIMAL maldoso!

Noah encarou o teto. Ela estava certa. Ele era mesmo. Ele não só havia mijado em sua mãe, como também no novo namorado dela. Vendo pelo lado positivo, aquilo talvez fizesse com que o cara não se mudasse para a casa deles, não?

– Mijar nas pessoas é crime, sabia?! Eu podia chamar a polícia agora mesmo. Na verdade, é o que vou fazer. Vou chamar a polícia!

Aquilo seria bom, ele pensou. Eles o levariam para longe, bem longe. Iriam jogá-lo numa cela. A vida na prisão devia ser fácil comparada à sua vida ali. Todas as suas necessidades básicas seriam atendidas. Seria bem alimentado. Poderia estudar em paz. Outra opção seria ele mesmo ligar para o serviço social e pedir que o levassem dali. Ele já estava deitado no chão do quarto, era um menor de idade bêbado e coberto de urina – do que mais eles precisavam?

Ah, de que adiantava…?

Lágrimas surgiram em seus olhos, conforme os eventos daquela noite voltavam à sua mente. Ele não conseguia entender nada do que havia acontecido e nada do que estava sentindo. Confuso? Sim. Assustado? Talvez. Com medo? Sem dúvida. Ele queria conversar com alguém, mas quem? Sua mãe não se importava. Sua avó tinha demência. Seu pai havia sumido. Geralmente, ele falaria com Harry. Harry, que o conhecia tão bem e o apoiara tanto nos últimos anos.

Ele deitou na cama em posição fetal e chorou, enquanto o quarto girava e um temor dolorido dominava seu corpo. Ele encarou a escuridão. Era aquilo que significava ser um adolescente "normal"?

Vazio.

Medo.

Solidão.

Capítulo 12

Ele se revirou na cama de cueca. Sentia-se quente e enjoado e sua cabeça latejava. O que era aquilo – cólera? peste? Ele tinha certeza de que, o que quer que fosse, era fatal. Seu relógio de pulso Casio mostrava 11:15 da manhã de domingo. Ele soltou um gemido gutural quando uma onda de náusea quente percorreu seu corpo dolorido e de ressaca.

Uma mãe boa e atenciosa teria chamado uma ambulância àquela altura. Mas não a sua. Ela provavelmente estava ocupada demais com seu namorado para notar a situação precária em que ele se encontrava.

– GRRRRAAWWWWWOOOOOOAWWWW! – foi o grunhido que saiu do fundo da garganta dele, e então ele se virou na cama e deu da cara com sua mãe e Harry parados na porta. – AH, MEU DEUS! – ele gritou, sentando-se.

– Oi, Noah – disse Harry.

– Oi, Harry! – Oh, Deus. Ele não estava em condição de encarar aquilo agora. Ele se sentia ainda mais confuso do que na noite anterior. O que era real? O que havia acontecido de fato? Ele não tinha certeza. E se sentia enjoado.

– Harry veio visitá-lo – sua mãe explicou. – Por que está fazendo esses ruídos estranhos? E abra a janela e jogue um spray aqui; está fedendo.

Ele pôs-se de pé rapidamente, vestiu ao acaso uma calça de ginástica e uma velha camiseta áspera, abriu a janela com uma mão e, ao mesmo tempo, borrifou um pouco de Lynx no quarto.

Sua mãe suspirou.

– Quer beber alguma coisa, Harry? Chá ou...?

– Sim, aceito uma xícara de chá, sra. Grimes. Obrigado – Harry sorriu.

– Ok, já trago. Noah?

Ele não conseguia encarar aquilo no momento. Não conseguia encarar Harry. Não conseguia encarar a análise dos fatos da noite anterior. Precisava convencer a mãe de que se sentia mal demais para receber visita.

– A luz está se apagando! – ele gemeu, se jogando na cama de novo e olhando ao longe, como se estivesse alucinando. – Estou morrendo.... Vou morrer... – Ele tossiu e gorgolejou. – Oh, vida! Oh, morte! Oh!

– *Cale a boca e pare de gemer* – sua mãe disse, passando pela porta e fechando-a atrás de si.

Ótimo. Agora havia só os dois e muito constrangimento.

– Você está de ressaca – Harry disse em voz baixa, sentando-se na beirada da cama.

Noah olhou para ele.

– Ressaca? Eu?

– Sim.

– Ah, Senhor! Espero que a direção da escola não fique sabendo. Jamais serei representante de turma.

Harry sorriu e olhou para ele.

– Então...

Noah pôs-se de pé num salto.

– Vou ficar em pé, se você não se importar, ok? Ah, assim é melhor. Esticar as pernas um pouco. – Ficar sentado *ao lado de Harry* parecia perto demais, íntimo demais. Podia levar a... *mais beijos.* Mais beijos levariam a *mais confusão* e *mais sentimentos,* e seria melhor evitar tudo isso por enquanto.

– Ok – Harry começou a dizer, enquanto Noah ficava parado de um jeito esquisito no meio do quarto, sem ter o que fazer. Ele devia ter continuado sentado. Teria sido melhor. Ele estava de pé sem motivo algum, e sentar de novo seria estranho, porque havia acabado de dizer que não queria ficar naquela posição. *Por que ele era tão idiota?*

– Só quero dizer que sinto muito por ter ido longe demais – Harry disse.

– O que aconteceu depois que fui embora?

Harry revirou os olhos.

– É com isso que está preocupado?

– Bem, sim, um pouco. Quer dizer, você sabe como é a escola! – Era ruim demais, para começo de conversa. Um garoto que não gosta de esportes e que entrega trabalhos com quatro páginas a mais do que deveria é aquele que sofre intimidação. E também o tipo de garoto que tem uma mãe que faz shows em homenagem à Beyoncé *e* que é visto *de mãos dadas* com outros garotos – esse tipo de garoto é melhor quando morto. – *O que aconteceu?*

Harry suspirou.

– Absolutamente nada. Arrumei o quarto, desci, falei com algumas pessoas... Então um cara do último ano acidentalmente pôs fogo no barracão e foi uma confusão. Levei Sophie para casa e só.

– *Levou Sophie para casa?!*

Harry riu.

– Você só pode estar brincando que está bravo por causa disso?

Noah olhou para ele. Se havia alguém que deveria ter levado Sophie para casa na noite passada, e possivelmente a beijado, esse alguém era ele. Harry não só havia roubado seu primeiro beijo e o transformado em um beijo gay, como também provavelmente havia roubado Sophie e a beijado para não perder a viagem, já que agora ele obviamente era um adolescente doido para beijar todo mundo.

– Noah, eu sou gay.

Ok, talvez ele não tivesse beijado Sophie.

– Sim, bem, eu meio que já percebi – Noah bufou, disfarçando o fato de seu coração estar quase saindo pela boca. E, desta vez, não era por causa do álcool. Era algo real que estava ocorrendo em plena luz do dia. Era *verdade*. Harry era gay. – Há quanto tempo... você sabe disso?

– Um tempinho. Eu não planejava lhe dizer daquele jeito.

Noah assentiu. *Mas planejava.* Era um segredo e tanto para se guardar. Ele se sentia traído. Por que Harry não tinha conversado com ele sobre seus sentimentos assim que começou a tê-los? Por que esperar e fazer uma revelação dramática do tipo tudo ou nada?

– Tive medo – Harry continuou – e por muito tempo não tinha certeza, não sabia o que estava sentindo. Por isso não disse nada. Eu queria falar com você a respeito, mas continuava adiando. E então... veio a festa e você ficou falando de Sophie e sobre o quanto gostava dela, e, de repente, pensei, é isso. Perdi minha chance. E eu tinha bebido muito, e não estava pensando direito, e meio que surtei. Então, *sinto muito.*

Noah não sabia o que dizer. E se dissesse a coisa errada e piorasse ainda mais a situação? E quanto às grandes perguntas que ele se fazia? *Ele* sentia o mesmo? *Ele* era gay? Ser gay não fazia parte dos planos. Ele sonhava com uma existência normal – tudo que sua vida não havia sido até então. Ele se casaria com uma garota bacana, talvez Sophie, talvez tivesse filhos um dia, e *não* se divorciaria, nem sumiria e deixaria para trás esposa e filhos. Eles teriam dinheiro e uma casa bonita. Nem ele nem sua esposa fariam um show de tributo à Beyoncé.

– Diga alguma coisa. – Harry falou. – O que quer fazer?

Ele engoliu em seco e se sentou meio tonto na cama.

– Eu... eu meio que quero que as coisas voltem ao normal. Ou algo parecido com o normal.

– Eu também.

Noah respirou aliviado.

– Ok. Ótimo.

– Mas não dá.

– Como assim? – Noah questionou, uma pontada de medo no estômago.

– Quer dizer, sim, seria ótimo se as coisas simplesmente voltassem a ser como antes, mas, sendo bem sincero, quero mais que isso. Eu... eu gosto de você de verdade, Noah. Não apenas como amigo. Quer dizer, eu poderia beijá-lo agora...

– Não podemos! – Noah baliu. – Minha mãe! Ela voltará aqui a qualquer momento com as bebidas e ela não bate antes de entrar!

– Fique calmo. Não vou fazer nada. Só estou dizendo que *gostaria de fazer*. Se você quisesse. Só isso.

Noah segurou a cabeça com as mãos porque aquilo era confuso demais.

– Ai, *Deus* – murmurou.

– Não sei – Harry disse. – Há algo em você que me faz querer…

– Transar comigo? – Noah sugeriu, levantando os olhos.

– Eu ia dizer "proteger" você.

– Ah – Noah disse, baixando os olhos novamente –, por quê? Porque sou baixinho ou algo assim? Porque sou um pouco franzino? Não sou um camundongo. Não preciso de *proteção*.

– Claro – Harry sorriu –, eu me referia à forma como você vê o mundo. Sua… não sei, sua inocência. É bonita.

Noah se doeu.

– Minha *inocência*? Já vi um monte de coisas na internet! Já visitei uns sites bem *adultos,* se é que você me entende.

– Sim, acho que todos nós já vimos pornografia.

– Bem, isso, na verdade, é *ilegal*, Harry. É contra as leis. Eu estava falando de sites de notícias e atualidades voltados para adultos. Eles apresentam uma visão bem crua e real do mundo.

– Você nunca viu pornografia?

Noah olhou Harry nos olhos e engoliu em seco.

– Lanchinho! – sua mãe anunciou, irrompendo no quarto com uma bandeja nas mãos.

Ele observou – uma xícara de chá com pires para Harry, cubos de açúcar de verdade com pinças de servir (de onde diabos tinham saído *aquelas coisas*?!), um prato com uma toalhinha de crochê sobre a qual havia biscoitos sortidos. Havia rosquinhas, biscoitos recheados, palitinhos de chocolate e wafers cor-de-rosa. Noah apertou os olhos. *Era óbvio que sua mãe ardilosa tinha um estoque secreto de biscoitos de qualidade escondido pela casa.* Ele encontraria esse estoque. Deus era testemunha de que ele encontraria. Ele daria uma de detetive, seguiria as pistas e encontraria os biscoitos.

– Obrigado, sra. Grimes – Harry sorriu.

Sua mãe saiu e ambos ficaram sentados em silêncio pelo que pareceram ser séculos, o chá esfriando na bandeja, os biscoitos intocados – e por isso era óbvia a gravidade da situação.

– Ouça – Harry disse –, sinto muito por ter gerado o caos e sei que é confuso.

– Confuso?! – Noah disse, saltando da cama. Por que Harry supunha que fosse confuso? Enquanto Harry dizimava impiedosamente os membros da Sylvanian Family, falava furiosamente sobre "fazer suposições". E agora, quem estava fazendo suposições? – *Você* supôs que eu quisesse beijá-lo, mesmo sabendo que eu estava a fim de Sophie, e agora *você* está supondo que estou lidando com uma espécie de conflito de sexualidade!

– Está?

– E se eu não quisesse que meu primeiro beijo fosse com um garoto? E se eu não quisesse beijá-lo?

– Então, talvez, não devesse ter me beijado por tanto tempo.

– Foi por causa do ponche!

– Claro. Tudo bem. Foi um beijo apaixonado de bêbado. Ótimo.

Noah fechou a cara para ele.

– Você teve tempo de pensar em tudo isso. Você teve meses, ou anos, ou sei lá quanto tempo para pensar. Você simplesmente despejou essas coisas sobre mim e bum! Isto está acontecendo, queira você ou não.

– Mas você gostou? Ou *não*?

Ele tentou controlar sua respiração. Por que Harry estava tentando arrancar uma resposta dele? Quão injusto era aquilo?

– Não sei, ok? Satisfeito? *Não sei.*

Harry assentiu, enquanto Noah tentava descobrir se o que ele tinha acabado de dizer era, na verdade, uma forma de admitir que ele *podia* ser gay. Bem, independentemente de como aquilo havia soado, não importava. A verdade era que *ele não sabia ao certo* se tinha gostado do beijo e *não tinha certeza* de nada. Se Harry o tivesse deixado em paz na noite passada, talvez ele tivesse beijado Sophie. E, talvez, ele tivesse gostado. E então aquela conversa seria desnecessária.

– Bem, acho que você precisa pensar a respeito e então... veremos – Harry disse.

– Isso. Desculpe por ter gritado com você.

– Tudo bem. Mereci.

– Pegue um biscoito recheado. Você pode comê-lo na volta para casa.

– Ah, claro. Certo, é mesmo. Preciso ir.

– Tudo bem. Certo.

Harry pegou um biscoito e foi em direção à porta.

– E na escola? – Noah perguntou. – Teremos muitos problemas.

– Vai ficar tudo bem – Harry afirmou. – Lembra do Zach Donovan, três anos atrás?

Noah assentiu.

– Mas Zach Donovan era um jogador de futebol de um metro e oitenta com cara de modelo e todos o adoravam. Caso não tenha notado, a maioria das pessoas parece não se sentir da mesma forma ao nosso respeito. Além disso, ele foi para a faculdade pouco depois de ter se assumido e ninguém mais o viu desde então. São situações totalmente diferentes.

– O que estou dizendo é que atualmente as pessoas têm a mente mais aberta do que você imagina. E, de todo modo, quem se importa? Fomos vistos de mãos dadas, grande coisa! As pessoas têm coisas mais importantes com que se preocupar, não?

Noah olhou para ele, descrente.

– Espero que você esteja certo.

Capítulo 13

—**O**remos.
— *Pai Nosso, que criastes o garoto gay. Noah é seu nome...*
Oh, claro que "as pessoas têm coisas mais importantes com que se preocupar".

— *Fizestes Harry vir a este reino. Para que fosse feita a vontade dele. Assim na Terra como no Céu...*

Noah olhou para Harry, alguns bancos atrás. Ele tinha os olhos fechados e a cabeça baixa.

O dia anterior havia sido quase bom ou, pelo menos, tão bom quanto possível, depois de seu melhor amigo ter beijado você apaixonadamente e declarado seu amor homossexual infinito e você ter ficado, tipo, *Que ótimo, mas não sei se sinto a mesma coisa por você e agora minha vida virou de cabeça para baixo. Obrigado!* Mas participar do culto matinal de segunda-feira, com os olhos da escola toda em você, ser alvo da fofoca picante do dia, com alguns imbecis (*quem estava atrás dele?*) debochando de você era outra história – era óbvio que o simples ato de ficar de mãos dadas com outro garoto o havia lançado em um tipo diferente de inferno.

— *E o fizestes cair em tentação. Direto em um bar gay. Porque Noah é gay. Que gosta de fazer boquete. Livrai-nos do mal. Porque ele é gay.*

— Ok, em seus lugares! – disse o sr. Baxter, líder da turma.

Os alunos do décimo primeiro ano voltaram lentamente aos seus assentos. Melancólico, Noah se sentou bem em cima de uma banana que os hilários ocupantes do banco de trás haviam colocado no assento dele durante a oração.

– Ah… bem na bunda! – disse um dos alunos. (Não tinha sido.)

– Ele adora isso! – disse outro. (Ele não adorava.)

– Oh, Harry! Mete com vontade! – sussurrou uma garota. (Uma frase que ele jamais diria. Ele não era um ator pornô sem classe.)

– Certo, pessoal! – disse o sr. Baxter. – O Bazar de Natal está chegando.

Noah não sabia ao certo o que fazer com a banana. Se ele a tirasse de debaixo de sua bunda poderia gerar mais zombaria por parte dos idiotas sentados no banco de trás. Mas deixá-la onde estava, quando obviamente havia sentado nela, seria estranho. E ainda tinha o fato de a banana estar muito madura e de ter sido esmagada com o impacto, e agora aquela papa úmida começava a molhar sua calça.

– Ele ainda está sentado na banana! – riu a garota do banco de trás. – Está gostando!

Ele olhou para Harry mais uma vez, que estava voltado para frente e, obviamente, não fazia ideia do que estava acontecendo. Certo. Já bastava. Eles que se danassem! Noah se inclinou um pouco para o lado e tateou o banco debaixo de si para tirar a banana dali.

– Ele vai tirar a banana da bunda!

– Pervertido!

– Noah, está com formiga nas calças? – disse o sr. Baxter, erguendo a sobrancelha.

Risos. Todos os olhos voltados para Noah.

– Não… – murmurou.

– Ótimo. Então pare de se mexer e sente direito. Se não for capaz de ficar sentado quieto no banco, vai se sentar no chão.

Noah se sentou imóvel e baixou a cabeça de vergonha, enquanto os alunos do banco de trás morriam de rir graças àquela brincadeira de gente grande, obviamente. A umidade havia ensopado até sua cueca. Agora ele sentia a umidade na pele. Ele passaria o dia todo cheirando a banana – provavelmente a pior fruta para se cheirar.

Enquanto o sr. Baxter continuava contando as empolgantes novidades relacionadas ao Bazar de Natal, que seria ao ar livre e em estilo alemão, Noah lentamente colocou a mão direita debaixo da bunda, então parecia que ele estava sentado nela. Ignorando as expressões de surpresa dos alunos do banco de trás ("Ele enfiou a mão toda lá!"), ele tentava arrancar pedacinhos de banana que tinham grudado nos fundilhos de sua calça. Descobriu que as propriedades adesivas das bananas eram consideráveis. Ele precisava mudar de posição. O espaço entre sua bunda e o assento simplesmente não era suficiente para que ele alcançasse a casca da banana. Estava tão concentrado na manobra que não percebeu que o sr. Baxter tinha parado de falar e o olhava horrorizado, já que, aparentemente, ele estava tocando em seu traseiro de novo. Ele ficou paralisado, com a mão ainda debaixo da bunda, tateando.

– Pode ficar vermelho – disse o sr. Baxter, lançando um olhar de enorme decepção para Noah. – Fique em pé, por favor.

Noah olhou para ele assustado. Ele não queria levantar de jeito nenhum. Será que ele não podia apenas pedir desculpa e prometer que ficaria sentado sem se mexer?

– Noah Grimes! – o sr. Baxter gritou. – Se ainda quiser ter seu nome na lista de monitores no ano que vem, FIQUE EM PÉ!

Noah pôs-se de pé num salto, a fruta imediatamente perdendo suas propriedades adesivas, e pedaços de banana se soltando de sua bunda como se fossem cocô de elefante.

– O que *diabos* é isso? – perguntou o sr. Baxter.

– Sentei em uma banana sem querer, senhor – Noah explicou, desesperado para sair daquela situação e adotando a estratégia de ser totalmente sincero.

Noah esperava risos, mas a igreja ficou em silêncio total. Um silêncio horrível. E Noah sabia muito bem o motivo. Todos já sabiam da história de dois garotos de mãos dadas, então deviam pensar que aquilo era a progressão natural da coisa. Ele precisava remediar a situação. Precisava se explicar. Do contrário, as coisas só iriam piorar.

– Não é nada sexual, senhor – Noah tentou.

O sr. Baxter olhou para ele, perplexo e calado, o que Noah interpretou como um sinal de que ele queria ouvir o resto da explicação.

– Eu não estava enfiando a banana na bunda.

Em algum lugar, alguém disse "ah, meu Deus!" em voz baixa.

– Certo. Pessoal do décimo primeiro ano, vocês estão dispensados! – o sr. Baxter gritou, finalmente saindo do estado de choque. – Vão todos para a aula agora, por favor! Noah Grimes, você fica. E façam silêncio quando saírem, por favor. Vão!

Noah permaneceu imóvel, conforme filas de alunos enchiam o corredor em silêncio. Ele olhou para Harry enquanto o amigo saía em fila. Sim, ia ficar tudo "bem". Tudo estava indo absurdamente bem.

– Ok, Noah – o sr. Baxter disse, caminhando em sua direção, conforme os últimos retardatários saíam.

Em pânico, o garoto engoliu em seco.

– Ainda estarei na lista de monitores? Porque posso explicar, eu...

O sr. Baxter colocou a mão no ombro de Noah.

– Você está sendo intimidado? Seja sincero. Pode me dizer.

– Hum, bem... – O que ele devia fazer naquela situação? Agir como um "dedo-duro", um "boca-aberta", um "X-9"? A resposta era: sim, é claro. Aqueles *babacas* mereciam punição! – Sim, sr. Baxter, infelizmente estou. Não sei ao certo quem eram os alunos que estavam no banco atrás do meu, só que são da turma B do décimo primeiro ano, então imagino que o melhor a fazer seja mandar a turma toda para detenção, não sei.

– Ouça, os jovens gostam de pregar peças às vezes, para se divertirem, para fazer graça, etc. Mas quero que você saiba que pode vir falar comigo, tudo bem? Pode falar comigo sobre isso a qualquer momento. Quero acabar com tolices desse tipo.

Noah olhou para o sr. Baxter. Ele tinha entre trinta e sessenta anos, Noah não fazia ideia da idade exata. Entretanto, estava na escola desde sempre, e havia raspado a cabeça, o que lhe dava um leve ar de simpatizante da extrema direita. Provavelmente, era por isso que ele era líder do décimo primeiro ano – ele era aterrorizante quando precisava ser. Mas agora... ele estava sendo simpático. Muito simpático. Ok, ele não estava, de fato, *fazendo* nada para ajudar, mas estava demonstrando preocupação. *Por quê?*

– Como… estão as coisas em casa? Está tudo bem?

Noah arregalou os olhos. Por que ele estava tão interessado naquilo? Onde queria chegar?

– Está tudo bem, obrigado – Noah soltou rapidamente.

O sr. Baxter continuava olhando para ele e sorrindo.

– Ei, você gosta de teatro? De peças?

Noah assentiu com hesitação.

– Ótimo! Estou ajudando o departamento de inglês a organizar a excursão do décimo primeiro ano ao teatro. Eu estava pensando em… *A Ratoeira.* O que acha?

Os olhos de Noah brilharam.

– *A Ratoeira*? É da Agatha Christie, e *amo* Agatha Christie!

– Sim, eu sei – o sr. Baxter deu uma risadinha.

– Excelente. É uma escolha excelente – o garoto exclamou, radiante.

– Bem, faremos isso então. E vamos falar com a sra. Peters na recepção. Ver se ela consegue… hum… arranjar uma calça sem banana para você no achados e perdidos.

Ele deu um tapinha nas costas de Noah e saiu cantarolando. Noah observou enquanto ele se afastava e sorriu. Talvez ficasse tudo bem, no fim das contas, e uma excursão a Londres para ver *A Ratoeira* seria… ESPERE UM POUCO. COMO O SR. BAXTER SABIA QUE ELE ERA FÃ DE AGATHA CHRISTIE?!

Noah olhou ao redor em pânico, relembrando a cena. Ele dissera que amava Agatha Christie. "Sim, eu sei", o sr. Baxter respondera. "*Eu sei*". COMO ELE SABIA? E por que, POR QUE ele estava sendo tão simpático e… *paternal*?

Noah estava evocando Miss Marple, Jessica Fletcher e Poirot, todos ao mesmo tempo.

Será que o sr. Baxter era o novo namorado de sua mãe?

Capítulo 14

Noah caminhou até a recepção se sentindo meio tonto. Era só o que faltava! Se ele descobrisse que sua nada boa mãe estava namorando o líder da turma do décimo primeiro ano da sua escola, ele não responderia por seus atos.

Agora que estava pensando melhor, ele lembrava do sr. Baxter ter causado alvoroço recentemente por ter aparecido no estacionamento com seu novo carro esportivo conversível de dois assentos. Ele demonstrava todos os sinais de uma crise de meia-idade e, portanto, era exatamente o tipo de homem pelo qual sua mãe naturalmente se sentiria atraída.

Tudo. Fazia. Sentido.

E então ele fechou os olhos porque percebeu, horrorizado, que aquilo significava que ele havia mijado no líder de sua turma da escola. *Excelente*.

Aquele relacionamento maluco não podia continuar. *Ele tinha que separá-los. Ele tinha que semear dúvidas em suas cabecinhas e, então, regar as sementes com o veneno da paranoia.*

Ele não era má pessoa. Era para o bem de todos os envolvidos. Ambos seriam gratos a ele. Um dia.

A sra. Peters era a mulher rabugenta que guardava a recepção (e o acesso à fotocopiadora) como se guardasse o Forte Knox e, como a maioria das pessoas que trabalhava em escolas, ela simplesmente odiava crianças.

– Sra. Peters? Disseram para eu vir aqui pegar uma calça no achados e perdidos – disse Noah.

— Você é do décimo primeiro ano, não é? — ela perguntou, apertando os olhos.

— Sou.

— Acho que não temos nenhuma calça que sirva em alunos do décimo primeiro ano. Alunos do décimo primeiro ano normalmente não fazem xixi na calça.

— Sim, mas não fiz xixi na calça.

— Então, por que precisa de uma calça do achados e perdidos?

— Sentei numa banana acidentalmente.

A sra. Peters olhou carrancuda para Noah e foi procurar uma calça no armário dos fundos da recepção. Ela voltou e balançou uma calça velha e rasgada diante de Noah, que ficou consternado ao ler na etiqueta que era uma calça tamanho 11-12 anos.

— Acho que é muito pequena — Noah afirmou.

Mas ela não estava ouvindo. Ela olhava através da porta de vidro da entrada principal. Noah se virou e viu Josh Lewis, do décimo terceiro ano, entrar pela porta com seu uniforme de rúgbi.

Josh Lewis — capitão do time de todos os esportes. Josh Lewis — tão amado pela escola que eles haviam pedido para ele ficar mais um ano. Josh Lewis — arrasa-corações, monitor, exemplo de conduta. As garotas o amavam. Os garotos queriam ser como ele. Os professores o adoravam. Ele havia passado por todas as fases da puberdade exatamente na idade certa. Ele tinha barba de verdade no rosto e músculos definidos adequados porque fazia muito exercício físico. Ele era tão macho que podia se dar ao luxo de usar um brinco de diamante quadrado e brilhante na orelha, embora Noah tivesse notado que ele não o estava usando recentemente — não que Noah tivesse ficado checando obsessivamente ou algo assim, o que definitivamente não tinha feito.

Josh acenou para a sra. Peters, que acenou de volta alegremente e ainda deu uma risadinha de adolescente. Então seus olhos se voltaram para Noah, seus lábios se curvando enquanto ela notava o enorme contraste entre Josh e ele. Noah ergueu a calça para que entrasse no campo de visão dela.

– Desculpe, sra. Peters, mas acho que ficará pequena demais.

– É isso ou nada. Você é bem magrinho, então provavelmente deve servir – ela sugeriu, devorando seu biscoito digestivo do Vigilantes do Peso.

– Tudo bem. – Noah suspirou. – Bem, obrigado pela ajuda.

De fato, a calça serviu na cintura, embora as pernas fossem uns dois dedos mais curtas e o cavalo estivesse inacreditavelmente apertado, exibindo em alta definição suas partes íntimas. Calças *skinny* podiam estar na moda, mas Noah não achava que devessem impedir a circulação de sangue para a parte inferior de seu corpo.

– Uau! – exclamou Jess, olhando para suas partes baixas, conforme ele caminhava até sua carteira na aula de Geografia. – Temos conteúdo impróprio para menores aqui!

– Belo pênis, Noah! – alguém gritou.

– Meu Deus! Isso deve ser *ilegal*, cara!

Em vez de se importar com aquilo, Noah puxou sua cadeira de debaixo da carteira e se jogou sobre o assento, a calça apertando loucamente quando ele se sentou, dividindo seus testículos ao meio ao mesmo tempo em que rasgava sua carne da parte de cima da coxa até a bunda. Ele ofegou de dor ao sentir suas bolas ricochetearem no abdômen e voltarem, tentando encontrar um espaço.

– Está tudo bem, Noah? – perguntou Sophie, que havia se aproximado para sentar perto dele com uma pequena pilha de papéis que usaria na apresentação do trabalho. – Estou ansiosa; nosso caso é sólido. – Ela parou de falar e olhou para ele. – Você está bem?

Noah assentiu, uma onda de náusea percorrendo seu corpo.

– Estou – ele disse em voz baixa.

– Você está muito pálido. Está doente?

Noah negou com um movimento de cabeça. Aquilo era dor. E se alguma parte de seu corpo tivesse sido decepada de verdade?

– Espero que você não esteja tendo muitos problemas. Harry me contou tudo que aconteceu na festa.

– Tudo? – ele grasnou.

– Sim. E sei que aqueles idiotas ficaram zombando de você na igreja, mas acho que você fez bem em se manter calado com dignidade. Você foi superior a eles. Tem certeza de que está tudo bem?

– Acho que aconteceu uma coisa – Noah arquejou.

– Que tipo de coisa?

– Acho que minhas bolas foram decepadas! – ele choramingou, seus olhos enchendo de lágrimas.

– Oh... Deus... Sério?

Noah assentiu, o lábio inferior tremendo.

– No mínimo, houve uma torção e, quando isso acontece, você só tem cinco minutos para evitar que as bolas morram e tenham que ser removidas cirurgicamente – ele disse, conforme todas as histórias pavorosas que ele havia lido em sites médicos nada confiáveis voltavam à sua mente.

– Caramba... Vou...

– Não! Não diga nada à srta. Palmer! – Noah implorou, não querendo chamar mais atenção ainda para si.

– Mas, Noah!

– Não!

– Noah! Isso pode ser grave!

– Por favor!

– Não tem do que se envergonhar!

– Tenho, sim! Eu...

– Tudo bem! Acalmem-se! – a srta. Palmer gritou enquanto Sophie levantava a mão. – O que foi, Sophie?

– Desculpe, srta. Palmer, é que acho que Noah teve uma torção nos testículos e, talvez, precise de cuidados médicos.

A srta. Palmer cruzou os braços.

– É algum tipo de desculpa para se livrar da apresentação?

– Não, professora! – Noah disse. – Todos os papéis estão aqui... – Ele abriu uma pasta aleatória e todas as folhas se espalharam pelo chão. – Todos os papéis! Todo o trabalho! Aaaahhhh!

– Professora, ele *precisa* de atendimento por causa dos testículos – Sophie insistiu.

– Bem, e como ele conseguiu fazer isso com os testículos? – a srta. Palmer perguntou.

– Vocês poderiam, por favor, parar de dizer essa palavra? – Noah disse com uma voz fina.

Ele fechou os olhos. Se não fosse pela dor inacreditável, aquele momento teria sido horrendo, mas, enquanto ele saía da sala mancando, apoiando-se em Sophie e na srta. Palmer, ele não se importava. Não se importava que todos estivessem adorando a cena. Não se importava com os gritos e risadas. Ele não se importava com alguém dizendo "Virgem santa! Ele está usando uma cueca do *Bob Esponja*?".

Ele simplesmente não se importava. Quando se chega ao fundo do poço, não dá mais para piorar. Não se pode ir ainda mais para baixo, não há mais nada de ruim que possa acontecer. E aquele era o fundo do poço. Era, definitivamente, o fundo do poço. Sua mãe estava namorando um professor, ele havia beijado o melhor amigo, a garota de quem ele gostava agora achava que ele era gay e que seus testículos tinham sido danificados. Será que as coisas podiam piorar ainda mais?

Será?

Capítulo 15

— **B**em! – declarou a sra. Sawyer, tirando as luvas de látex enquanto ele continuava em pé com as bolas ao vento no meio da enfermaria. – Acho que podemos respirar aliviados. Seus testículos vão sobreviver.

Noah ergueu a cueca enquanto a sra. Sawyer fazia uma anotação no livro de ocorrências. A primeira pessoa a apalpar suas bolas havia sido uma mulher de sessenta anos com testa grande e pelos compridos no queixo. Não fora como ele havia imaginado ou esperado.

– A dor diminuiu? – ela perguntou.

– Sim – o garoto grunhiu, evitando contato visual com a mulher que o conhecia mais intimamente que qualquer outra pessoa no mundo.

Ela fechou o livro e sorriu gentilmente.

– Certo, então fique aqui enquanto procuro uma calça nova para você. Descanse um pouco ali naquela cama e estará novo em folha rapidinho!

– Ok. Obrigado.

Ela saiu apressada da enfermaria e Noah subiu na pequena cama e se enfiou debaixo do cobertor surrado. A sra. Sawyer era sabidamente fácil de enrolar. Com sorte, ele conseguiria ficar ali o dia todo, até o momento em que algum outro pobre coitado tivesse um azar como o seu, e então todos já teriam esquecido dele.

Ele mal havia se ajeitado na cama quando a porta foi novamente aberta.

– Está tudo bem, Noah? Fiquei sabendo que você estava aqui – disse Harry, que tinha um olho roxo e o lábio sangrando.

— Jesus! O que aconteceu com você?

— Caí no cascalho perto das quadras de tênis.

Noah olhou para ele.

— Ceeeeeerto.

— Sou tão destrambelhado. — Harry dando de ombros. — Mas quem sabe assim não presto mais atenção por onde ando, não?

Noah assentiu.

— Claro. Muito destrambelhado.

Noah se sentou apoiando as costas na parede. Ele sabia muito bem que aquela não era bem a verdade. E por isso era tão assustador. Não seria a primeira vez que um homossexual era agredido. Não seria a última.

— Preciso de um abraço — Harry disse.

Noah engoliu em seco. Ele achava que não tinha problema. Afinal, era apenas um abraço. Não era nada de mais. Ele se aproximou do amigo e se abraçaram com a cabeça apoiada no ombro um do outro. Não era tão ruim quando eles estavam a sós. Eram os outros que tornavam tudo difícil. Aquilo parecia legal. Aquilo parecia normal.

— Ah, Deus, já chega. — Harry disse, se afastando. — Estou tendo uma… *você sabe.*

E, de repente, tudo parecia errado de novo.

Como aquilo podia parecer tão certo e tão errado, tudo ao mesmo tempo?

— Ouça, Harry, não sei, mas com o que aconteceu hoje cedo e agora você… agora que você caiu no cascalho, quer dizer… pensei se talvez não seria melhor se não fôssemos vistos juntos por um tempo? Tipo, não ficar juntos no intervalo? Talvez, não voltarmos juntos para casa?

Harry balançou a cabeça.

— Que se dane! Você está falando sério?

— Foi só uma ideia, até as coisas se acalmarem de novo. Quer dizer, tudo isso aconteceu só porque *uma pessoa* nos viu de mãos dadas. Imagine se Jordan entrasse aqui dez segundos antes quando nós estávamos… Bem, imagine só!

– Mas ele não entrou. Ninguém viu, ninguém sabe, ninguém vai fazer nada a respeito.

– Mas se eles nos virem saindo juntos, conversando, vão botar mais lenha na fogueira! – Noah exclamou. – As pessoas agora vão procurar qualquer coisinha, qualquer indício de que nós estamos... – Ele fez um movimento vago jogando os quadris para frente. – Você sabe, algo assim. As coisas vão piorar.

– Não me importo se piorarem. E daí?

– Só quero que as coisas voltem a ser como antes. Posso aceitar o que aconteceu entre minha mãe e meu pai. Não há mais nada que eu possa fazer a respeito. Mas *isto*...

– O quê? Agora sou um incômodo para você? É isso?

– Não! Harry, não é isso! – Noah suspirou. Por que ele não conseguia entender seu ponto de vista? Geralmente, ele e Harry concordavam em tudo. Agora, parecia que não conseguiam concordar em nada. – Só não quero dar a eles mais motivos.

– Pare de me usar como desculpa para não encarar seus medos. Não acredito. Não acredito que isto está acontecendo.

– Mas...

– NÃO ACREDITO! Jesus! – Harry encostou-se na parede, passou as mãos pelos cabelos e olhou para Noah. Foi uma visão rápida, bem de relance, daquele estranho furioso que Noah conhecera na festa. Aquilo o assustava.

– Desculpe, foi só uma ideia. Uma ideia estúpida.

Só que não era estúpida. Harry podia não se importar nem ver problema naquilo tudo, mas para Noah era diferente. Ele não queria que todos ficassem falando dele, que o chamassem de gay e que tornassem sua vida um inferno. Ele nem tinha se assumido ainda! Ele não tinha feito nada além de ter deixado seu amigo beijá-lo. E ninguém nem sabia disso, com exceção, talvez, de Sophie! Tudo o que as pessoas sabiam com certeza era que eles haviam sido pegos de mãos dadas. De mãos dadas! Vai saber o que aconteceria se soubessem do resto!

A porta se abriu e Sophie entrou.

– E aí? Como está o paciente? – ela perguntou.

– Bem. Minhas bolas estão bem – Noah declarou, ansioso para lhe contar que não havia dano e que ele ainda era perfeitamente capaz de ter filhos e de ser um pai excelente, caso ela o considerasse adequado para aquele tipo de coisa.

Ela olhou para Harry.

– Nossa! Está tudo bem?

– Sim, claro.

– Esta escola é um lixo e as pessoas aqui são neandertais – ela disse. – Fora vocês, é claro.

– Sorte sua que está indo embora, não é? – Noah disse.

– Sabe, estive pensando, e vocês dois são os únicos garotos da escola de quem eu realmente *gosto*. Não é bizarro? Deve haver uns quinhentos garotos aqui e só dois são decentes! Vocês pegaram o espírito da coisa, não estão *tentando* se encaixar.

Noah sentiu seu coração afundar. *Ela gostava dele.* Ok, ela também estava totalmente errada quanto a não tentar se encaixar, mas se ela ficasse e não achasse nem por um instante que ele era gay, talvez ele tivesse uma chance. Desejou que ela pudesse ficar. Se ela ficasse, podia rolar alguma coisa. Ela tinha praticamente dito que era uma possibilidade.

– Ouça, vocês sabem que podem ir me visitar quando quiserem, não sabem? Juntos.

– Noah não tem certeza se quer ser visto comigo – Harry disse –, então duvido que iremos juntos visitá-la.

– Haz! Cale a boca! Meu Deus! – Aquela conversa era particular. Por que ele estava contando à Sophie, queimando seu filme com ela? Obviamente, soara mal, principalmente fora de contexto daquele jeito.

Ela franziu os lábios e olhou para ele. *Isso!* Lá estava aquele olhar! O olhar que dizia: "Você é um completo imbecil, como pôde fazer isso?" e "Agora só tem um garoto na escola de quem eu gosto, e não é você!".

– Não foi bem isso que eu disse!

– Foi isso, sim – Harry cortou.

– Veja bem, Sophie, só achei que as coisas seriam menos horríveis se os outros não…

– Cale a boca – Sophie disse. – É uma ideia terrível e muito maldosa, Noah. Você e Harry deviam ficar juntos. Vocês são amigos. Vocês se amam.

O que ela queria dizer com aquilo? O que ela pensava, depois do que Harry havia lhe contado?

– Amo Harry – ele disse com cautela. – Somos amigos do peito, não… de outras partes do corpo. Somos…

– Noah, isso é totalmente desnecessário – Harry disse.

– Só estou explicando.

– Não precisa. Estou morto de vergonha. Apenas… pare.

– Certo. Enfim, tenho que voltar para a aula. E *você*… – Sophie apontou para Noah – não seja um babaca.

Ele assentiu.

– Entendido. Pode deixar. Não serei.

Ela saiu, e Noah virou-se para Harry.

– Por que fez aquilo?

– Não sei. Eu estava irritado.

– Ok, tudo bem. Mas não envolva outras pessoas. Principalmente, aquelas que acabaram de revelar que somos os únicos garotos em toda a escola de quem elas gostam.

– Desculpe, eu devia ter saído naquela hora? Você queria perder sua virgindade com ela na cama da enfermaria?

Noah jogou as mãos para cima.

– Quem sabe? Talvez. Talvez eu quisesse! Talvez, se você tivesse saído e não me transformado em um completo *cretino* aos olhos dela, eu a teria seduzido e nós teríamos ficado juntinhos e nos amado. Ou não. Simplesmente não sei.

Harry riu e deu um empurrãozinho de brincadeira em Noah.

– Você é um idiota.

– Finalmente! Uma calça tamanho 13-14 anos! – a sra. Sawyer anunciou, empurrando a porta com seus seios enormes e entrando triunfante na enfermaria, enquanto os garotos se separavam discretamente.

– Mas meu tamanho é 15-16 anos! – protestou Noah.

– A cavalo dado não se olha os dentes. O que aconteceu com você, Harry Lawson?

– Ele caiu no cascalho perto das quadras de tênis – Noah explicou, dando um sorriso sarcástico para Harry.

– Precisa de pontos? – Harry perguntou.

– Precisa de toalhas de papel úmidas, isso sim. Não sei! Caiu no cascalho! Tsc, tsc, tsc! Quer dizer então que você é destrambelhado?

– Sim – Harry sorriu, entrando no jogo. – Sou destrambelhado.

– Tenho chocolate para garotos corajosos. Quer um chocolate?

– Sim, obrigado, sra. Sawyer – Harry respondeu com olhos de cãozinho.

Noah se doeu quando a sra. Sawyer saiu da sala. Por que ela não havia oferecido a ele chocolate? Seu problema era muito pior do que o de Harry. Harry só estava com alguns cortes e arranhões; Noah tivera uma torção nos testículos, e eles tinham sido praticamente fatiados. Ele queria chocolate, droga!

– Então, a gente se encontra na mureta mais tarde? Como sempre? – Harry perguntou.

Noah confirmou com um movimento de cabeça.

– Claro. – *E levarei um cartaz com os dizeres "ESTAMOS INDO TRANSAR", porque, de qualquer forma, é isso que todos pensarão.*

– Estamos bem?

– Sim, é claro. – Embora Noah sentisse que as coisas estivessem *diferentes.* Ele sentia que as coisas haviam mudado. Ele sentia que *tudo* havia mudado.

– Pegue! – a sra. Sawyer disse, enfiando a cabeça no vão da porta e atirando para Harry um chocolate. – Noah, acha que já está bem o bastante para vestir a calça e voltar para a sala de aula?

– Ainda não. Acho que meu nível de açúcar está baixo por causa do choque – ele disse, olhando cobiçosamente para o chocolate de Harry.

– Tudo bem, então. Fique aqui o tempo que precisar – a mulher assegurou. – Vou ver se encontro umas pastilhas de menta para você.

Noah fez uma careta. *Ele queria um chocolate.* Ele fitou Harry, que sorria de volta.

– Vai ficar tudo bem, você vai ver – Harry disse.

– Certo.

– Toma. – Harry jogou para ele o chocolate. – Não coma tudo de uma vez.

Capítulo 16

— **N**oah?!

Ele levantou os olhos e sorriu, feliz em ver Sophie surgindo de trás do muro do ginásio de esportes e caminhando apressada até onde ele estava sentado, em um dos bancos.

– Sua mensagem dizia "Me encontre atrás do ginásio de esportes – URGENTE" – Sophie afirmou, se sentando ao lado dele. – O que aconteceu?

– Nada. Só achei que não nos despedimos direito na enfermaria.

Sophie revirou os olhos.

– Certo, em primeiro lugar, se você coloca "urgente" em uma mensagem, isso geralmente significa algum tipo de emergência, e estou falando de morte ou de acidente. Em segundo lugar, o que exatamente você quer dizer com "não nos despedimos direito"?

– Bem, eu só...

– Porque as pessoas geralmente só vão para trás do ginásio de esportes para fumar ou se beijar.

– Bem, não tenho cigarro – Noah disse.

Sophie arregalou os olhos.

– Ah, e, hum... eu não tenho... lábios?

Ela balançou a cabeça.

– Ok, isso é... obviamente besteira, porque estou olhando para os seus lábios. Ouça...

– Então, esta é uma despedida!

– Noah, não precisamos de uma grande despedida, porque...

– Eu só queria dizer uma coisa.

– Para isso tem Skype, redes sociais e até aquele negócio chamado...

– Eu só queria dizer…

Sophie suspirou e se recostou.

– Tudo bem. Diga, então.

– Sei que só temos conversado há alguns dias, mas nesse tempo você virou uma das minhas melhores amigas, de verdade. Mas agora você vai para Milton Keynes. – Ele olhou para ela. Esse era o X da questão. Era isso que gerava o senso de urgência. As coisas podiam ter dado errado de algum modo, mas ele não podia deixar aquela oportunidade escapar. – E o que tenho a dizer, Sophie, é: haverá *garotos* em Milton Keynes?

Ela piscou atônita para ele.

– Bem, eu diria que há grandes chances. Parece haver garotos praticamente em toda parte.

– É verdade. É verdade. – Noah assentiu. – Mas me pergunto: como serão os garotos lá?

– Ah! Ah, entendi o que quer dizer. Bem, deve haver alguns que lhe agradem. Quando você for me visitar, podemos…

– Não! – Noah guinchou. – Não estou pensando no que me agrada. Não. Quer dizer… há… Ouça, não importa. Só tenha em mente que os garotos de cidades grandes, às vezes, podem ser… sabe, podem ser *muito* perigosos. Muitas vezes, eles são embrutecidos pela vida dura, pela poluição e pela delinquência. Alguns podem ser batedores de carteira. Outros podem trabalhar para traficantes de droga. Só estou dizendo que você não deve confiar em ninguém e que é melhor não se envolver se tiver alguma dúvida ou muitas dúvidas, então meu conselho é: não se envolva. Enfim, com seus exames se aproximando e tudo mais, você não deveria pensar em começar um relacionamento. Não com um garoto novo que nem conhece direito. É isso que eu acho.

Sophie explodiu numa risada.

– Ah, Noah!

– Estou falando sério.

– Eu sei. E é por isso que é mais engraçado. – Ela bagunçou o cabelo dele. – Você é tão inocente, é fofo.

– Mas, Soph…

– Não, é um *ótimo* conselho, Noah. Agradeço muito – ela disse. Noah assentiu, sem saber ao certo se ela estava sendo sarcástica. E o que diabos ela quis dizer com "inocente"? Ele estava bem a par de como o mundo moderno funcionava. Meu Deus! Outro dia ele tinha visto um documentário na TV sobre uma onda de festas regadas a muito sexo em Cotswolds, o que tinha feito aumentar as DSTs em mais de cinquenta por cento.

– Enfim, achei que você gostaria disto. – Ele puxou o chocolate quente e derretido do bolso. – Desculpe, está meio mole, porque ficou no meu bolso desde manhã. É um Mars Bar.

– Sim – ela disse. – Estou vendo. É muita gentileza sua. Obrigada.

– De nada.

– Posso dar um conselho a *você*? – ela perguntou.

– Tudo bem.

– Em vez de ficar aqui sentado me dando dicas de namoro, as quais, você sabe, são muito úteis, por que não vai encontrar Harry? Porque é isso que você devia estar fazendo neste instante.

Noah titubeou.

– Sim, bem, *estou indo* encontrar Harry. Só queria vê-la primeiro. E agora vou passar no banheiro masculino e depois vou encontrar Harry. – *Por que você tinha que dizer a ela que vai passar no banheiro masculino? Ela já sabe do fiasco da infecção urinária. Agora ela vai pensar que você tem mesmo um problema de bexiga solta. É isso que ela vai pensar.* – É claro que eu poderia esperar e usar o banheiro de casa, mas decidi ir aqui. Sem nenhum motivo especial. Para ser sincero, tanto faz usar o banheiro aqui ou de casa.

– Bom saber. – Sophie disse, se levantando. – Mandarei uma mensagem de texto para você quando eu estiver em Milton Keynes. Só começo a escola nova na semana que vem, então tenho tempo suficiente para saber o que você e Harry andam fazendo! Se você encontrar meu pai zanzando por aí, confuso, perdido, passando fome e usando roupas sujas, pode ajudá-lo a descobrir como usar os eletrodomésticos?

– Claro – o garoto assegurou –, boa sorte em sua casa nova. Espero que você não seja arrastada para o violento mundo do crime e das drogas da cidade grande.

– Obrigada, Noah.

Noah estava parado diante do mictório, fazendo xixi e checando o relógio, porque ele estava atrasado para encontrar Harry e queria passar na casa de repouso ainda durante o horário de visita para ver a avó. O bom é que, pelo menos, a maioria dos alunos já tinha ido embora àquela altura, o que significava menos chances de ele arranjar mais problemas naquele dia. Foi só quando subiu o zíper e se virou que ele percebeu que não estava sozinho.

Um dos cubículos estava ocupado, e alguém chorava baixinho lá dentro. Noah foi na ponta dos pés até o canto mais afastado do banheiro e se abaixou para olhar por baixo do vão da porta. Ele só conseguia ver a mochila da pessoa, que era igual à de Harry. E a pessoa usava os mesmos sapatos que Harry.

Portanto, era possível que fosse Harry lá dentro. Noah hesitou e olhou na direção do cubículo, escutando os soluços e engasgos abafados. Ele se sentiu péssimo. Devia ajudá-lo.

Mas…

O que devia dizer? O que devia fazer? Era um terreno desconhecido.

Noah se sentiu muito mal. E Harry obviamente se sentia muito mal. Toda aquela história de *homossexualidade* estava deixando os dois muito mal.

Ele queria que jamais tivesse acontecido.

– Haz? – ele sussurrou do lado de fora do cubículo. – Haz? Sou eu. Seu amigo Noah Grimes. Está tudo bem?

Silêncio, e então:

– Sim… sim, estou bem, Noah. Olha, você tem razão. Talvez, seja melhor você ir embora sozinho hoje.

Obviamente, não estava tudo bem. Noah bateu na porta do cubículo.

– Posso entrar?

Harry suspirou do lado de dentro.

– É sério, só vá embora.

– Você está fazendo o número dois?

Harry esmurrou a fechadura e abriu a porta.

– Não, não estou fazendo o número dois! Qual é o seu problema? Só me deixe em paz, ok?

Noah olhou para ele. Harry tinha os olhos vermelhos e lágrimas escorriam por suas bochechas. Ele parecia *arrasado*.

– O que aconteceu? – Noah disse, tentando desesperadamente se aproximar e tocá-lo.

Harry respirava de forma irregular.

– Não aconteceu nada... acho... isso tudo mexeu um pouco comigo. Vou ficar bem. Amanhã estarei bem. É bobagem minha. – Ele assentiu, como se estivesse tentando convencer a si mesmo. – Você está bem?

Noah deu de ombros.

– Acho que sim.

Harry assentiu novamente e enxugou as lágrimas com as palmas das mãos.

– Vá para casa. Deixe as coisas se assentarem e se acalmarem um pouco.

O que diabos tinha acontecido? Certamente, alguma coisa tinha acontecido. Algo que tinha feito Harry mudar de ideia.

– Pode me dizer: o quão ruim é? – Noah perguntou.

Harry respirou fundo e o encarou.

– Não sei do que você está falando. – Ele fechou a porta na cara de Noah.

– Haz!

Ele fechou o trinco.

Noah suspirou. Aquilo tudo era demais. Era uma loucura, uma estupidez. Ele precisava conversar com alguém a respeito. Ele precisava falar com a *avó*. Balançou a cabeça e saiu do banheiro, deslizando discretamente para o corredor.

— Tudo bem aí, Noah? – disse uma voz atrás dele.

Surpreso, Noah se virou e viu Eric Smith o encarando, cabelos ensebados grudados no rosto suado.

— Tudo bem? – Noah respondeu, sentindo imediatamente que Eric planejava algo ilegal e obscuro.

Eric o encarou pelo que pareceram ser séculos, uma expressão totalmente impenetrável.

— Ainda está aqui a esta hora – ele disse por fim.

— Você também.

Eric assentiu e sorriu.

— A gente se vê.

— Sim. Tchau – Noah disse, incapaz de se afastar rápido o bastante. Deus, aquele garoto o assustava!

— George! Finalmente! – exclamou sua avó, baixando o volume de "Livin' on a Prayer", do Bon Jovi, assim que Noah enfiou a cabeça no vão da porta de seu quarto.

— É o Noah, vó.

— Onde está George? O que fez com ele?

— Ele foi cremado há dois anos, vó.

— Ele foi QUEIMADO? QUEIMADO vivo?! Ele não era Joana D'Arc!

Noah não tinha forças para discutir, então apenas murmurou um tímido "sinto muito" e se sentou na beirada da cama, afrouxando a gravata, porque estava absurdamente quente no quarto. A avó fechou a porta e as cortinas. À luz fraca da miserável lâmpada econômica, ela puxou uma folha de papel enrolada da gaveta de roupa íntima, se sentou ao lado de Noah e desenrolou o papel.

— O que é isso, vó? – ele perguntou.

— Olhe com atenção.

Parecia uma planta baixa da casa de repouso, completa, com as dimensões, elevações e uma série de linhas pontilhadas vermelhas.

— Ah! Isso é…

– Não diga nada! – ela interrompeu. – Tem escuta no quarto! Eles podem nos ouvir! – sussurrou. – SEI QUE VOCÊS ESTÃO OUVINDO! – ela gritou de repente.

– O que vai fazer com isso, vó?

– Dickie roubou da sala do administrador. Nossos criptoanalistas não conseguiram descobrir o código da porta principal. Nem mesmo Vera, que trabalhou em Bletchley Park durante a maldita guerra! Ela foi a mulher que ajudou a decifrar a máquina Enigma, pelo amor de Deus! Eu disse a ela, eu disse "São só quatro malditos números, quão difícil pode ser?!". Agora ela nem consegue resolver o sudoku das páginas do jornal, coitada! Enfim, temos que estudar outras opções. A porta principal não é uma alternativa, mas as *prensas para calças* de emergência são! Como você pode ver na planta, as *prensas para calças* estão localizadas aqui, aqui e aqui – ela disse, apontando no mapa onde estavam as saídas de incêndio.

– Vó, o que está planejando? Um tipo de fuga? – o garoto quis saber.

– Sssh! Não! Não usamos essa palavra. Nós planejamos – ela sussurrou – *levar roupa suja para a lavanderia*.

– Certo. E quando pretendem ir até a lavanderia?

– O melhor horário é no início da manhã. É quando o número de pessoal está reduzido. Vera concordou em soar o alarme às três da madrugada, e, durante a confusão que se seguirá, eu e Dickie levaremos nossa roupa suja para a lavanderia usando a *prensa para calças* mais próxima no fim do corredor.

Ela parecia satisfeita com aquele que achava ser um plano infalível, mas Noah tinha suas dúvidas. As saídas de incêndio podiam não estar trancadas, mas certamente devia haver alarmes. E o que ela e Dickie planejavam fazer assim que estivessem do lado de fora do prédio? Pretendiam escalar a cerca feito ninjas, ela com sua prótese de quadril e ele com seu marca-passo?

Mas a avó obviamente achava que tinha tudo sob controle.

– Daqui – ela continuou –, um caminhão de sorvete nos levará até Dover, onde pegaremos a balsa e iremos... para *Barbados*!

— Vocês vão para Barbados de balsa? Está falando sério?

A avó fez um som de censura.

— Oh, você podia ter um pouco de fé! — Ela enrolou o mapa e o entregou a Noah. — Guarde na gaveta de cima — instruiu —, bem escondido.

Ele fez o que ela queria, então se sentou e deu-lhe um sorriso gentil. Os detalhes do plano, considerados isoladamente, eram engraçados. O que estava por trás daquele plano de fuga, certamente não. Ele não queria ter que fingir que acreditava no plano de fuga maluco da avó. Não queria que ela tivesse aquelas ideias, para começo de conversa. Ele queria que ela fosse como era antes, como quando ela não tinha demência e as conversas faziam sentido. *Quando ela era sua avó e zelava por ele.* Mas talvez, apenas talvez, ela ainda pudesse zelar por ele.

— Todo mundo está dizendo coisas sobre mim e Harry.

— Por quê? — ela perguntou.

— Porque nos viram… Porque ele estava segurando minha mão. Não, não *segurando* exatamente, era mais… *tocando*.

A avó ergueu a sobrancelha.

— Continue.

— Quer dizer, foi uma coisa totalmente inocente. Totalmente. Na verdade, foi um mal-entendido.

— Eu não chamaria o fato de um rapaz bonito como Harry estar segurando sua mão de "mal-entendido". Eu chamaria de *prova irrefutável!*

Noah deu uma risadinha. Era *clássico* da avó.

— Ok, não foi um mal-entendido. Mas foi uma surpresa.

— Oh! — Os olhos dela brilharam. — Me conte *tudo*!

Ele baixou os olhos.

— Na verdade, não há muito que contar. Fomos à festa e ficamos de mãos dadas… e ele me beijou, mas essa parte é segredo, porque ninguém sabe disso, e isso não significa que eu seja gay.

— A-há. — A avó sorriu.

— Mas você sabe disso, certo? Isso não significa que sou gay.

– Gay, hétero… dá tudo na mesma. Beije quem quiser, é só o que eu digo. Você não escolhe quem ama. Uma vez, tive um caso amoroso com uma menina chamada Meredith Southgate.

– O quê? É verdade? – disse Noah, não querendo, de fato, saber, mas ao mesmo tempo querendo *muito* saber.

– Não torça o nariz desse jeito! – Ela o censurou. – Você devia ter a mente um pouco mais aberta. Já tive sua idade, sabe. E um dia você terá a minha, e então poderá garantir aos *seus* netos que todas as tolices que eles estão vivendo não são nada de novo e que você já esteve na mesma situação, já fez exatamente a mesma coisa.

– Já fez…

– Apenas relaxe, Minduim. Você provavelmente está tornando tudo mil vezes pior para si mesmo se preocupando desse jeito. Se você não se importar, ninguém mais se importará; dê importância a algo e isso chamará imediatamente a atenção de todos.

Talvez, ela tivesse razão. Os mais velhos geralmente tinham. Os outros provavelmente conseguiam perceber que aquilo o irritava, e então o provocavam ainda mais.

– Sabe o que eu fiz quando descobriram sobre mim e Meredith? – ela perguntou. – Eu *aceitei* a verdade. Não neguei. Embora também não tenha confirmado. Assumi um ar desinteressado. Mantive um silêncio digno e misterioso. Sabe o que aconteceu?

– O quê?

– Um monte de rapazes se interessou por mim! As pessoas adoram o que é um pouco diferente. Sentem *atração* por coisas desse tipo. Principalmente, se lidam bem com suas próprias diferenças.

– Mas como lidar bem com isso?

– Você precisa ser forte, Noah. Precisa ser forte e corajoso. Manter a dignidade ficando em silêncio e observá-los se render.

Mesmo considerando a demência dela, aquilo tinha lógica. Se ele não os encorajasse, eles desistiriam.

Quando ele estava com a avó, tudo parecia fazer sentido. Problemas enormes não pareciam tão grandes assim quando a avó lidava com eles. Ele se levantou e beijou-a na bochecha.

– Obrigado, vó.

– Harry é um bom rapaz.

– Sim, ele é. Ele é bacana – Noah disse com tristeza. Era a pessoa mais legal que conhecia. Ele não queria que *não fossem mais melhores amigos*.

– Talvez você devesse pensar a respeito – a avó aconselhou –, pessoas bacanas são difíceis de encontrar. Você deve mantê-las por perto.

– Ainda somos amigos. É só... – *Complicado agora?*

– Sabe o que eu faria? O que eu *fiz?* Tente não rotular. Nem tente entender o que é. Apenas viva o momento. E lembre-se de que nada é para sempre. E outros momentos virão. E, às vezes, eles serão ainda melhores. Às vezes, serão piores. Mas não pense demais nisso. As pessoas adoram falar dos outros, mas pergunte a si mesmo: diante de tudo que acontece no mundo, diante da total insignificância de nossas vidinhas neste universo enorme, *quem se importa com o que os outros falam?*

Noah sorriu. E se sentiu um pouco melhor. É claro que ele podia aguentar algumas provocações, e os outros se cansariam se ele não reagisse e então parariam de atormentá-lo.

– Tenho outra novidade. – Noah disse. – Mamãe obviamente perdeu qualquer esperança de que papai volte para casa, acha que ele está morto, e está namorando um cara.

Noah observou sua avó tentando entender o que ele havia acabado de dizer.

– Quem está morto? – ela indagou, por fim.

– Não, ele não está morto. Pelo menos, acho que não. Mas é o que a mamãe acha. Provavelmente. – Ele fez uma careta, sabendo bem que não tinha conseguido explicar as coisas. Tentou de novo.

– Meu pai. Seu *filho...*

– Sei...

– Sumiu. Já faz anos.

– Bem, e onde ele está? Aquele imprestável; quando eu puser minhas mãos nele...

Noah inspirou, segurou o ar, expirou.

– Eu sei, você irá matá-lo – o garoto completou. – Até lá, no que diz respeito à minha mãe, ele já está morto, porque, embora ela ainda esteja casada, está namorando um *cara novo*.

– Nunca gostei da sua mãe. Eu disse ao Brian para não se casar com ela. "Ela é encrenca na certa", eu disse a ele. "Ela é volúvel!". Ele não me ouviu. Nunca ouve. E agora ela o matou!

– Não, vó, não foi bem isso o que eu...

– Quem é? Quem é esse cara novo?

Noah deu de ombros.

– Ela não quis me dizer.

A avó ficou em estado de alerta, claramente intrigada.

– Ela está tentando mantê-lo em segredo, não é? Provavelmente, ele está metido nisso tudo, me mantendo presa aqui para que eu não cause problemas! Você suspeita de alguém?

– Afirmativo. Uma pessoa, até o momento.

– Evidências?

– Nada que possa ser usado no tribunal. *Ainda.*

– Seja discreto. As pessoas acabam se entregando em algum momento. Uma palavra aqui, um olhar ali. Você vai conseguir a pista de que precisa. A propósito, como você se sente a respeito?

– Enojado – respondeu. – Quer dizer, ela tem quarenta anos; sem dúvida, o celibato seria a melhor opção a esta altura, não?

A avó segurou o riso.

– Você acha que pessoas com mais de quarenta não fazem sexo?

– Bem...

– Posso lhe dizer que, desde que Dickie colocou o marca-passo e passou a tomar Viagra, as coisas com certeza ficaram bem mais interessantes por aqui.

Noah ficou paralisado olhando para ela com espanto nos olhos.

A avó respirou fundo e balançou a cabeça.

– Você realmente precisa relaxar, mocinho.

Ele sentiu as bochechas queimando.

– Quê? Não, isso é ótimo. Quer dizer, é muito legal. Adoro a ideia de pessoas idosas fazendo sexo. Não, espere, isso soou estranho.

Quer dizer... – Ele se atrapalhou totalmente. Não era só aquela *imagem* que agora não saía de sua cabeça. Era o fato de que literalmente todos estavam transando. Menos ele. E ele era um adolescente. Era *ele* quem deveria estar fazendo sexo. Era o que diziam os livros e os programas de TV. Estava tudo errado. Ele estava ficando para trás de todo mundo.

– Estou pegando no seu pé.

– Ah.

– Era brincadeira.

– Ah. Hahaha! Muito boa, vó.

A avó assentiu.

– Vá para casa. E se você vir George, diga a ele que vou encontrá-lo, assim que escapar daqui. Tem uma casa de chá na esplanada de Broadstairs. Diga a ele que o encontrarei lá.

Noah suspirou e se levantou.

– Direi.

– Quem é você mesmo?

– Noah, vó! Sou o Noah.

Sua mãe não estava em casa. Ele estava sozinho. E *faminto*. Ele estava de joelhos, saqueando o resto do que estava escondido no fundo do guarda-roupa de sua mãe. Havia todo tipo de tranqueira ali – de decoração de Natal a caixas de fotos antigas e até uns cadernos de exercícios velhos de quando sua mãe estudava. Lá estavam os trabalhos de álgebra dela, que ele notou satisfeito que estavam cobertos de cruzes vermelhas e tinham uma nota "D" – o que significava que o professor dela provavelmente estava tentando encorajá-la, já que ela parecia não ter acertado nenhuma conta.

Em algum lugar daquele armário, ela devia ter escondido os biscoitos especiais que havia servido ao Harry no dia anterior. E ele encontraria aqueles biscoitos. Eles eram seu destino, seu *direito inato*. O guarda-roupa era o único lugar que faltava; ele já havia vasculhado a casa toda, até mesmo revirado a gaveta de calcinhas de sua mãe usando uma pinça de churrasco, levantando cada fio-dental com cuidado, como se fossem lixo radioativo. Mas não havia encontrado os deliciosos biscoitos em lugar nenhum.

Indo mais fundo na exploração daquela versão barata de Nárnia, ele encontrou uma lata de biscoito. *A-ha!* Agora ele poderia comer todos os biscoitos Jammie Dodgers que quisesse. Ele tirou a tampa da lata e ergueu uma sobrancelha.

Que diabos era aquilo? Um maço de notas de dez libras, talvez tivessem umas cem libras ali. E eles não tinham um centavo! Eles nunca tinham dinheiro suficiente para comprar nada bom e só conseguiam pagar as malditas contas atrasadas no último instante. Cem libras era bastante dinheiro. Para ele, pelo menos.

A lata também continha um monte de envelopes. Endereçados à sua mãe. *Cartas.* Provavelmente, eram de um passado distante e haviam sido escritas por cavaleiros que pretendiam se casar com ela, talvez prometendo casamento, assim que a guerra terminasse... E coisas do tipo que aconteciam nos anos noventa. Para sua surpresa, no entanto, a primeira carta estava datada de um ano atrás.

Usando sua lanterna, ele leu a carta, a garganta se fechando a cada palavra, a respiração acelerando e o coração aos altos.

"Ninguém sabe dele há seis anos", sua mãe dissera. "Pode até estar morto, Noah. Precisamos seguir em frente".

A carta era do seu pai.

Capítulo 17

Calle Santa Maria 21 – 3a
28012 – Madrid
Espanha
Lisa!
Como estão as coisas? Você está bem? Eu estou ótimo! A vida aqui
continua uma maravilha… sol, mar, areia… mas nada de peca-
minoso – estou me comportando… mais ou menos! Hahaha!
Como está o Noah? Diga a ele que mandei um oi e um conselho
de pai: use camisinha! Como eu queria que alguém tivesse me
dito anos atrás! Hahaha! Continuo no mesmo endereço, caso você
queira me contatar, mas mudei de nome! Por que continuar sendo
o sem graça Brian Grimes se eu posso ser Jon Mortimer. Soa bem,
não? É um ótimo nome para um empresário de sucesso! Hahaha!
Estou mandando a prata.
Paz!
Bjs,
J.

Ele precisou ler aquilo cinco vezes para assimilar.
Seu pai não havia morrido.
Estava vivo.
Vivo, e morando na Espanha, e *mandando dinheiro para eles.*
Ele pegou outra carta da lata e a abriu com mãos trêmulas:

De mal a pior

Hola direto da España!
Como vai, Lisa? As coisas vão bem por aqui. Tive que me livrar de um parceiro de negócios esta semana – ele queria os lucros, mas não queria se arriscar, entendeu? Mas sem problema. Consegui arranjar cinco novos investidores depois que ele se foi. Quer dizer que podemos iniciar as obras mês que vem e então BUM! *Um milhão de puro lucro. Só precisamos enrolar o banco por algumas semanas – quer vir aqui e fazer um showzinho para distraí-los?! Hahaha! Estou mudando de casa no momento, então escreverei novamente quando já estiver no novo endereço. Estou mandando uma graninha. Desculpe, não é a quantia que mando normalmente. Estou vendendo o carro, então compenso da próxima vez. Estou fazendo o melhor que posso, Lisa. Estou tentando, querida. Me dê uma chance, sim?*
Paz & amor,
Bj,
J.

Vasculhando o resto da caixa, ele encontrou mais cartas, todas com conteúdo similar, todas terminando com "prata", "grana" ou "bufunfa". Por que seu pai simplesmente não dizia "dinheiro", ele não fazia ideia, mas não importava. Ali estava a história toda, desconhecida e escondida – um homem que ele mal conhecia, mas que queria desesperadamente conhecer.

A tristeza em suas entranhas se transformou em raiva incontrolável. Sua mãe não tinha o direito de esconder tudo aquilo dele. E suas constantes perguntas ao longo dos anos, querendo saber de seu pai? Ele, Noah, não tinha o direito de saber? Direito de decidir se queria ver o pai ou não? Sua mãe não tinha só se esquivado das perguntas, ela havia *mentido* descaradamente para ele! Ela havia pintado a imagem de um homem egoísta que abandonara a família e os deixara sem nada, lutando para sobreviver, sem que nenhum deles soubesse como trocar um fusível ou instalar uma prateleira. Mas a verdade era bem diferente. O real motivo da partida de seu pai e outros detalhes de sua vida na Espanha não eram informados nas cartas, mas ele estava claramente arrependido e se esforçando para fazer as coisas darem certo. Cada carta era um pedido de desculpa. O que ele teria feito de tão ruim para não merecer uma segunda chance?

Noah contou um total de cinquenta cartas, enviadas em um período de quatro anos, e todas elas mencionavam o envio de dinheiro. E os cinco cartões de aniversário e os seis cartões de Natal endereçados a Noah faziam referência a "um dindim para você comprar alguma coisa para si". Então para onde havia ido todo aquele dinheiro ao longo dos anos?

Noah examinou o quarto de sua mãe, seus olhos notando os figurinos de Ruby Devine, a tv na parede, os lençóis de cetim na cama. Aquelas eram coisas caras – onde sua mãe teria arranjado, de fato, o dinheiro para comprá-las?

Ele socou os travesseiros dela, imaginando seu rosto a cada golpe. Queria descer correndo a escada, gritar com a mãe e cortar a garganta dela. Mas não podia fazer isso. Como era típico dela – e totalmente egoísta –, ela não estava em casa.

E o seu pai? Seu pobre pai que havia escrito para ele durante anos sem jamais ter recebido resposta? Seu pai só podia supor que Noah também não quisesse nada com ele – era isso que parecia! *Oh, meu Deus...* Então ele explodiu em lágrimas de frustração e fúria e, ao mesmo tempo, alívio em saber que seu pai, na verdade, estava vivo e aparentemente bem.

Ele respirou com dificuldade, como se estivesse se afogando.

E então... enfim... se acalmou.

E Noah tomou uma decisão.

Ele não seria mais uma vítima das circunstâncias.

Seria uma pessoa de atitude!

De volta ao seu quarto, Noah ligou o computador e pesquisou "Jon Mortimer Espanha." Era, de fato, um nome impressionante. E uma olhada rápida nos resultados da busca era ainda mais impressionante. Parecia que seu pai possuía uma espécie de condomínio, e era enorme. Havia um site, "Mortimer Holdings", exibindo apartamentos de luxo que estavam à venda, com imagens de seu pai bronzeado, sorridente, apertando a mão de vários homens e mulheres de terno. Nossa! Seu pai era *bonito*. Ele tinha um corte de cabelo moderno, dentes brancos e roupas bem cortadas. E também havia uma foto dele usando roupas casuais, bebendo um coquetel em um iate! Usando um maldito suéter Ralph Lauren! Caramba, ele devia ser *podre de rico*!

Na falta de um endereço de e-mail, Noah teve que fazer as coisas à moda antiga: abriu a gaveta da sua escrivaninha, pegou um papel de carta novinho e sua melhor caneta-tinteiro e começou a escrever com mãos trêmulas.

Querido pai,
Você deve estar se perguntando por que não escrevi antes. Bem, não escrevi porque mamãe foi muito sacana e escondeu todas as cartas que você me mandou para que eu pensasse que você me odiava/ estivesse morto, e obviamente tem usado todo o dinheiro que você enviou para comprar cigarros, e sutiãs, e coisas do tipo. Agora entendo por que você a deixou! Sorte sua que você pôde ir embora, enquanto eu não tenho outra opção a não ser ficar e sofrer terrivelmente.
Senti muito a sua falta, pai. Na verdade, eu não sabia o que tinha acontecido ou para onde você tinha ido. Às vezes, achei que você fosse o pior pai do mundo, porque, obviamente, não se importava comigo ou com o que eu fazia. Mas agora me sinto mal por ter pensado daquela forma, porque vejo que você se importava. E agora parece que era eu quem não me importava com você, já que nunca respondi. Para ser sincero, as coisas não vão muito bem.
Por que você foi embora? O que mamãe fez? Não precisa me contar se for pessoal, mas eu gostaria de saber. Foi por causa do estúpido tributo à Beyoncé? Por falar nisso, ela ainda faz esse show. Gosto de garotas, mas recentemente algumas pessoas têm falado que sou gay, mas isso não é verdade, porque é complicado e eu...

Uma mensagem chegou no seu celular.

Oi, Noah. É o Eric da escola. Tenho algo que acho que você vai querer. Querer muito. Me encontre no parque em 20 min. Traga dinheiro. A menos que queira que sua vida piore, bichinha.

Capítulo 18

Parecia que as palavras tinham sido gravadas a ferro nos olhos de Noah. "A MENOS QUE QUEIRA QUE SUA VIDA PIORE, BICHINHA." Sua boca estava seca. O que Eric havia conseguido? Noah quebrou a cabeça para descobrir algo que ele pudesse ter feito ou dito e que Eric agora possuía, porque, obviamente, ele *tinha* algo. Eric não era de perder tempo. Que outra opção Noah tinha além de ir? Passar a noite em claro imaginando o que podia ser? Não, obrigado.

Noah pegou uma das cartas de seu pai e todos os cartões de aniversário e de Natal e os escondeu em seu quarto. Quanto ao dinheiro, pegou tudo. Afinal, aquilo era dele. E se sua mãe percebesse que a grana havia sumido, dificilmente o acusaria de tê-la pegado, porque isso a faria admitir suas mentiras horrorosas. A maior parte do dinheiro ele deixou em casa. Talvez pudesse usá-lo para iniciar uma carteira de investimentos, algo responsável. Distribuiu vinte libras pelo corpo: cinco no bolso da calça, cinco na meia e dez na cueca. *Isso mesmo.* Ele sabia como enganar possíveis assaltantes. Ele também pegou sua lanterna portátil de confiança, um kit de primeiros socorros e um apito, porque nunca se sabia o que podia acontecer àquela hora da noite.

Adiante, uma silhueta sob o brilho alaranjado da luz da rua, estava Eric. Noah se preparou e andou a passos largos com o máximo de confiança que conseguiu fingir.

— Machucou a perna? — Eric bufou.

— Não.

— Por que está andando estranho, então?

De mal a pior

Droga. Ele já tinha visto pessoas andando na rua como se fossem donas do pedaço; por que ele não podia andar do mesmo jeito?

– Boa noite, Eric.

– Sabe o que é isto? – Eric disse, sorrindo de forma presunçosa e abrindo a mão.

– Um cartão de memória.

– *Errado*. São suas preces sendo atendidas, isso sim.

– Você está falando com um ateu. Eu não rezo – Noah respondeu, sem vacilar, o que era um milagre, porque estava morrendo de medo.

– Tudo bem, então. É a solução para todos os seus problemas.

– Como assim? – Noah podia sentir seu coração prestes a sair pela boca. O que será que tinha naquele cartão de memória?

– Porque nesta coisinha há três gigas de uma filmagem feita na festa de sábado. Tudo que aconteceu no quarto daquela menininha está neste cartão de memória.

Ele sentiu o estômago se revirar de pavor.

– Tudo?

– Ah. Agora está interessado.

– Tinha interesse desde o início, Eric. Do contrário, não estaria aqui. – Ele achou que seus joelhos não fossem aguentar. – O que tem aí, exatamente?

– Metade da turma ficando com quem não deveria. Você e Harry...

Noah engoliu em seco.

– É mesmo?

– Ah, sim. Assisti ao vídeo *mais* atentamente – Eric disse com um sorriso perigoso dançando em seus lábios. – Achei que você estaria interessado. Porque vocês não ficaram apenas de mãos dadas, não é? Vocês se beijaram um tempão.

– Não!

– Muito romântico!

– Você está... mentindo! – Noah cuspiu.

Eric deu de ombros.

– Câmeras não mentem, Noah. E *tenho certeza* de que a escola inteira concordará comigo quando as pessoas assistirem ao vídeo.

Merda. Vídeo. Ele e Harry. *O beijo.* O deboche de seus colegas de classe poderia terminar em alguns dias, mas agora… *com aquilo*… bastaria subir o vídeo no YouTube, ou alguém poderia criar um GIF, colocá-lo em alguns sites… Ele e Harry, todo mundo veria… Todo mundo saberia… Não seria mais um rumor, uma fofoca que as pessoas não tinham como provar que era verdade. Seria real. Evidência sólida. Inegável. Noah seria marcado para sempre por aquele beijo gay. Nada mais importaria.

– Duas perguntas. – Noah disse, tentando ganhar tempo. – Primeira, como você conseguiu o vídeo?

– Câmera de vídeo de alta resolução escondida em cima do guarda-roupa. Botei a câmera lá quando cheguei. Como sempre faço.

Noah olhou para ele, em choque por alguns segundos. Eric era um ser humano repugnante.

– Ok. Certo. E por que eu? Parece que várias pessoas gostariam de comprar o cartão de memória de você.

– Temos muito em comum, você e eu.

Noah olhou fixamente para ele. *Só na sua cabeça*, ele pensou.

– Então, quanto você tem? – Eric perguntou, encarando e se aproximando tanto de Noah que seus narizes estavam quase se tocando.

– Como sabe se eu quero?

– Vamos parar de besteira. Nós dois sabemos que você quer.

– Preciso pensar a respeito.

– Sem chance – disse Eric, respirando fundo. – Oferta especial. Somente hoje. É pegar ou largar.

– Espere até amanhã, pelo menos.

Eric balançou a cabeça.

– Tenho outros compradores na fila. Achei que estivesse lhe fazendo um favor ao oferecer o cartão de memória primeiro para você. Mas não tem problema, porque se você não quiser, tem muita gente que vai querer. Estará nas mãos de alguém antes da meia-noite de hoje. Poderia ser nas suas mãos, Noah. Poderia ser nas suas.

Noah engoliu em seco. Ele não podia correr o risco de o vídeo se tornar viral.

– Quanto você quer?

– Faça uma oferta.

Ele não tinha ideia da taxa de extorsão atual.

– Quatro libras?

Eric riu.

– Ok. Desculpe pelo incômodo, Noah. Este é um assunto de gente grande, tá? A gente se vê – ele disse, dando as costas para Noah e começando a se afastar.

– Espere! Eric, espere! – pediu Noah, correndo para alcançá-lo. – Foi apenas minha oferta inicial! É claro que tenho mais dinheiro. O que me diz de dez libras?

– Vá para casa, se enfie na cama e durma.

– Onze? Doze?

– Oh! Agora sim estamos falando de grana de verdade! – Eric zombou.

– Vinte? Vinte libras? É exatamente o que tenho aqui comigo. Por favor, Eric! Vinte libras!

– Não é o bastante.

– Então quanto? Quanto é o bastante?

Eric se virou e o encarou.

– Quero cem.

Noah arquejou, incrédulo. Aquilo significava entregar todo o dinheiro que ele tinha.

– Sem chance!

– Então sinto muito por você. – Eric deu de ombros. – Como eu disse, tem um monte de gente disposta a pagar. Acredite em mim. Sei o quanto o material vale.

– E cinquenta? – Noah implorou.

– O preço é cem.

– Sessenta então? Precisarei de mais tempo para conseguir, mas…

– Cem.

– *Por favor!*

– Por que eu deveria fazer um favor a você?

Noah olhou para ele e desejou ser o tipo de cara que poderia andar direto até seus inimigos odiosos e socar a cara deles, socar até que estivessem quase mortos.

– Por quê? Por que está fazendo isso? O que eu fiz para você?

– É apenas negócio. Não leve para o lado pessoal.

E então ele se lembrou… Eric estava rondando o banheiro mais cedo na escola. E naquele mesmo banheiro estava Harry, chorando. Não era preciso muito esforço para perceber que as duas coisas estavam relacionadas.

– Harry não quis comprar, não foi? – disse Noah.

– Muito bem, Einstein – Eric respondeu, seu olhar indo timidamente de Noah para o chão.

– Você tentou chantageá-lo também, não foi?

– Ofereci a ele. E…

– Eu compro – Noah disse, interrompendo Eric. Ele sabia que não havia chance de Harry comprar o vídeo – como ele poderia? Os pais davam dinheiro ao Harry, mas ele jamais teria o suficiente para pagar Eric. E Noah também estaria na mesma situação, se não tivesse achado o dinheiro escondido no armário da mãe. O destino estava dando um sorriso tímido para ele, talvez. Por meia hora, ele fora rico. Agora seria pobre de novo. Mas não importava, porque poderia colocar um sorriso no rosto de Harry novamente, contanto que aquele vídeo jamais fosse visto por outras pessoas. Eles superariam aquilo, *juntos*.

– Vou ficar com os vinte que você tem agora como depósito. Quero os oitenta restantes amanhã ou venderei o cartão de memória a outra pessoa. Veja bem, você também comprará vídeos dos outros alunos – algo inestimável. Você ficará tranquilo, pelo menos, até o fim do décimo primeiro ano; ninguém mais o incomodará se souberem que você tem vídeos deles nas mãos, isso eu garanto!

– Tudo bem. *Certo* – Noah disse. Ele não tinha talento para chantagista e provavelmente jamais usaria os vídeos, mas era bom ter uma pequena garantia contra aqueles que o intimidavam.

– Bom garoto. Agora, passe os vinte para cá, por favor. – Eric sorriu, estendendo sua mão pequena e suja.

Noah olhou para ele com o máximo de desdém que conseguiu expressar e tirou o dinheiro da meia e (para espanto de Eric) da cueca. Ele estendeu a mão esperando o cartão de memória.

– Nada disso. – Eric sorriu. – O depósito significa que não venderei o cartão a outra pessoa. Você receberá a mercadoria quando pagar o restante.

– O quê?!

– Não sou idiota, Noah. Pague o restante amanhã, como combinamos, e o cartão é seu.

Noah fechou a cara, mas que opção ele tinha? Ele não conseguiria derrubar Eric e tomar o cartão de memória; Eric venceria. Uma mosca venceria.

– Bem, então é isso. Não vou ficar aqui conversando porque tenho outros assuntos a tratar. Vejo você amanhã, com o dinheiro.

Eric se virou e se afastou, deixando Noah parado, sozinho, nas sombras. Aquele garoto era um enorme desperdício de células.

Capítulo 19

Noah voltou do parque para casa pisando duro e se remoendo por causa de frases de efeito ameaçadoras que ele *poderia* ter dito ao Eric, mas nas quais só havia pensado agora.

– Tente a sorte – ele poderia ter dito com desdém bem na cara de Eric. – Não tenho medo de você, seu patife covarde – ele poderia ter rosnado.

Amanhã era dia de coleta de lixo, e ele quase não a viu ao dobrar a esquina na Gordon Road. Ela estava sentada, curvada para frente, entre duas lixeiras, cabeça apoiada nos joelhos, chorando loucamente.

Noah parou, considerando se era melhor fingir que não a tinha visto e se perguntando se ele podia fazer alguma coisa. Ele deu uma tossidinha sutil para atrair a atenção dela, mas foi totalmente ignorado. Esperou um pouco e, de repente, temendo que ela estivesse ferida de verdade, pegou a lanterna do bolso e direcionou a luz para o rosto dela.

– Caia fora! – Jess Jackson gritou, protegendo os olhos com as mãos e tentando enxergar quem segurava a lanterna. – Noah?

– Ah. Oi.

– Você não deveria estar na cama com seu *ursinho de pelúcia* ou algo assim? – ela disse, tentando segurar as lágrimas.

– Não. Fique sabendo que não tenho mais ursinhos de pelúcia, então...

– Me deixe em paz.

Noah considerou a situação. Ele simplesmente odiava a garota e não devia nada a ela. Mas era uma jovem sozinha na rua. Era naquela hora da noite que ocorria a maioria dos assassinatos. O que ele diria à polícia se Jess Jackson fosse vítima de um crime horroroso? O que pareceria se ele deixasse uma adolescente vulnerável sozinha na rua à mercê de todo tipo de bandido? Ele seria gravado pelas câmeras de segurança ou algo assim, e a manchete seria: "Noah Grimes deixa uma garota indefesa ser ASSASSINADA por causa de uma DESAVENÇA BOBA com ela!". Oh, Deus! Ele provavelmente não iria para a universidade se aquilo acontecesse, já que ficaria claro que ele não tinha fibra moral.

— Pare de botar essa droga de luz na minha cara! — Jess gritou.

— Desculpe.

— Apenas caia fora!

— Você está bem? — ele arriscou.

— Você ainda está aqui. Por que ainda está aqui? Volte para os seus… livros.

Noah se ofendeu. Seus *livros*? O que ela queria dizer com isso? Que ele era um esquisitão solitário? Pois bem. Ele ia mostrar a ela que Noah Grimes se interessava por várias outras coisas. Várias outras!

— Você não pode ficar aqui, Jess — ele disse com a voz mais grave que conseguiu.

— Fico onde eu quiser!

— Amanhã é dia de coleta de lixo. E se você adormecer e os caras da coleta não a virem e a jogarem no caminhão que compacta o lixo?

— Está dizendo que sou um lixo?

— Não! — ele disse.

— É isso que pensa de mim?! — Jess gritou em um volume desnecessariamente alto. — Não passo de lixo! Lixo inútil, estúpido e que só ocupa espaço!

A janela de um quarto foi aberta do outro lado da rua. Não querendo alarmar ninguém e com medo de que a polícia fosse chamada, Noah se virou e acenou amigavelmente para a pessoa na janela.

– Está tudo bem. Não somos um bando de adolescentes drogados e perigosos ou coisa do tipo – ele disse para tranquilizar a vizinha.

– Noah, se mande! – Jess gritou.

– Este rapaz está incomodando você? – disse uma voz feminina da janela.

– Sim! – Jess gritou de volta.

– Não! – exclamou Noah.

– Esta é uma rua de respeito! – a voz gritou.

Noah não entendeu imediatamente o que ele devia fazer com aquela informação, mas, de todo modo, Jess respondeu um "Vai tomar no #@!" rapidamente seguido por um "Vaza!" enquanto se levantava e começava a andar desequilibrada pela rua.

– Vou chamar a polícia! – a voz feminina gritou. – Esta é uma área de vizinhança solidária! Barry?! Alerta vermelho!

Em pânico e sem outra opção, Noah se virou e correu atrás de Jess enquanto um alarme de roubo começava a soar na casa em frente. Não demorou muito para ele a alcançar no estado em que ela estava: suada, bêbada e se apoiando nos postes de luz e nas cercas de jardim, descendo a rua como um carrinho de bate-bate de parque de diversões fora de controle.

– Por aqui! – ele disse enquanto a puxava para uma rua adjacente à esquerda. A dupla virou e dobrou esquinas das ruas de Little Fobbing, só parando quando Noah não conseguia mais correr.

– Espere... – ele ofegou, pegado a bombinha de asma e apertando o tubinho para mandar o remédio direto para seus pulmões constritos. Ele prendeu a respiração um pouco e se sobressaltou ao sentir a mão de Jess Jackson em suas costas.

– Tudo bem? – ela perguntou.

Noah assentiu, ainda prendendo a respiração. Ela afastou a mão e começou a rir.

Ele soltou o ar.

– Qual é a graça?

– Quem diria? Noah Grimes e eu correndo da polícia!

– Viu? Não me interesso só por livros e coisas do tipo!

– Talvez – ela riu, desconfiada. – O que está fazendo na rua a esta hora?

– Fui encontrar uma pessoa para tratar de um assunto – ele disse todo cheio de mistério ao estilo mafioso.

– É mesmo? Foi encontrar seu namoradinho, não é?

Noah estava prestes a responder a provocação, mas se lembrou do conselho da avó e se controlou, apenas esboçando um sorriso. Ele observou o rosto de Jess – que esperava uma negação por parte dele – sorrir com curiosidade para si mesma quando ele não disse nada. Ela estava intrigada.

– Safadinho – ela disse.

Mais uma vez, ele não disse nada. E então Jess também se calou, desistindo das provocações. Nada. Era bem possível que a vovó tivesse razão. Os mais velhos realmente sabem do que estão falando.

– Bem, você praticamente me trouxe em casa... me *arrastou correndo* até minha casa, então acho que devo dizer obrigada – ela falou, indicando sua casa luxuosa com um BMW estacionado na entrada da garagem de tijolos. Noah calculou que havia mais tijolos naquela entrada de garagem do que em sua casa toda. – Então, nos veremos na escola e fingiremos que nada disso aconteceu – prosseguiu. – Não quero que os outros achem que estamos andando juntos, Noah. Sem ofensa.

– O sentimento é mútuo – ele disse.

Não muito longe, uma sirene de carro de polícia soou.

– Merda! – disse Jess. – Aquela megera nos dedurou para os *tiras*!

– Oh, não! – Noah exclamou, resistindo ao impulso de dizer a ela que, em vez de "tiras", ela poderia simplesmente dizer "a polícia" ou "os homens da lei", que eram termos mais apropriados.

– Rápido! – ela disse enquanto o puxava na direção da porta principal. – Entre aqui!

– Mas tenho que ir para casa! – Noah protestou. Ele não podia pôr os pés na casa dela! A garota matava hamsters, provocava cisnes e roubava cavalos! Ela provavelmente o prenderia no porão e o torturaria.

– Noah! Se ela chamou mesmo a polícia, deve ter feito uma descrição sua e estarão procurando por você. Vai saber o que pode acontecer se eles o pegarem e você abrir a boca! Já tenho uma advertência na minha ficha. Se tiver mais algum deslize, vou acabar no tribunal; você precisa entrar e esperar um pouco.

– Mas por quê? O que você fez? – choramingou, imaginando se seria considerado cúmplice do que quer que fosse que ela tenha feito.

– Cale a boca e entre! – a garota ordenou, o empurrando porta adentro e depois a fechando com violência.

Os dois permaneceram ofegantes no vestíbulo enquanto a sirene da polícia soava ao longe. Noah olhou à sua volta. Ele tinha que admitir que era uma casa impressionante. Havia obras de arte nas paredes – quadros *de verdade,* não uma reprodução emoldurada comprada na Ikea. E os móveis eram feitos de uma madeira sólida, escura e polida. O fato era que o vestíbulo era *grande o bastante* para ter móveis. Tapete creme. Macio e felpudo. Muito agradável. Mas, sem dúvida, era uma armadilha, certo? Um *hall* de entrada criado para ludibriá-lo com a falsa sensação de segurança, antes que ela o golpeasse na cabeça e o arrastasse inconsciente escada abaixo.

– Não ouço mais a sirene. Devo ir embora? – Noah sugeriu, desesperado para sair de lá.

Jess balançou a cabeça.

– Eles vão patrulhar a área por pelo menos uma hora. Vão ficar xeretando tudo por aqui.

– Uma hora?!

– Relaxe – Jess disse com uma pontada de irritação na voz. – Pena que meus pais não estão em casa. Eles ficariam felizes em ver que eu trouxe para casa um garoto como você.

– Um garoto como eu?

– Com boas notas. Bonzinho. – Ela olhou para ele por mais tempo que o necessário, com um sorriso dançando nos lábios, como se estivesse pensando em outra coisa e de repente… *clique!* De volta à realidade. – Quer beber alguma coisa?

– Hum… uma água? Ou um refrigerante? – ele sugeriu, imaginando que provavelmente ela teria uma mãe que comprava produtos de qualidade.

– Uma bebida de verdade, idiota! – ela riu.

– Ah! Ah, uma bebida de verdade. Hum... tipo *álcool*?

– Sim. Mas o quê?

– Bem... o que você vai beber?

– Sidra de pera.

– Ok, quero uma sidra de pera, então – ele disse, deduzindo que era mais seguro beber o que ela ia beber, para o caso de ela ter colocado droga na bebida ou algo assim. Talvez, ele pudesse trocar as garrafas discretamente ou jogar o conteúdo da sua disfarçadamente em um vaso de planta – qualquer coisa para frustrar o plano maligno que ela, sem dúvida, tinha em mente.

– Vá para a sala – ela disse, indicando com a cabeça uma porta aberta que parecia levar a um cômodo enorme –, fique à vontade.

E então Jess Jackson deu um sorrisinho atrevido e o empurrou para o outro ambiente.

Capítulo 20

Jess era uma pilantra ardilosa, trazendo a segunda garrafa antes mesmo que eles terminassem a primeira. E ainda que a conversa tivesse sido absurdamente desconfortável no início, lá pela metade da segunda garrafa ele havia começado a fazê-la rir com seu senso de humor e tiradas brilhantes. Ele se sentia carismático, e confiante, e formidável.

Hum. *Sidra*.

Aquilo era loucura. Normalmente, Jess Jackson não perderia tempo com ele. Normalmente, ela só daria risada à custa dele. *Normalmente,* ela não estaria sentada ao lado dele no sofá, dividindo sua garrafa de sidra com ele e rindo das piadas *dele*.

Humm. *Sidra, sidra, sidra*.

Havia mais uma coisa estranha. Jess havia deixado de ser um palhaço de filme de terror e se transformara em uma moça bonita e charmosa, capaz de contar piadas engraçadas e ter opiniões quase inteligentes. E, à luz amarelada das luminárias de chão (que Noah tinha quase certeza que vira no site da Conran Shop), o cabelo dela parecia loiro natural, então talvez só tivesse aparência de falso sob a luz fria e dura das lâmpadas da escola. Os lábios dela eram de um vermelho escuro voluptuoso, e Noah estava hipnotizado por eles e os observava se moverem enquanto ela falava. Diziam palavras de concordância e respeito mútuo, porque, de algum modo, agora ela agia como se eles fossem amigos.

Era tão bom não se sentir excluído uma vez na vida. Ser um deles. Sem provocações. Sem ter sua vida transformada num inferno. Harry não aprovaria, mas, às vezes, é preciso pensar por si mesmo. Por que Noah deveria se sentir infeliz o tempo todo? Ele e Jess jamais seriam *melhores* amigos – *Deus, não!* –, mas será que não poderiam ao menos se dar bem? Ele se esparramou no sofá, mantendo as pernas obscenamente abertas, o que imaginou que lhe dava um ar confiante e capaz. Ele queria que Jess entendesse que ele não era só um geek virgem. *Ele era um dos rapazes.* Um dos rapazes *héteros.*

— Por que você estava lá chorando sozinha? — ele perguntou.

— Kirk terminou comigo.

— Como assim?

— Tivemos uma discussão na festa da Melissa. Ele queria que eu… ele queria que eu fizesse certas coisas.

— Ah. E você… fez?

Jess suspirou desanimada.

— É claro que não. Nunca fiz nada com ninguém. Kirk ficou, tipo, "Qual é o problema?", e eu disse "Estamos numa festa!", não sei, acho que eu só queria que minha primeira vez fosse apropriada e… *especial*, ou algo assim. Enfim, parece que ele cansou de esperar, porque não falou comigo a semana toda e hoje à tarde terminou comigo.

Bem, por essa eu não esperava, ele pensou.

— As pessoas fazem mau juízo de mim, Noah — ela continuou —, assim como fazem mau juízo de você, imagino.

— Sim! Estão enganadas ao meu respeito! — Ah, meu Deus! Eles eram tão parecidos! Mais ou menos. Bem, não muito, mas pelo menos tinham algo em comum.

— Mas, quer dizer — ela continuou —, você é virgem também, não?

— Quê? — ele disse, nervoso, tentando ganhar tempo, como se alguns segundos fizessem diferença e alguém fosse transar com ele no tempo que levava para responder.

— Quer dizer, a menos que você e Harry estejam mesmo…

— Não! Não, nada disso. Não fizemos nada. Tudo isso é besteira — ele garantiu a ela, agarrando a chance de deixar claro que era *hétero* e de acabar com a fofoca. — Foi o álcool. Harry e eu somos melhores amigos, nada mais. Ele é legal, e não estávamos, de fato, de mãos dadas, ele estava... me ajudando a tirar uma farpa do dedo, mas entenderam tudo errado. É isso.

– Então, por que ficou na rua até tarde esta noite? Se não tinha ido ver Harry?

– Bem... é só uma coisa... – ele começou a falar. O que diria a ela? Ele certamente *não* diria que tinha ido encontrar o maldoso Eric para comprar o vídeo da festa, o qual poderia usar para chantagear metade da turma. – Eu precisava espairecer, entende? *Cara,* eu realmente precisava espairecer! – ele disse, acrescentando o "cara" para ganhar pontos extras, porque era uma palavra que as pessoas descoladas definitivamente usavam muito. – Minha mãe... está me deixando louco, *cara.*

Jess assentiu e sorriu como se soubesse exatamente o que ele queria dizer. Mas ela não sabia nem metade da história. Ele cerrou os dentes ao lembrar das mentiras abomináveis que sua mãe havia contado. Como ela poderia justificar o que tinha feito? Mesmo se Eric não tivesse mandado aquela mensagem, Noah provavelmente precisaria sair para espairecer. Era isso ou havia grandes chances de ele ter colocado cianureto no chá dela ou jogado um secador de cabelo ligado na banheira dela.

Ele sentiu Jess colocar a mão em sua perna para que parasse de balançar.

– Ah, desculpe – ele murmurou. – Eu estava pensando... em umas coisas.

Ela sorriu de novo.

– Relaxe, ok? Os pais simplesmente não conseguem entender.

– Sim – ele concordou. Mas sua mãe não só não era capaz de entender, como também era egoísta, maldosa e havia sido totalmente desonesta com ele.

– Então, se o que rolou com Harry foi só um *efeito do álcool*, você gosta de garotas? – Jess perguntou, matando o que restava de sua bebida.

– Amo elas – ele soltou rapidamente, se sentindo muito rebelde por assassinar a gramática.

– Bom saber.

– É?

– É – ela disse suavemente, aconchegando-se a ele no sofá e aparentemente gostando disso.

Ele bebeu o resto de sidra em pânico. Jess Jackson agora estava sentada agarrada a ele. A mão dela estava caída sobre a perna de Noah. Ele a observou surpreso, mas os olhos dela estavam fechados e ela parecia estar adormecendo, a cabeça apoiada em seu ombro. Ele mordeu o lábio. Aquilo era muito estranho. Se ele fosse ter uma intimidade daquele tipo com uma garota, certamente seria com Sophie. Não Jess. Ele e Jess nem eram amigos de verdade. Ele era praticamente o único garoto da escola de quem Sophie gostava. Ele se sentia um marido infiel.

– Humm, Noah... que tal deixarmos de ser virgens, hein? – Jess sussurrou no ouvido dele enquanto mudava de posição.

Ele devia ter entendido errado.

– O quê?

– *Sabe* – ela ronronou –, podíamos *deixar de ser virgens.*

– Como assim? – *Como?! Como você acha, seu* GRANDISSÍSSIMO *IMBECIL?!*

– Oh, Noah! – ela deu uma risadinha enquanto se ajoelhava e corria os dedos pelos cabelos dele. – Garotos geeks são tão fofos! Mas, no fundo, querem exatamente as mesmas coisas que os outros garotos.

– Não... não quero, de verdade – ele garantiu a ela, seus batimentos cardíacos acelerando. O que ela pretendia? EM HIPÓTESE ALGUMA ele consideraria fazer sexo com uma garota.

Como ela!

Uma garota como ela. Sim, ele provavelmente gostaria de fazer sexo com uma garota, mas com uma garota *legal.* Como Sophie, talvez. Não Jess.

– Humm, *você é tão bonitinho!* – ela sorriu.

Ele precisava acabar com aquilo. E, como qualquer adolescente responsável naquela situação, ele tinha que chamar a atenção dela para os aspectos legais.

– Ouça, só tenho quinze anos e tal, então...

– Já é bem grandinho. *Pelo menos, foi isso que ouvi!*

Droga! Era óbvio que ela não dava a mínima para as leis! Ela deu um beijo bêbado e molhado nos lábios dele, que imediatamente ele limpou com as costas da mão antes de fechar de novo os botões de sua camisa tão rápido quanto ela os abria novamente.

– Não podemos fazer isto vestidos, seu bobo! – ela deu uma risadinha.

– Não, tudo bem, isto é ótimo...

– Você me deixa acesa, Noah! – ela ronronou como uma atriz pornô ruim.

– Ai, Deus! – ele exclamou, entrando em pânico com a velocidade com que as coisas estavam acontecendo e tentando afastá-la dele. Sem sucesso. Ela estava grudada nele como uma sanguessuga ensandecida a fim de transar. – Escute, se você está *acesa,* talvez devesse *apagar as chamas*, não? – ele disse. – Posso preparar um banho frio para você? Ou, talvez, um banho de mangueira no jardim? Você tem uma mangueira?

– *Você* tem uma mangueira! – ela sorriu, agarrando as partes íntimas dele.

– Oh! Urrgggh! Não, ah, meu Deus! Apenas não... não. Isso não é para você! – ele choramingou, empurrando-a enquanto ela puxava seu cinto de modo totalmente desajeitado. – Não, por favor, levante essa calcinha! Jess! Sua calcinha caiu, estou vendo... Não... Jess! JESS! Jess, estou falando sério agora, isso é algo que *não* quero ver, porque é, de fato, ilegal, ok? Isso que você está me mostrando é ilegal! Ilegal. Existem leis e você está infringindo essas leis! Você já tem uma advertência, lembra?! Mais um deslize e você acabará no tribunal...? Então, esse é um deslize! – Ele esperava que a clara ameaça de uma condenação à prisão a fizesse parar; será que ela queria mesmo ir parar em um reformatório?

Aparentemente, ela não se importava. Eles prosseguiram lutando no sofá, ele tentando continuar vestindo suas roupas, ela fazendo o possível para arrancá-las. E então, quando ficou claro que TODAS as roupas de Noah continuariam no corpo dele, um olhar diferente e perigoso surgiu nos olhos dela enquanto ela se sentava no colo dele e se esfregava e pressionava seu corpo contra o dele.

— Humm, você está *duro* – ela arrulhou, se esfregando naquele volume que, na verdade, era a minilanterna que ele tinha no bolso da calça. O que ele ia fazer? Obviamente, ela estava totalmente inclinada a ter algum tipo de ato sexual assustador com ele. Era terrível. Terrível porque era ela e porque ele achava que aquilo era quase a pior coisa que já tinha acontecido a ele, mas então... QUE TIPO DE GAROTO PENSAVA AQUELAS COISAS? UM GAROTO GAY?!

Ah, DEUS! Ele deveria estar gostando daquilo! Ele deveria estar excitado com aquilo! Sua cabeça girava e, como havia acontecido quando estava com Harry, não dava tempo de pensar direito, porque tudo estava acontecendo rápido demais.

Ela beijou os lábios dele novamente, se afastou e se foi rebolando até um pequeno vaso de argila que estava sobre o aparador da lareira, de onde tirou um preservativo.

Um *preservativo*.

Quem guardava preservativos em um vaso no aparador da lareira?!

Não deu tempo de pensar numa resposta. Ela rasgou a embalagem com os dentes, o que ia contra tudo que haviam ensinado em todas as aulas de educação sexual até então.

— Agora! *Venha!* – ela exclamou, se lançando contra ele com energia renovada. Assustado e num reflexo, ele a empurrou, ela cambaleou, tropeçou e caiu no sofá, batendo a cabeça no braço de madeira do móvel e desmaiando.

Boquiaberto e com os braços ainda estendidos para frente – era como se Noah tivesse congelado no tempo e no espaço. Ele não ousava nem respirar. Esperou em silêncio absoluto por qualquer movimento, mesmo mínimo, de Jess. Um murmúrio, um espasmo, uma respiração? Nada. Ai, *Deus*. Ela não se movia. Nem um pouquinho. Cuidadosamente, ele se aproximou. Será que era um truque? Será que ela saltaria sobre ele de repente, como se fosse um daqueles palhaços de mola das caixas-surpresa, e tentaria transar com ele?

– Jess? – ele sussurrou. – Jess? Você está bem?

Nada.

– Jess, foi divertido, mas preciso ir para casa.

Nada.

– Foi legal nossa conversa, e o resto aconteceu por causa da bebida de verdade, certo? Podemos esquecer tudo. Foi só um mal-entendido. Como o que aconteceu entre mim e Harry. Como adultos. Jess? Está me ouvindo?

Ele a cutucou, e o braço dela escorregou e ficou pendurado na beirada do sofá. Ele olhou fixamente para ela, trêmulo, com a boca seca.

Ela não parecia estar respirando.

Havia grandes chances de que Jess Jackson estivesse morta.

Capítulo 21

—**Q**ue diabos você está fazendo agora, Noah Grimes?
Ele ergueu os olhos das chamas para sua mãe, que estava parada usando um *baby-doll* com detalhes de peles e babuchas cor-de-rosa combinando. Parecia um carneiro vestido de poodle.

– Só estou queimando umas coisas – ele disse, resistindo ao impulso de atirá-la no fogo também.

– São duas da madrugada! Os vizinhos!

– O melhor horário para queimar coisas. Não perturba ninguém! – o garoto afirmou, como se fosse uma situação corriqueira e não tivesse nada de estranho acontecendo.

É claro que ele não tinha simplesmente abandonado Jess. Depois de tê-la colocado na posição de recuperação, verificado seu pulso e determinado que ela *estava* respirando, ele fez uma ligação anônima para a emergência de uma cabine telefônica no fim da rua dela. Fingindo ser um "transeunte preocupado", disse ao atendente que tinha visto pela janela da sala dela que Jess Jackson estava "fazendo ginástica artística" e "aparentemente havia escorregado ao passar de um salto espacate para um salto Yurchenko e que deviam mandar os paramédicos imediatamente". Os detalhes, ele sabia, davam mais credibilidade à mentira.

Escondido em um arbusto, ele viu aterrorizado quando a ambulância chegou à casa simultaneamente aos pais de Jess, certo de que ela sairia lá de dentro num saco preto. Mas isso não aconteceu. Nem mesmo a levaram numa maca. Os pais dela apenas apertaram as mãos dos paramédicos e acenaram para eles enquanto iam embora. *Não era bem o que se esperava de pais de luto.*

Mas, de novo, era de Jessica que ele estava falando.

Ah, ela provavelmente não estava morta nem gravemente ferida. Mas obviamente não dava para confiar nela. Ela o havia enganado e tentado seduzi-lo. Do que mais ela seria capaz? E se ela alegasse que *ele a havia empurrado com intenção de matar*? E se ela quisesse dar queixa dele? E se a polícia decidisse investigar? Ele não podia ser implicado na cena do crime!

Sua mãe cruzou o quintal e foi em direção ao que chamava de gramado, onde estava Noah, vestindo apenas cueca sob o roupão e usando um pedaço comprido de madeira para atiçar o fogo.

— São suas roupas! — a mãe exclamou. — Por que está queimando suas roupas?!

— Cansei delas.

— Cansou delas?! São roupas totalmente aceitáveis! Seu maluco!

— Estavam curtas!

— Não me venha com essa! Você é baixinho como seu pai!

— Mãe!

— Ninguém queima as próprias roupas, exceto assassinos e estupradores — ela afirmou, passando subitamente da raiva para a suspeita. — O que você fez?

— Nada — o garoto murmurou, se perguntando como ela havia chegado tão rápido e tão perigosamente perto da verdade. Será que ela era, na verdade, psicótica ou algo assim?

— Nada, hein? — Sua mãe disse fazendo um movimento de cabeça que lhe dava um ar de sabedoria. — Bem, esse "nada" fez com que você ficasse na rua até depois da meia-noite, e agora você está ocupado queimando um monte de "nada".

Noah a fitou. Ele já havia visto bandidos queimarem suas roupas na TV em séries policiais e sabia que era uma boa forma de eliminar DNA. Sua mãe, por outro lado, era imprevisível. *Imprevisível, mentirosa e egoísta.*

Como ela ousava tratá-lo daquele jeito? Como ousava transformar a vida dele num inferno enquanto guardava um SEGREDO TÃO sujo, horroroso e enorme?! Quem ela achava que era? Ah, ele sabia quem ela era! uma cretina do inferno!

Bem, era hora de pôr as cartas na mesa, de soltar a bomba.

– Sei sobre o papai – ele soltou.

A mãe de Noah o encarou por alguns segundos, a bomba cortando o ar em silêncio, chegando ao seu alvo e explodindo em uma nuvem de devastação total.

– Sugiro que você entre para termos uma conversa – a mãe disse se virando e caminhando calmamente na direção da porta dos fundos.

Noah se enrolou furiosamente no roupão, atiçou o fogo pela última vez e foi atrás dela. Maldição! Ela ia pagar pelas mentiras e ia fazer o que ele mandasse! Ele entrou pisando duro na sala, onde ela se encontrava sentada estranhamente serena no sofá, dando batidinhas com um lenço nos cantos dos olhos, embora não houvesse nem sinal de lágrimas ali.

– Então quer dizer que você descobriu, não foi? – ela disse, lançando a ele um olhar trágico fingido. – Bem, sinto muito, Noah. *Sinto muito.*

– É só isso? É só isso que você tem a dizer? Achei que ele estivesse morto, mãe! – Ela ia ter que se esforçar mais. Ele queria saber os *motivos.* Queria saber por que ela permitira que a vida dele fosse um inferno nos últimos seis anos. Aquela dor no peito. Aquele sofrimento. Aquela tristeza terrível no fundo da alma. *Por quê?*

– Eu nunca disse isso. Eu disse que ele *poderia* estar morto, só isso.

– Mas ele não estava morto! E você *sabia* que ele estava vivo!

– Ok, recebi algumas cartas de uma pessoa que dizia ser seu pai, mas como eu ia saber se era ele mesmo que estava escrevendo? Podia ser um impostor!

– Um impostor que manda centenas de libras? Que tipo de impostor é esse?

– Você acha que foi fácil para mim? – perguntou, se voltando para ele. – Sei que você acha que sou egoísta, mas, no fundo, tudo que fiz foi para proteger você. Ele é um homem mau e, se fizesse parte de sua vida, ele seria um incômodo para você. Pior, *arruinaria* você. Ele usa as pessoas e depois as descarta. E... sou sua mãe. Acredite ou não, não quero que nada de ruim lhe aconteça.

Noah bufou.

— Coisas ruins acontecem comigo o tempo todo! Você não está fazendo um trabalho muito bom!

— Bem, faço o que posso, mas você nunca escuta meus conselhos de mãe, sabichão.

— Mas você devia ter me dado escolha!

— Você era uma criança. De todo modo, eu ia lhe contar no seu aniversário. Dezesseis anos, idade suficiente para tomar suas próprias decisões.

Noah balançou a cabeça, incrédulo.

— Ah, sim! Feliz aniversário! E... surpresa! Seu pai não morreu, afinal!

— Ah, vá encontrá-lo, se quiser. Só não diga que eu não avisei.

— Mãe! Ele mandou dinheiro para nós! Você disse que não tínhamos um tostão!

— *Não* temos, querido.

— E para onde foi todo o dinheiro?

Sua mãe parou e olhou ao redor sem se fixar em nada.

— Sabe... as férias que passamos em Scarborough?

— Férias num trailer em fevereiro não são suficientes para *ir à falência*. Para onde foi o dinheiro? – ele grunhiu.

Sua mãe se remexeu incomodada. Ele sabia que a tinha afetado. Estava determinado a fazê-la admitir. Admitir que ela fora egoísta e havia gastado a maior parte do dinheiro consigo mesma, com sua opulência e suas extravagâncias. Ele apertou os olhos.

— Cadê o dinheiro, *mãe*?

— Acabou. Gastei.

— Eu sei. Mas gastou com o quê? *Eu* não vi a cor do dinheiro!

— Ah, sim! Você viu, sim! Custa uma boa grana criar um filho, e o aluguel, e as contas, roupas, comida, uniforme e excursões da escola. Você não faz ideia do quanto custa tudo isso.

– Mas você também ganha seu dinheiro! Não muito, admito, mas é um dinheiro! E ainda tem o auxílio do governo que você suga alegremente. Então, onde foi parar toda a grana?! – Ele ficou imóvel, olhando para ela, ofegante.

– Minha nossa, Noah! Por que você tem que ser tão…

– Apenas me diga, sua desnaturada! Me diga! – ele implorou.

Sua mãe suspirou.

– O problema, Noah – ela disse por fim –, é que, se fôssemos só você e eu, talvez o dinheiro tivesse durado mais.

– O que está dizendo?

– Acontece que o dinheiro não era só para nós dois.

Ele cerrou o punho e olhou para ela, mais confuso do que nunca.

– Mas… para quem mais foi o dinheiro?

– Para o outro filho do seu pai. Aquele que você não conhece.

De mal a pior

Capítulo 22

Noah olhou surpreso para a mãe enquanto ela deixava palavras soltas no ar.

— Sei que pode ser um choque... — ela começou a dizer.

— Quem é esse filho? Quem é? — ele perguntou.

— Bem, isso eu não posso dizer.

— Tenho o direito de saber! — ele estrilou.

— Não, Noah, não tem. Todos nós fizemos um pacto, entende? Na época. Esta cidade não mudou nada em dezesseis anos. Continua a mesma de outrora. Sabíamos que, se a história fosse revelada, seria o maior escândalo de todos os tempos de Little Fobbing. Então decidimos: jamais tocaríamos no assunto de novo. Ninguém pode saber.

— A cidade não mudou nada em dezesseis anos?

— Isso mesmo.

— Então aconteceu há dezesseis anos?

— Bem...

— ENTÃO ESSE FILHO ESTÁ NO MESMO ANO QUE EU NA ESCOLA?! — Noah gritou, incapaz de se controlar. E se fosse Harry?! E se fosse Sophie?! E se fosse Jess?!

— Ai, Deus! Já falei demais! — a mãe afirmou, claramente perturbada.

— QUE MERDA, QUE MERDA, QUE MERDA! — As pessoas descobririam! Haveria rumores e deboche.

— Noah, você está surtando. Quer sua bombinha de asma? Apenas respire... respire!

— Não quero respirar! Só quero MORRER! Primeiro, você esconde meu pai de mim, depois namora o Homem Misterioso, mesmo sabendo que meu pai está vivo! E, a propósito, *tenho quase certeza de que sei quem é o Homem Misterioso,* e fique sabendo que ele é um sem-vergonha bem conhecido que está sempre buscando seus interesses românticos com seu carro esporte idiota, então, se eu fosse você, terminaria o namoro! – Ele confirmou o que tinha dito com um movimento de cabeça numa tentativa de tornar a mentira mais convincente e assumiu um ar de surpresa. – Quer dizer, levando tudo em consideração, por que eu deveria acreditar em alguma coisa que você diz? O que dirá em seguida? Que tenho um irmão gêmeo? Que meu primo, na verdade, é meu pai? Que eu sou, na realidade, fruto de uma relação sua com uma forma de vida alienígena que estava de passagem pela Terra? – A última hipótese não seria nenhuma surpresa, e até explicaria muita coisa.

Ela se levantou do sofá, obviamente incapaz de negar qualquer uma das besteiras que Noah tinha acabado de dizer, e disse apenas:

– Vou tomar um copo de leite.

– NÃO!

– Só…

– AAAAAHHHH! – Toda aquela confusão só poderia terminar em tragédia e constrangimento.

– Noah…

Ele precisava de fatos. Precisava saber. Precisava se preparar e então decidir o que fazer para salvar sua pele.

– DIGA QUEM É!

– Não.

– QUEM DIABOS É ESSA PESSOA?!

– Noah, não é tão simples. Por favor. E, de qualquer forma, não importa.

– O caramba que não importa, sua *bruxa má*! Importa, sim! Importa DEMAIS! Você está falando de um irmão que eu nunca soube que existia! De família! De alguém com quem eu poderia ter dividido *minha decepção com os pais* esses anos todos! Quer dizer, esse outro filho tem a minha idade! – Sua mente girava. – E se por acaso eu tiver um momento de *paixão* com alguém da minha idade? E então? E se eu acidentalmente tiver um momento desses com meu irmão secreto? Quer que eu cometa incesto?

– Um momento de *paixão*?! – Sua mãe sorriu. – *Paixão*, Noah? É assim que vocês dizem agora… *paixão*?

– E SE EU TRANSAR COM ALGUÉM DA MINHA IDADE?! – ele gritou para ela.

– Bem, Noah, essa frase envolve muitas suposições. Primeiro, que você seja *capaz* de ter relações sexuais.

– Minha voz ENGROSSOU! – ele guinchou.

– Segundo, que você *queira* fazer sexo com essa pessoa. Lembre-se de que pode ser uma garota ou um garoto. Embora eu suspeite que você seja bi, desde que você pediu ingressos para *Wicked* no seu aniversário de doze anos.

– Isso não faz sentido ALGUM e, a propósito, sou HÉTERO!

– E terceiro, que essa outra pessoa queira fazer sexo com você e, sem querer ofender, mas não me parece que você tenha muita gente a fim.

– ENGANO SEU. Na verdade, tive *duas* pessoas interessadas nos últimos três dias, mas prossiga…

– E, por fim, não seria de fato incesto, pois essa pessoa seria apenas seu meio-irmão ou meia-irmã, então é improvável que você seja preso, já que a situação não seria muito diferente de casar com um primo ou prima e, se você tiver filhos com essa pessoa, a probabilidade de algum problema genético é de apenas cinquenta por cento, ou seja, está tudo bem! – ela trinou.

– Ótimo! Excelente! – ele exclamou, jogando as mãos para cima diante do raciocínio maluco da mãe. – Obviamente, você já pensou bastante no assunto. É simplesmente ótimo.

– Leite? – ela disse, indo na direção da cozinha.

– *Essa pessoa* sabe da história? – ele perguntou.

– Não sei. Como eu disse, todos nós fizemos um pacto. De empurrar o assunto para debaixo do tapete.

– Já que é um segredinho sujo.

Ela suspirou e voltou a se sentar no sofá.

De mal a pior

– Eu disse que seu pai não prestava. Foi exatamente por isso que eu quis mantê-lo longe de você. Sabia que ele só causaria dor e... adivinhe? Mamãe está certa de novo! Não fazia nem dois meses que estávamos casados quando descobri que ele tinha dormido com outra mulher. Tive que ficar quieta, porque... – Ela lançou um olhar de culpa para Noah. – Bem, por vários motivos teria sido uma desgraça se as pessoas descobrissem a verdade.

– Que diabos está dizendo?! – Noah guinchou.

– Não importa – sua mãe respondeu –, mas, em determinado momento, a pressão foi demais para o seu pai. Ele não aguentou mais e, finalmente, sumiu e nos deixou aqui para lidar com tudo. Às vezes, mandava dinheiro pelos correios. Esse é o seu pai, Noah. Essa é a maravilha de pai que você tem.

– Odeio vocês dois mais do que tudo no mundo.

As palavras dele ficaram no ar por um instante.

– Não culpo você. Eu me odeio – ela murmurou.

E então ela começou a chorar.

Noah estava atônito. Ele nunca tinha visto sua mãe chorar. Ela era durona; ele nem achava que ela tivesse sentimentos verdadeiros. Então o que era aquilo? E o que ele deveria fazer? Os pais não deviam chorar. Os *filhos* é que choravam. Os *pais* deviam consolar os filhos. Era assim que funcionava. Não o contrário! O que era aquilo?!

– Hum... Mãe? Hum... pronto, pronto – ele a confortou, dando tapinhas no braço dela. – Por favor, não chore.

– Eu me esforcei tanto, Noah – ela soluçou. – Sempre fiz o possível para nos sustentar. Sempre dei um jeito de conseguir o dinheiro para isso e aquilo, para a excursão à França, para um uniforme novo. Sei que você nunca teve o que as outras crianças tinham, mas dei a você tudo que pude dar. Eu *queria* que você tivesse coisas bacanas; eu compraria tudo que você quisesse, se tivesse dinheiro. As coisas teriam sido tão diferentes. Mas é tudo culpa dele. Acredite em mim, *por favor,* Noah.

Noah suspirou.

– Então ele mandava dinheiro, e você enviava parte da grana para a mãe do filho secreto?

– Sim.

– Por quê? Por que o papai não mandava o dinheiro direto para ela? Sua mãe baixou os olhos.

– Havia motivos. É só o que posso dizer.

– Me conte.

– Não vai adiantar nada. Não desenterre essa história. *Acredite em mim.*

Noah balançou a cabeça. Confiar nela era a última coisa que ele faria novamente.

– A vovó sabe dessa história?

– Ah, Noah, vai saber?! Ela tem demência. Não faço ideia do que ela sabe ou acha que sabe.

– Mas ela *sabia*?

Sua mãe deu de ombros.

– Bem, *eu* nunca disse nada a ela. Não posso falar por seu pai. Ele se levantou e foi na direção da porta.

– Descobrirei, mãe. Encontrarei pistas, e farei as conexões, e montarei o quebra-cabeça. Espere para ver.

– É uma Caixa de Pandora que você não quer abrir, ok? *Não quer mesmo.*

O jeito como ela disse aquilo... havia algo de *terrível*. Algo sombrio, horrendo e assustador.

Mas aquilo jamais teria impedido Jessica Fletcher de prosseguir. E não o impediria.

Capítulo 23

Ele se sentou em um banco que ficava perto dos armários com caderneta e caneta nas mãos. Não tinha importância se sua mãe não queria lhe dizer quem era seu meio-irmão ou meia-irmã. Ele era mais esperto que ela, *muito mais esperto,* e, com um pouco de investigação (e possivelmente com um monte de fotos e pistas pregados na parede de seu quarto, ligadas umas às outras por um fio para indicar as conexões), ele tinha certeza de que era apenas uma questão de tempo até identificar o culpado.

Não que o meio-irmão, ou a meia-irmã, fosse de fato "culpado". Provavelmente, era tão vítima quanto ele próprio. Uma criança que precisava lidar com os infinitos erros dos adultos que deveriam cuidar dela.

O que ele sabia até agora era que a pessoa estava no mesmo ano que ele na escola. Isso diminuía os suspeitos para pouco mais de cem. Mesmo que fosse estranho e embaraçoso que qualquer um deles fosse seu meio-irmão, havia certas pessoas que ele definitivamente não queria que fossem, e era nelas que ele devia se concentrar primeiro. Ele fez anotações freneticamente, esperando que uma dedução lógica resultasse de seus pensamentos confusos:

SOPHIE. Sophie era a garota mais legal que ele conhecia. Talvez, fosse amor. Talvez, não. Mas, se ela fosse sua meia-irmã, o que ele sentia por ela seria PERTURBADOR e ESTRANHO. Infelizmente, o fato de Sophie ser fruto de uma relação inter-racial não a tirava da lista de suspeitos, já que sua mãe era negra, não o seu pai.

HARRY. Seu melhor amigo. Noah sempre se sentira próximo de Harry; eles tinham uma ligação. Mas por quê? Seria porque, na verdade, eram meio-irmãos?! Seria porque eles, na realidade, tinham o mesmo DNA? Também seria ESTRANHO, já que Harry tinha admitido seus sentimentos por Noah – sentimentos que seriam considerados INCESTUOSOS se o pior se revelasse verdade. MAS era difícil imaginar que a mãe de Harry, que fazia parte do Movimento Feminista e usava uma pashmina, fosse do tipo que trai o marido.

JESS JACKSON. Não tinha acontecido nada entre eles, mas ela havia mostrado a ele suas partes íntimas, as quais ele não queria ter visto, e tentado fazer sexo com ele. Se ela fosse sua meia-irmã, esses sentimentos e atos seriam considerados CRIME. Ele sabia que Jess tinha pai e mãe, mas não conhecia detalhes suficientes para ter certeza de que ela não era fruto de alguma depravação cometida dezesseis anos antes. Ele devia concentrar a investigação nela!

– O que é isto? – Eric disse, tomando a caderneta das mãos de Noah.

Noah pôs-se de pé num salto, tentando recuperar a caderneta.

– Não! Eric! Eu...

Tarde demais. Eric já estava lendo as anotações e empurrando Noah toda vez que ele tentava pegar a caderneta de volta.

– Eric! Por favor!

– Número um, Sophie – amor, amor, amor. Quer transar. Incesto, interrogação. Irmã, interrogação. Número dois, Harry – amigo. Coisas gays, exclamação. Estranho, interrogação. Incesto, interrogação. E número três, Jess Jackson. Tentativa de sexo. Calcinha. – Eric ergueu os olhos. – Uau! Você tem problema, não?

Noah engoliu em seco, o coração pulsando nos ouvidos.

– Devolva a caderneta – o garoto pediu.

– É sempre bom saber o que move as pessoas – Eric disse. – Revela os desejos mais íntimos delas e, portanto, suas *fraquezas*. – Ele deu um sorriso arrogante para Noah. – E então, cadê o negócio?

Ai, não! O dinheiro! Com toda a confusão da noite anterior, Noah tinha se esquecido completamente daquilo.

– Eric, eu...

– É bom você ter o dinheiro!

– Eu tenho, Eric. Eu tenho. Só não tenho *aqui comigo* – Noah explicou.

– Fizemos um trato! – Eric explodiu, um olhar de pânico real em seus olhos.

– E cumprirei o trato, Eric. Juro! Vou pagar você.

– Como? Quando?

– Amanhã? – Noah sugeriu.

– Impossível. Tarde demais! – Eric afrouxou a gravata enquanto gotículas de suor se formavam em sua testa.

– Bem, quando você acha que eu...?!

– Depois da aula. Vou até sua casa com você. E então você me paga. Cada centavo.

Ótimo. A última coisa de que ele precisava agora era ser visto andando por aí com Eric Smith, como se fossem amigos.

– Tudo bem – Noah deu de ombros.

– Ok. Certo. Não me decepcione. – Eric balançou a caderneta diante do rosto de Noah. – Vou ficar com isto como garantia. Se você me decepcionar, vou fazer cópias disto aqui e espalhar pela escola. Tenho certeza de que o pessoal ia adorar seu diário de perversões – Eric sorriu, se afastando.

Noah se jogou no banco novamente e, aproveitando sua falta de sorte usual, Jess Jackson surgiu e começou a caminhar direto em sua direção. Ela certamente estaria furiosa por causa da noite anterior. Será que ela tinha falado dele para a polícia? Será que ela pediria indenização?

– Obrigada por ter chamado a ambulância – ela disse, se sentando ao lado dele.

– Ah, de nada.

– Eu estava sendo sarcástica – ela disse –, eu estava bem. Meus pais levaram um susto, mas não se preocupe. Eu não disse nada a eles. Menino mau.

– Mas eu não tive a intenção de empurrar você!

– Não é disso que estou falando.

Noah engoliu em seco e olhou para ela hesitante.

– O que... o que quer dizer com *menino mau?*

Ela sorriu maliciosamente.

– Foi divertido ontem à noite, não foi?

– Foi – ele concordou.

– Foi isso que eu quis dizer. – Ela deu de ombros. – Você é divertido. Gosto de você.

Ele apertou os olhos, tentando processar aquela informação. Ela estava dizendo que queria ser amiga dele? Que eles podiam andar juntos? Que ele podia fazer parte do grupinho descolado?

Ela devia estar querendo alguma coisa. Mas o que ele tinha a oferecer?

– Já fez a lição de francês? – ele perguntou.

– Não.

– Talvez, você possa dar uma olhada na minha, quem sabe? Vou pensar a respeito, mas acho que você pode dar uma olhadinha no intervalo. – Ele piscou para ela, esperando impressioná-la com sua ousadia.

– Obrigada, gato – ela agradeceu. – Seria ótimo.

– Claro. Sem problema... *gata.*

– Sobre o que estava falando com Eric Smith quando entrei no corredor?

– Ah... nada de mais. Só... você sabe. – Noah respondeu por responder, sem querer tocar no assunto. Ele ainda não estava com o cartão de memória. O vídeo ainda estava nas mãos de Eric. Era perigoso.

Jess assentiu.

– Tome cuidado. Aquele garoto é um canalha.

Noah fez uma careta, querendo desesperadamente responder que Eric era "desprezível", "vil" e "abjeto". Mas engoliu a raiva, já que ele e Jess agora se falavam. Como pessoas normais.

– Ah, sim! – Noah disse, dando uma risadinha. – Mas ele não é um canalha!

– Não?

– Não! Não mesmo! Ele é um… – *Idiota! O que ele era?* – Ele é um… *Canalhassaurus Rex*!

Jess olhou para ele atônita.

– O que é isso? Um tipo de…

– Dinossauro – Noah interrompeu. – Um *canalha*… jurássico. Do tipo que teria dito a todos os outros "Ah, não se preocupem, aquele meteoro enorme e em alta velocidade não vai nos afetar, somos dinossauros, nada pode nos deter, podem sair e se divertir".

– Hum… – Jess assentiu. – Você é… engraçado. Não entendi, mas você é engraçado.

– É uma brincadeira, porque os cientistas acham que os dinossauros foram extintos por causa…

Jess ergueu a mão.

– Legal, Noah.

– Gosto de paleontologia – ele disse, antes de perceber que talvez o assunto não fosse tão legal para ela quanto era para ele –, mas gosto de outras coisas também. Tipo, música! – Música era uma aposta segura. Todo mundo gostava de música. Música era legal.

– É mesmo? – Jess sorriu. – De que tipo de *batida* você gosta, Noah?

Ele engoliu em seco. Sabia que ela provavelmente não estava falando de bebidas. Ele sorriu para ela.

– Gosto de muitas batidas – ele disse. – Gosto de *todas* as batidas.

– Você é tão fofo – ela disse, beijando a bochecha dele e se levantando.

– Falou, então! – E ela se afastou pelo corredor.

Ai, meu Deus. Finalmente tinha acontecido. Ele tinha virado um garoto normal. Logo ele seria *fashion*, usaria gírias adolescentes, postaria fotos inspiradoras no seu Instagram…

Ele se virou para ir para a sala e quase deu um encontrão em Melissa e alguns amigos dela que estavam tentando alcançar Jess.

– Tudo bem, Noah? – ela disse. – Fiquei sabendo que você se divertiu ontem à noite.

– Hum... sim. Me diverti, sim – Noah disse, esperando o golpe inevitável que viria em seguida.

Melissa sorriu.

– Legal. Ah, a propósito, pesquisei o nome da sua mãe na internet ontem à noite e assisti a uma apresentação dela do tributo à Beyoncé no YouTube. Sabe que não é ruim? Gostei bastante.

Noah olhou para ela.

– Ah, tá.

– Sério – Melissa disse –, ela é muito mais legal que a minha mãe, que é *gerente de escritório*. Pelo amor de Deus, que tipo de emprego é esse?!

– Gerentes de escritório são responsáveis pela folha de pagamento, organizam reuniões e supervisionam o trabalho de secretárias e do pessoal que cuida da parte administrativa e burocrática – Noah explicou. Era um bom emprego para se buscar naquelas feiras de desenvolvimento de carreira.

Melissa olhou para ele pasma.

– *Enfim,* parece bem tedioso! Sua mãe é muito mais criativa.

– Ah, é? – o garoto indagou. Aquilo o estava deixando nervoso. Aquele tipo de interação normal com o pessoal descolado não era... bem, *normal.*

– Até depois! – Melissa sorriu, dando um soquinho no ombro dele e se afastando.

Noah estava atordoado.

Por motivos que ele desconhecia totalmente, parecia que as coisas finalmente estavam dando certo para ele.

Capítulo 24

— Isso é algum tipo de tentativa patética de provar que você não é gay? — Harry largou a bandeja do almoço sobre a mesa, chutou a cadeira e se sentou de frente para Noah. — Ficar com Jess?

Noah ficou paralisado, com a boca meio aberta.

— O quê?

— Porque é isso que todo mundo está dizendo. É isso que *ela* está dizendo. Que vocês...

— Que nós *o quê*?

— Transaram — Harry murmurou.

Noah sentiu o macarrão em sua boca se transformar em areia e engoliu a comida com dificuldade.

— É isso que ela está dizendo?

— É isso que *todo mundo* está dizendo! Que vocês foram para a casa dela, que beberam várias garrafas de sidra e que uma coisa levou à outra. É verdade?

— É que...

— Então não é verdade?

— É que...

Melissa toda amigável, a ideia de que sua mãe agora era bacana, não ter sido zoado por ser gay (até aquele momento) — agora tudo fazia sentido. Todos achavam que ele tinha transado com Jess! Logo, ele agora era aceitável. E, embora aquilo fosse muito patético, estava sendo *um bom dia* na escola. Estava sendo agradável. E, se aquele era o motivo, ele supostamente poderia deixar rolar. É claro que a parte do sexo não era verdade, e ele não sabia ao certo como o mal-entendido havia acontecido. Dificilmente Jess teria contado uma mentira daquelas. Não era como se transar com ele fosse melhorar a imagem dela. Talvez, ela tivesse dito algo tipo... que ele tinha ido à sua casa, e as pessoas tivessem entendido tudo errado. Ou, talvez, ela não se lembrasse, já que tinha desmaiado e tudo mais.

— Por que está hesitante? É verdade ou não? — Harry quis saber, o encarando.

— Não importa — Noah respondeu. — Fiz algo por você ontem à noite e acho que você gostará de saber o que foi.

— O quê? Transou com Jess?

— Não, outra coisa.

— Ok, então você está simplesmente ignorando esse lance de ter transado com Jess?

— Combinei com Eric Smith que vou comprar uma coisinha que ele está vendendo.

Houve um ou dois segundos de silêncio enquanto Harry processava a informação.

— Não pode ser! — Ele fechou a cara, obviamente nada impressionado. — É melhor não ser o que estou pensando. Não está falando do cartão de memória, está?

— Bem, pode agradecer à estrela cadente, porque estou falando exatamente disso! Me custou cem libras, mas vou pegar o cartão. Vou pegá-lo para *você*! — Noah sorriu.

— Você comprou de Eric aquela porcaria? Foi isso que você fez?

— Sim. — *Por que Harry não estava de joelhos, beijando os pés de Noah?*

— Seu imbecil! — Harry sibilou para ele.

Noah ficou atordoado. Qual era o problema de Harry agora? Ele havia gastado o próprio dinheiro para garantir que as *besteiras* que eles tinham feito não fossem parar na internet!

— Ei! Fiz isso por você!

— Fez isso por *você*, isso sim. Tem vergonha de ter me beijado, não é?

E pronto. De volta ao beijo. De volta à homossexualidade. Aquilo era a essência de tudo agora. Tudo agora na amizade deles girava em torno daquilo. As coisas nunca mais seriam como antes, porque tudo agora estava relacionado àquilo. Se ele não quisesse comprar batata frita depois da escola, era porque *tinha vergonha de tê-lo beijado*. Se ele não atendesse ao telefone, era porque *tinha vergonha de tê-lo beijado*. Se ele não quisesse acompanhar Harry e os pais dele em um daqueles passeios aos quintos dos infernos, era porque *tinha vergonha de tê-lo beijado*!

– Não me importo! Entendeu? – Harry continuou. – Não me importo se Eric mostrar ao mundo todo aquele vídeo idiota. Não estou mais fingindo ser quem não sou e não me importo que os outros saibam disso! E não serei chantageado por ele, porque não tenho do que me envergonhar!

– Harry, eu só não queria que todo mundo visse o vídeo! Eu não quis… Seria constrangedor! E você viu como todos reagiram só de imaginar que tínhamos ficado de mãos dadas. O que fariam se vissem a gente se beijando? Duas vezes?! – Ele baixou a voz e se inclinou na direção de Harry. – *Beijo de língua!*

– Não me importo! Sabe por que eu estava chorando no banheiro ontem? Porque Eric tentou me vender o vídeo e eu disse "não". E eu sabia que quando aquele vídeo fosse divulgado, exatamente como Eric ameaçou fazer, as coisas ficariam piores para nós, nisso você tem razão. As coisas piorariam mesmo. E eu sabia que as coisas entre mim e você seriam ainda mais difíceis. Talvez até… Talvez acabassem com nossa amizade, não sei. É por isso que eu estava chorando, porque eu sabia como você ia reagir. Mas, ao mesmo tempo, eu não ia mais sentir vergonha de quem eu era. De quem eu sou.

– Sim, mas…

– Todos estão falando de mim pelas minhas costas! Até *meus pais* de algum modo ficaram sabendo. Tivemos que conversar sobre isso. Minha mãe está *fingindo* que está tudo bem, mas, é claro que é fingimento. Como se fingisse que não está fingindo, entende? E eu a ouvi chorar na cama ontem à noite, quer dizer, *sério mesmo*?!

— Chorando porque você é gay?

— Porque jamais terá netos ou algo assim.

— Sim, mas você poder ter filhos, doar seu esperma para uma mãe de aluguel, ou para um casal de lésbicas, ou algo do gênero. — Noah sugeriu prestativo. — Embora eu ache que sua mãe também não vá ficar muito feliz com isso.

Harry esboçou um sorriso muito discreto, e Noah foi inundado por uma tristeza terrível. Ele estava sentado diante da única pessoa com quem não precisava fingir. Ele não precisava ser quem não era; Harry e ele podiam ser simplesmente *eles mesmos*. E sem que Harry precisasse dizer, Noah sabia que aquela situação com os pais de Harry o estava aborrecendo. Ao contrário de Noah, Harry gostava mesmo dos pais. Ele morria de medo de desapontá-los, nem que fosse por perder meio ponto em uma prova de matemática, então o que estava acontecendo agora devia ser algo além do imaginável.

— Ouça, Harry, tenho certeza de que podemos dar um jeito, tenho certeza.

— Ah, é mesmo? Veja bem, Noah, não sei mais quem você é. Talvez, você tenha dormido com Jess, talvez não, mas sem dúvida isso não tem *nada* a ver com o que aconteceu entre nós. Depois você vai e compra o vídeo de Eric, mas *não* é porque você tenha problema com homossexualidade. Quer dizer, foi só um *beijo*, Noah. Um beijo! E daí? Quem se importa?

— Veja, Harry, posso explicar tudo. Quer dizer, quando você coloca as coisas dessa forma, claro, concordo que parece horrível. E... — ele baixou a voz de novo — sabe, não tenho problema com homossexualidade, tipo, quer dizer, com o fato de você ser gay... mesmo que eu não seja... gay, não que eu... Quer dizer, não sei ao certo o que estou tentando dizer, mas, *por favor,* não fique bravo comigo. Talvez, eu tenha errado. Tenha entendido tudo errado com relação ao vídeo. Mas, por favor... Somos... melhores amigos. Não somos?

Harry deu de ombros.

— Achei que fôssemos.

– Somos, sim!

– Não vai comprar o vídeo, então?

Noah olhou para ele, encurralado. Não era uma situação muito boa. Compre o vídeo, chateie Harry. Não compre, e o mundo todo verá o que vocês fizeram.

– Você não acha que deveríamos comprar? Do contrário... Quero dizer, quer que o vídeo se espalhe pela internet?

– Você ouviu alguma coisa do que eu disse?

– Sim, mas...

– Para mim, chega!

Harry se levantou abruptamente e saiu furioso do refeitório enquanto todos os olhos se voltavam na direção deles.

– Ooooh! Briga de casal! – disse um aluno do oitavo ano, para alegria dos demais.

Noah baixou a cabeça e fingiu estar interessado no prato de macarrão. Terminou espetando agressivamente o restinho de comida com o garfo. *Esta. Situação. É. Uma. Merda!*

– O que o macarrão fez para você? – disse uma voz masculina grossa.

Noah ergueu os olhos e ficou paralisado de terror. Ali, olhando para ele e, por algum motivo, pousando sua bandeja na mesma mesa que ele... e, na verdade, se sentando diante dele estava... Josh Lewis, do décimo terceiro ano. "O" Josh Lewis! Noah se virou para ver se tinha alguém atrás dele, certo de que Josh estava falando com outra pessoa.

– O que aconteceu com seu amigo? – Josh perguntou, começando a comer seu almoço composto de peito de frango e salada.

– Ah... ele... hum, ele... você sabe. É isso. – *O que você está fazendo aqui, Josh? Obviamente sentou aqui por engano!*

– Á-há. – Josh assentiu, mastigando o frango.

Noah ficou encarando Josh, sem perceber sua boca meio aberta, hipnotizado por aquele garoto bonito que comia seu prato sem carboidrato. Ele observou Josh comer cada garfada de frango grelhado tenro e salada fresquinha, mastigando devagar, exalando aquele ar confiante, charmoso e controlado. Josh nunca tinha falado com ele antes. Nem sabia de sua existência. Por que agora? Será que ele achava que Noah era alguém totalmente diferente? Ou será que Josh tinha ficado cego? Um acidente enquanto fazia exercícios talvez tivesse tirado sua visão, o deixado desorientado no refeitório…

– Então quer dizer que… você e Jess? – Josh sorriu.

Era inacreditável. Um rumor de que ele talvez tivesse ficado com uma garota popular e, de repente, Noah Grimes era alguém com quem valia a pena conversar, até para Josh Lewis. Era maravilhoso, mas assustador. Maravilhoso, porque ele finalmente tinha deixado de ser um excluído. Assustador, porque aquilo que o havia tornado interessante aos olhos dos outros não era verdade. E se Jess Jackson de repente recuperasse a memória e se lembrasse de todos os detalhes? Ou se o próprio Noah não conseguisse manter a farsa e dissesse algo que imediatamente revelasse que era tudo mentira?

Seria como a história do sequestro de seu pai que ele tinha inventado.

– Hum, ahhh… hum… – Noah murmurou, sorrindo e tentando não dizer nada que confirmasse uma coisa ou outra, exatamente como a avó aconselharia.

– Legal – Josh disse, tomando um gole de água mineral de sua garrafinha esportiva.

– Legal sua garrafinha – Noah disse, desesperado para mudar de assunto.

– Não é? Você gosta de esporte? Pratica algum?

Noah se agitou, tentando descobrir o que dizer. Josh Lewis estava falando com ele. Ele precisava responder. Era a sua chance. Podia significar aceitação. Podia mudar tudo.

– Badminton? – ele respondeu por fim.

– Mano, badminton é coisa de garotas.

Noah deu uma risada nervosa.

– Ah, claro. Sim, hum… *mano,* eu… eu estava brincando. É claro que não jogo badminton! – ele caçoou. – Imagina! Hahaha!

– Você devia vir jogar no time de rúgbi. Podia ser um meio *scrum*.

– Oh, certo, não sei... – Noah disse, escondendo rapidamente as mãos trêmulas sob a mesa.

– Ou um ponta, talvez? Você é rápido?

– Não... sei... – Noah repetiu.

– Tudo bem. – Josh deu de ombros. – Então. Jess.

Noah assentiu.

– Jess.

– Ela é uma garota *bonita*. Tem um monte de rapazes com inveja, porque você está pegando a Jess.

– Ah. Certo.

– Mas vou lhe dizer, mano... são sempre os tímidos que se dão bem! – Josh riu e pegou um shake proteico da mochila. – Ouça, hum, sei que nunca conversamos antes, mas você parece gente boa. E gosto do seu estilo. Muitos garotos gostam de contar vantagem. Acho legal você ficar na sua.

– Certo! – Noah respondeu, olhando pasmo para Josh.

– E sei que a maioria dos garotos inventa coisas. Mas você é diferente. Então... amigos?

– O quê? – Noah disse, totalmente incrédulo.

– Vamos ser amigos? Comparar nossas opiniões *sobre as garotas*? – Josh disse, piscando para ele.

– Claro! Sim! Demorou! – Ah, meu Deus! Aquilo era EXCELENTE!

– Então – Josh continuou –, que nota você daria para ela?

– O quê? Nota? Nota para quem?

– Jess, seu besta! – ele riu. – Você tem que dar uma nota de 1 a 10 para a sua garota.

– Em quais categorias? – Aquilo era algo totalmente novo e ele não estava gostando muito.

– *Como foi o sexo!*

– Ah! Ah…. hum… como é a classificação?

– Zero é péssimo, dez é fenomenal. Que nota você dá para Jess?

– Hum… Eu… Cinco? – ele disse hesitante, considerando que era um número seguro. Intermediário. Na média.

– Cinco, hein?

– Talvez, um seis?

– Bem, cinco ou seis?

– Cinco, então. Digamos que cinco.

– Você é difícil de agradar. Gosto disso. Tem seus critérios.

– Claro que tenho!

– Eu também. Vamos nos dar muito bem, você e eu! Gosta de Coca?

– Ah! Sim!

Josh deu a ele uma moeda de duas libras.

– Pegue uma para mim também, ok? Quero gelada!

Noah pegou a moeda brilhante e foi até a máquina de venda automática. Ele ia tomar uma Coca gelada com Josh Lewis. Um garoto que não tentaria beijá-lo. Um garoto que estava feliz por poder ter uma conversa mais leve, descontraída. Sem acusações. Sem problemas. Ele podia não ser seu melhor amigo, mas sem dúvida alguma estava sendo um amigo bem melhor que Harry naquele momento.

Ele se aproximou da máquina e inseriu a moeda na abertura e, então, sentiu uma mão quente pousar no seu ombro.

– Boa tarde, sr. Grimes!

Noah se virou e ficou cara a cara com o sr. Baxter.

– Vai comprar alguma coisa da máquina? – o sr. Baxter perguntou. – Chocolate, ou uma bebida?

Noah olhou para ele desconfiado. Por que aquele papo-furado?

– Só uma Coca-Cola – Noah respondeu. – Para mim e para *Josh Lewis*.

– Como vão as coisas? – o sr. Baxter continuou.

Noah coçou o nariz. *Era sua chance de semear a dúvida.*

– Bem, minha mãe está com uma infecção fúngica terrível nos pés. Ela tem sempre, e é muito nojento. Ainda bem que ela continua secretamente apaixonada pelo meu pai, já que ele é a única pessoa que a ama mesmo assim, sabe? E ela o ama muito. Demais. Mesmo que, às vezes, minta e diga que não. É claro que ela está sempre atrás de algum *homem de meia-idade rico e ingênuo* que ela acaba largando depois, mas, ei, essa é minha mãe! – Noah arrumou o colarinho e deu um sorriso largo para o sr. Baxter.

O sr. Baxter piscou algumas vezes, suspirou e deu mais uma tapinha no ombro dele.

– Excelente. Continue assim, filho.

E se afastou. *Filho*? Uma palavra que só alguém que tentava ocupar o posto de padrasto usaria.

O sangue de Noah gelou. Que outros problemas o universo continuaria botando no seu caminho?

Capítulo 25

—**C**INCO DE DEZ?! – ela gritou.

Noah cruzava o parquinho rumo aos portões, mas se virou quando uma furiosa Jess Jackson passou por ele feito um tornado, parecendo pronta para arrancar os olhos dele com suas unhas inacreditavelmente longas.

– CINCO de DEZ?! – ela repetiu. – CINCO?!

– Oi, Jess.

– Desrespeitoso! Isso, sim! Você foi desrespeitoso comigo!

– Não...

– Por que os garotos são todos iguais? Não conseguem não contar vantagem para os amigos, não é?

– Não contei!

– Isso não me incomodaria, se, pelo menos, tivesse me dado uma nota decente! *Cinco!*

– Cinco é bom!

– CINCO!

– É uma nota boa, respeitável... Fica na média...

– NA MÉDIA?!

– Eu não tinha com que comparar! – ele choramingou, furioso com o fato de Josh Lewis obviamente ter aberto o bico na primeira oportunidade.

– Bem, obrigada, Noah. Muito obrigada. É *mesmo ótimo* saber que você anda por aí dizendo a todo mundo que nós transamos!

– Eu não disse! Mas, de qualquer modo, todo mundo estava falando!

– Sabe, isso faz com que eu me sinta muito especial! Achei que você fosse diferente, Noah! Achei que você respeitasse as mulheres! Achei que você fosse inteligente e atencioso.

— Sou *tudo* isso, e muito mais — ele disse —, mas a questão é…

— Eu lhe digo qual é a questão! — ela falou. — Percebi como as coisas mudaram para você. As pessoas estão sendo legais com você. Ninguém está mais pegando no seu pé por causa daquela história de homossexualidade, não é? De repente, você virou o Mister Popularidade!

— Bem… quer dizer, possivelmente há alguma verdade nisso tudo.

Jess assentiu.

— É mesmo?! Então, quer que eu acabe com isso tudo?

Os olhos de Noah quase saltaram das órbitas.

— Não! Jess! Eu dei a você minha lição de francês! E tem muito mais de onde aquela veio. Pense bem, Jess! Eu poderia melhorar suas notas umas dez vezes!

— Em troca do que, exatamente?

— Só… não revele os detalhes da história. *Por favor.*

Ela olhou para ele enxergando o grande infeliz que ele era.

— Então quer que eu diga que nós transamos?

— Não, só não precisa negar enfaticamente. Seja… misteriosa. — *Exatamente como a avó tinha aconselhado.*

Ela o encarou por uns dez longos e aterrorizantes segundos.

— Tanto faz. *Babaca.*

De repente, Noah viu pelo canto do olho que Eric estava esperando seu dinheiro, segurando a caderneta de Noah na mão como uma forma de garantia. Ele queria terminar logo com aquilo para que Eric sumisse, mas sabia que precisava de respostas. Noah limpou a garganta.

— Jess, sei que você está irritada e que este provavelmente não é o melhor momento…

Jess o encarou com um olhar frio.

Noah limpou a garganta de novo.

— Hum… é que tem algo… Eu estava pensando: alguma vez você já achou que talvez seu pai não fosse seu pai de verdade? Já pensou nisso alguma vez?

— Você está falando sério? — ela perguntou.

Noah recuou um passo, seu olhar indo de Jess para um impaciente Eric.

– Estou. Sei que isso é...

– Por que você perguntaria uma coisa dessas? Está *querendo* me irritar de verdade?

Ele olhou para ela, seus batimentos cardíacos acelerando.

– Estou... fazendo... uma pesquisa. Sim, uma pesquisa! É para a aula de... Matemática? Preciso fazer um gráfico, basicamente. Talvez, um gráfico de pizza, não sei. Essa é uma das perguntas.

Ela foi na direção dele.

– Não acho que meus pais sejam meus pais. Acho que sou adotada. Não temos nada em comum e eu os odeio. Bote isso no seu gráfico de pizza!

Ela se afastou, deixando-o no meio do pátio. Droga. Ter perguntado a ela não resolveu o mistério, só a deixou mais irritada com ele. Miss Marple nunca era chamada de babaca quando fazia suas perguntas. Onde ele estava errando?

Ele respirou fundo, verificou se o caminho estava livre e se Harry não estava por perto e caminhou até o portão, onde estava Eric.

Noah estava cansado de ser uma vítima das ações de outras pessoas. Fosse sua mãe, seu pai ou Harry, por que ele tinha que sofrer só porque uma pessoa havia decidido fazer um show de tributo à Beyoncé, abandonar a família ou beijá-lo? Noah tinha o direito de comprar aquele vídeo se quisesse e ele queria acabar com aquela ameaça.

Ele mal olhou para Eric ao passar. Só o bastante para que Eric soubesse que devia segui-lo. Noah certamente não iria rua abaixo lado a lado com ele, como se Eric não fosse um completo crápula chantagista.

– Vamos só fazer um negócio lá em cima rapidinho – Noah disse à mãe quando passaram por ela no vestíbulo rumo ao andar superior.

– Que tipo de negócio?

– É particular, mãe. Você tem seus segredos. Eu tenho os meus.

– Oi, sra. Grimes! – Eric cumprimentou educadamente.

– Oi, Eric – a mãe respondeu.

Noah empurrou Eric para dentro do seu quarto e tirou a gaveta de baixo de sua mesinha de cabeceira, revelando seu esconderijo secreto no vão do móvel.

– Esconderijo legal – disse Eric, olhando o que havia ali.

– Obrigado.

– *Sexo e Crescimento: Um Guia para Crianças* – Eric disse, lendo em voz alta o título de um livro escondido no vão.

– Hum, não sei como veio parar aqui, deve ter caído aí anos atrás... – Noah murmurou, ignorando o livro e pegando o dinheiro.

– Claro. – Eric deu um sorriso malicioso.

– Aqui está: vinte, quarenta, sessenta, setenta, oitenta – ele disse, contando as notas enquanto as colocava na mão suada de Eric.

– Gosto de pessoas de palavra – Eric disse, dobrando as notas e as enfiando no bolso.

– Certo – Noah disse, recolocando a gaveta nos trilhos. – Então... – ele continuou, levantando-se e descobrindo que estava perto demais de Eric.

– Foi bom fazer negócio com você. – Eric sorriu, aparentemente sentindo um prazer maldoso com aquela proximidade.

– Digo o mesmo – ele mentiu.

– Então, aqui está o cartão de memória – Eric disse, entregando o dispositivo.

Noah o pegou e o enfiou no fundo do bolso de sua calça, debaixo do lenço. Ninguém devia saber que ele estava com o cartão. Principalmente Harry. Depois, ele teria que encontrar um lugar apropriado para guardá-lo.

– E aqui está sua caderneta – Eric disse, entregando o bloquinho a Noah. – Posso fazer mais alguma coisa por você?

– Não. Tipo o quê?

– Tipo, nada.

Noah engoliu em seco. O que ele queria dizer com aquilo?

– Não.

– Ok – Eric sorriu –, mas se mudar de ideia...

– Vejo você na escola, Eric. Tenho lição de casa para fazer – Noah disse.

Mas Eric não se moveu.

– E então, o que está rolando entre você e Harry?

– Não está rolando nada, e não é de forma alguma da sua conta. – Noah afirmou. – Não que você tenha ajudado, em absoluto.

– Ele ficou bravo porque você comprou o cartão de memória, não foi? Talvez, não devesse ter comprado. Eu não *forcei* você a comprar.

Noah riu.

– Ah, tá. Fala sério! *Você forçou,* sim.

– De certo modo, é uma pena. O jeito como vocês se beijaram…

Noah olhou fixo para ele.

– Eric…

– O que foi? É óbvio que vocês se gostam. Você não devia se importar com o que os outros dizem. É meu conselho para você. De graça.

– Bem, obrigado pelo conselho.

Eric se aproximou mais uma vez. Ele estava muito perto, seu hálito quente no pescoço de Noah.

– No futuro, poderíamos ajudar um ao outro de outras maneiras – ele disse.

Noah engoliu em seco.

– O que… o que quer dizer?

– Não sei – Eric sorriu. –, só estou dizendo.

Parecia que as paredes oscilavam.

– Hum, não, obrigado. Mas agradeço pela oferta.

Eric deu um sorrisinho e assentiu.

– Ok, então. Pense a respeito.

Eric se virou, deixou o quarto e desceu a escada, saindo sozinho pela porta da frente.

Noah respirou fundo. *Aquela tinha sido uma experiência realmente estranha e assustadora.* Mas, pelo menos, tinha acabado. Noah tinha conseguido o que queria. Não precisava mais falar com Eric.

Capítulo 26

Ele colocou uma carga nova na caneta-tinteiro e continuou de onde tinha parado.

Pai, quase vinte e quatro horas se passaram desde a última frase que escrevi e, nesse tempo, posso lhe dizer que definitivamente não sou gay, porque quase fiz sexo com uma garota de quem nem gosto e vi seus peitos ao vivo e em cores. Mas isso não importa. Mamãe disse que tenho uma espécie de meio-irmão ou meia-irmã! Não posso acreditar que ninguém jamais pensou em me contar! Você e a mãe me devem uma explicação. As pessoas já acham que sou esquisito, graças a vocês dois, e isso só torna as coisas piores. Como puderam fazer isso comigo?! Por favor, responda esta carta em três dias úteis e explique tudo. Cordialmente, Noah.

Ele não mandou um beijo no final. Seu pai não merecia. Dobrou a carta, colocou em um envelope, endereçou e colou cinco selos de primeiro porte. Devia bastar para que chegasse à Espanha. Ele colocaria na caixa de correio quando fosse para a escola no dia seguinte.

Seu celular vibrou:

Oi, Noah! Cheguei a Milton Keynes. Você está bem? Bjo, Soph.

Droga. Com toda a confusão, ele tinha sido egoísta e um péssimo candidato a namorado e nem tinha se dado ao trabalho de perguntar se ela havia chegado bem. Rapidamente, ele digitou uma resposta.

Mil desculpas! Ia escrever para você agora mesmo, mas você foi mais rápida! Hahaha! Bom saber que você chegou bem a Milton Keynes e que não morreu em um daqueles engavetamentos envolvendo vários carros nem nada do tipo... rs. Espero que sua casa nova seja legal. Estou bem. Sophie? Você já se perguntou se o seu pai é mesmo seu pai? (Estou fazendo uma pesquisa, só isso.)

Ela respondeu: ?

Ele digitou: Pois é. É para a aula de Matemática. Eu só queria saber. Já se perguntou?

Ela digitou de volta: O tempo todo

Noah fez uma careta. Será possível que todo mundo achava que não tinha parentesco com aqueles que diziam ser seus pais? Pensando bem, como ele mesmo podia ter nascido de um óvulo medonho de sua mãe fertilizado pelo esperma inútil de seu pai? Uma combinação dessas resultaria mesmo em um garoto tão inteligente e sofisticado quanto ele? Improvável.

Ela mandou outra mensagem: Como vão as coisas com Harry?

Ele se perguntou se ela já sabia de alguma coisa. E se Harry já tivesse mandado mensagem para ela dizendo que estava muito chateado com o comportamento de Noah? Ele não queria que Sophie pensasse que ele era um cretino sem coração, incapaz de ter sentimentos de verdade e coisas do tipo. Ele ativou o Caps Lock. Seu texto seria todo em maiúsculas porque era MUITO importante.

SÓ PARA CONFIRMAR, ESTOU SENDO LEGAL COM HARRY, MAS, ÀS VEZES, É DIFÍCIL, PORQUE ELE É MUITO INSTÁVEL EMOCIONALMENTE, MESMO QUE EU ME ESFORCE BASTANTE PARA AJUDÁ-LO, MESMO QUE ELE ACHE QUE EU NÃO ESTEJA ME ESFORÇANDO.

Isso. Estava bom. Era verdade, no fim das contas. Noah só tinha se equivocado no caso do cartão de memória. De forma catastrófica, como descobriu depois. *Ping!* Ela tinha escrito de volta: *Sério?!?*

Noah apertou os olhos diante da tela. Ela tinha respondido com uma palavra e um tipo de pontuação que deixava implícito que ela não acreditava *nem um pouco* nele. Aaargh! Ela não fazia ideia do quanto Harry estava sendo ardiloso. Era Harry que estava sendo insensato! Era Harry que...

Ele suspirou. Ai, Deus, Harry estava furioso com ele. Noah tinha mesmo estragado tudo.

Ele não podia deixar as coisas como estavam. Tinha que fazer alguma coisa. Corrigir as coisas. Pelo menos, um aspecto de sua vida tinha que ser livre de drama, não? Ele fez uma lista do que precisava dizer. Desta vez, ele estaria preparado. Estar preparado facilitava muito as coisas.

O que preciso dizer a Harry:
Sinto muito.
É tudo culpa minha.
Fui idiota/egoísta/arrogante. (Escolher a melhor palavra na hora.)
Não podemos terminar nossa amizade assim.
Não podemos terminar nossa amizade de jeito nenhum!
Me dê outra chance; vou mostrar para você!
Você me deve três libras de quando paguei um salgado e uma Coca para você no almoço da semana passada. (Só dizer isto se as coisas tiverem indo bem; do contrário, melhor deixar para outra ocasião.)

Ele praticou três vezes para que saísse tudo certo, depois pegou a guitarra de brinquedo no quarto – tudo que ele já havia conseguido arrancar do instrumento era uma versão mal executada de "Memory", de *Cats* – e rumou para a casa de Harry.

– Haaaaa-rrrryyyyy! – Noah cantou desafinado enquanto tocava a guitarra no gramado debaixo da janela de Harry. Pensando bem, teria sido mais fácil ter tocado a campainha, mas talvez menos impactante. *Ele precisava mostrar que estava arrependido.* Como aquelas cenas de comédias românticas em que alguém impede a pessoa de embarcar em um avião para Nova York abrindo o coração vergonhosamente em voz alta na frente de todo mundo.

– Haaaaa-rrrryyyy! Iu-uu! Isso, Haaarrrr-rryyy! Abra a janela! Para que eu possa vê-lo!

Ele abriu a janela.

– Que diabos está fazendo?

– Surpresa! Vim dizer que é tudo culpa sua.

– O quê?!

– Quer dizer, *minha*! Culpa minha! Desculpe. E, sim, estou cantando para você.

– Por quê?

Noah deu de ombros. Era uma boa pergunta.

– Achei que fosse algo legal de se fazer?

Harry franziu a testa e fechou a janela.

– É culpa *minha*, culpa *minha* – Noah murmurou. Droga, parecia que tinha ensaiado, não parecia? Ele havia transformado aquilo numa coisa importante e grande, e agora o nervosismo o estava dominando. Ele desejou um copo d'água. Sua boca estava seca.

Harry apareceu na porta dos fundos e olhou para ele. Noah precisava falar logo, antes que Harry tivesse chance de dizer alguma coisa. Se Harry falasse primeiro, poderia dizer algo inesperado, e então toda a preparação de Noah seria…

– Tudo isto é uma grande piada para você, não? – Harry disse. *Droga! Tarde demais! Idiota!*

Ele não perderia a coragem.

– Ouça, você sente muito que tenha sido tudo culpa minha, sou um idiota, mas não termine nossa amizade assim. Sou arrogante, e você precisa me dar uma chance para provar que estou arrependido. – Ele assentiu com um movimento de cabeça. Certamente, algumas palavras tinham sido ditas em uma sequência que resumia mais ou menos o assunto. – E você me deve três libras.

Harry correu os dedos pelos cabelos e suspirou. Ele se aproximou, e Noah prendeu a respiração, sem saber se Harry estava prestes a beijá-lo ou socá-lo.

– Você disse ao Eric o que fazer com aquele videozinho idiota dele?

Noah engoliu em seco. Em seu bolso, bem ali, estava o cartão de memória. Se ele dissesse a verdade, sabia que seria o fim. Harry e ele não seriam mais amigos. E aquilo era a pior coisa que poderia acontecer.

– Sim, eu disse a ele o que deveria fazer com o vídeo – Noah disse com o coração aos saltos.

– Você disse a ele que não queria?

Ele sentia que seus joelhos vacilavam.

– Á-há.

Harry assentiu e o encarou por um bom tempo. Noah apoiava o peso ora em uma perna, ora na outra, os olhos de Harry o fulminando.

– Quer dizer – Noah murmurou –, aquele vídeo idiota, não valia a pena perder meu melhor amigo por causa dele, não é? – Ele só conseguia sentir o cartão de memória em seu bolso, como um volume enorme bem *evidente*. Ele não ousava olhar para baixo. Não queria chamar a atenção para seus bolsos. E se o cartão estivesse saindo do bolso? Ele *sentia* como se o cartão estivesse saindo. Sentia como se estivesse segurando um enorme cartaz com uma seta gigantesca de neon onde se lia: "CARTÃO DE MEMÓRIA AQUI!"

Pior, ele percebeu que não queria mesmo aquela coisa. Harry tinha razão. *Não importava.* O que importava, de fato, eram eles, a amizade deles, os anos que haviam passado juntos. O que importava era *Harry.* A melhor pessoa com quem se poderia querer ficar. Harry. *Seu* Harry.

E, embora não quisesse chorar, lágrimas começaram a surgir nos olhos de Noah. E, para seu espanto, Harry também estava chorando.

– Sei que você está mentindo – Harry disse.

– O quê?

– Vi você voltando para casa com Eric. Vigiei você, Noah. Me escondi e vigiei você. Sei o que você fez.

Eles olharam um para o outro com os olhos úmidos. Não tinha mais volta. Não havia nada que Noah pudesse fazer para salvar a si mesmo. Para salvar os dois.

Harry deu um sorriso triste, lágrimas ainda escorrendo pelo rosto.

– A gente se vê, Noah.

E se virou e entrou em casa.

Noah permaneceu imóvel no escuro.

Não havia mais Noah e Harry.

Capítulo 27

— **A**nime-se, mano! – Josh Lewis disse, caminhando a passos largos na direção de Noah, que estava sentado em um banco no canto mais afastado do pátio, incapaz de comer seu almoço.

– Ah, oi, Josh – ele disse, mal conseguindo sorrir. Ele estava totalmente desesperançado com relação ao Harry. – Só estou...

– Tendo que lidar com assuntos *masculinos*?

Noah assentiu.

– Tive uma briga feia com Harry. Não somos mais amigos.

Josh se sentou ao lado dele e passou um braço camarada pelos ombros de Noah.

– É o seguinte, mano. *As pessoas mudam*. Quer saber o que eu acho?

– Diga – Noah falou, sentindo o calor reconfortante do abraço másculo de Josh.

– Vocês chegaram a uma encruzilhada. Harry descobriu que é gay e que se sente atraído por você.

Noah sentiu um aperto no peito. Aparentemente, Josh também sabia do episódio dos dois de mãos dadas.

– Então – Josh continuou –, considerando que você ficou com Jess, imagino que o sentimento não seja recíproco, certo? Tipo, você *gosta* do Harry, mas isso não quer dizer que sinta atração por ele. Estou certo?

– Está. – Noah assentiu.

– Então, vocês querem coisas diferentes agora. E é isso que acontece. Vocês eram melhores amigos, mas agora as escolhas de vocês os levaram a direções opostas. E, sim, isso é triste, mas também faz parte da vida. Tudo se move, e muda, e se transforma. E você fará novos amigos, como Jess. *Como eu*. A vida é assim, cara. É assim que o universo doido funciona. Vida e morte. Não fique triste. Seja grato pelo que viveu, mas se abra para novas aventuras. Novas pessoas.

Noah deu um sorrisinho. Josh era *muito* bom com as palavras. Muito filosófico. Noah gostava daquilo. E que bom saber que alguém queria ser seu amigo sem querer beijá-lo. Ter uma conversa que não fosse sobre ser gay. Josh o entendia, certo? Josh tinha mandado bem, certo?

– Josh, estou meio bravo – Noah disse –, porque você falou para os outros a nota que dei para o desempenho de Jess Jackson na cama.

– Cara, sinto muito, ok?

– Ok. Aceito seu pedido de desculpa. – Noah teria que deixar aquela passar. Ele não queria fazer com que Josh se sentisse mal.

– Ouça, eu só falei para Alfie Bell. Alfie geralmente é legal, mas, de repente, começou a agir feito um babaca. Contou a todo mundo, como o virgem que é. Eu estava pensando em ir a um festival com ele no fim de semana, mas agora o dispensei. Desculpa, mano.

Noah sorriu para ele. Josh era tão amável.

– Não, está… tudo… bem. De verdade.

– Ela ficou doida?

– Doida? Como quando se… está bêbado?

– Doida de raiva.

– Oh! Oh… sim. Ficou, sim! Achou que merecia uma nota melhor.

– Daqui para frente, manteremos nossas brincadeirinhas só entre nós, certo?

– Ah, sim! *Isso!* Brincadeirinhas! Só entre nós! – Noah assentiu, satisfeito. Ele se sentia descolado, usando palavras como "brincadeirinha" sem ironia em uma conversa. Ele tinha conseguido. Finalmente, ele era *um deles*.

– Então… Você… transou com alguém na noite passada?

Josh ergueu a sobrancelha.

– Mano, isso não é legal. Não se pergunta essas coisas. O que os camaradas fazem entre quatro paredes fica entre quatro paredes. Se um camarada quiser contar, ele conta. Mas não se pode perguntar.

– Mas você perguntou sobre Jess! Ontem! – Noah disse.

– Mano, só perguntei porque todo mundo estava comentando. Foi *você* quem quis contar, cara.

– Estou *tão* arrependido – Noah afirmou, se martirizando por ter sido tão sincero, tão estúpido.

– Tranquilo.

– Ai, não – Noah murmurou, vendo Jess e Melissa caminhando na direção deles. – Não toque no assunto da nota de desempenho na cama – ele disse a Josh. – Ela está brava de verdade por ter recebido um cinco.

– Fica frio, mano – ele respondeu. – Ei! Venha cá, Nota Cinco! – ele gritou para as garotas.

– Josh! Aaargh! – Noah guinchou, cobrindo o rosto com as mãos. Josh deu um tapa nas costas dele, quase partindo sua coluna ao meio.

– Brincadeirinha, mano! Tudo bem se fizer uma brincadeirinha! As garotas se aproximaram.

– Oi, Noah, aqui é a Miss Nota Cinco na Cama. Como vai? – disse Jess.

– Bem, obrigado – ele disse, fazendo uma careta e ficando vermelho.

– Ainda se gabando da nossa noite juntos? – ela disse, sorrindo para ele de forma ameaçadora.

Ele não queria que ela dissesse a verdade. Quão humilhante seria?

– *Foi* uma noite ótima, Jess. *Maravilhosa,* na verdade.

– O sexo foi fenomenal, Noah? – Melissa perguntou.

– Ah, *sim!* Totalmente fenomenal. – Ele se recostou, afastando as pernas. – Ah… *cara.*

Jess pareceu satisfeita.

– Que bom. Considerando o quanto durou. – Ela entregou a ele uma imagem impressa em preto e branco.

Ele piscou para ela sem entender.

– O que é isto?

– Um ultrassom. – Jess respondeu. – Estou *grávida*, Noah. Estou esperando um filho seu.

Capítulo 28

Hilário. Divertidíssimo.

— Haha — Noah disse. — Isso é muito engraçado, Jess. — Ele a observou, tentando decifrar sua expressão. Ah, sim, ela era boa. Mas não tão boa assim.

Ela o fitou, perplexa.

— Não estou brincando, Noah.

— Até parece! — ele respondeu com um sorriso de satisfação para uma Jess atônita.

— Putz, cara, devia ter usado camisinha! — Josh riu, batendo nas costas de Noah novamente, deslocando um pulmão nesse processo.

— Eu… Usamos camisinha. Claro que usamos — Noah garantiu.

Jess provocou.

— Tem certeza, Noah?

— Sim! Plena certeza! — ele exclamou. Aquilo era ridículo. Obviamente, ela estava fazendo aquilo só para que ele se sentisse desconfortável e constrangido, para ver até onde ia a mentira, para puni-lo pelo fiasco da nota de desempenho na cama. — Ok, aula de biologia, Jess. Não dá para ver um bebê em um ultrassom dois dias depois de engravidar. Entendeu? É impossível — ele disse a ela. — E, provavelmente, nem é um ultrassom de verdade. Você deve ter pegado na internet ou algo assim.

— Tudo bem — Jess soltou —, veremos o que você dirá ao meu pai quando ele for à sua casa hoje à noite. E ele está *possesso*, Noah. Só digo isso. Eu nunca o vi tão bravo. Ele diz que a culpa é toda sua. Diz que a culpa é sempre do garoto. — Ela sorriu com malícia, se virou e se afastou.

Melissa mostrou o dedo para Noah.

– Típico de moleque – ela sibilou.

Ele não tinha acreditado nem um pouco naquilo. Ela só estava tentando assustá-lo para puni-lo. Para azar dela, ele não era tão ingênuo assim.

Noah inflou as bochechas e se virou para Josh.

– Maluca.

– Que merda, cara! Isso...

– É obviamente mentira, Josh.

– Mas, quer dizer, vocês transaram... Então, quer dizer, isso não parece nada bom... E talvez, veja, talvez seja melhor ter coragem e assumir a responsabilidade. Está entendendo? Você ergue as mãos e diz "Ok, admito. Mas vou fazer a coisa certa", não é?

– Mas eu... não posso fazer isso!

– *Mano*, escute o que estou dizendo! Filhos podem ser legais. Às vezes, a vida nos leva a lugares inesperados. Abrace a mudança!

Noah abriu a boca e estava prestes a contar tudo ao Josh, tudo que havia acontecido *de fato* naquela noite, mas então viu Harry no parquinho, caminhando e conversando alegremente com Connor Evans, como se fossem melhores amigos. A-ha. Não demorou muito para ele encontrar um novo amigo, não é? Noah percebia agora. Lá estava Harry agindo todo magoado na noite anterior e agora... poucas horas depois, estava *tudo bem, tudo tranquilo,* como se não tivesse acontecido nada. Lá estava ele rindo e brincando com Connor, enquanto Noah era o único que sentia todo o peso do mundo sobre os ombros.

Bem, *ótimo*. Noah não estava a fim de perder a amizade de Josh, então. Ele ia fazer de Josh seu *melhor amigo de todos os tempos.* Josh ia ver como ele era um cara divertido, engraçado, confiante, que dominava a arte de fazer brincadeirinhas e era ótimo em... sexo... e coisas do tipo. *Ah, se ia!*

– Bem, preciso dizer, Josh, que O SEXO FOI FANTÁSTICO! – ele gritou, na esperança de que Harry ouvisse suas palavras do outro lado do pátio.

Josh pareceu um pouco assustado com a forma com que Noah enfatizou a sua noite com Jess.

– É mesmo?

– Ah, sim. Realmente me saí bem. Mas é claro que usei camisinha. Não sou idiota.

Josh ficou pensativo um instante.

– Alguma chance de a camisinha ter estourado acidentalmente? De que tipo você usou?

Noah olhou para ele como um cervo olha para os faróis dos automóveis.

– O que quer dizer com que tipo?

– Você sabe, tem vários tipos.

Noah assentiu. *Será que tinha mesmo?* Um preservativo era um preservativo, não? *Tipos? Merda!* Ele quebrou a cabeça tentando lembrar das brincadeirinhas que garotos pavorosos faziam no vestiário, das besteiras que diziam, das vantagens que contavam. Ele tinha uma vaga lembrança de uma marca...

– Ah, sim. Gosto da Dulux.

– Dulux?

– Á-hã. É, eles têm um modelo chamado... Jumento Garanhão Muito Bem-Dotado.

Ele gelou enquanto Josh o encarava em silêncio.

– Aaaahhh! Está zoando! – Josh riu por fim, dando mais um tapa nas costas dele. – Você é tão engraçado! Jumento Garanhão Muito Bem-Dotado! Dulux! Hahaha!

Noah se sentiu arrasado. Ele não entendia por que o que dissera era engraçado. E agora não via Harry em lugar algum, e ele obviamente tinha perdido aquela conversa brilhante entre dois amigos de verdade, droga.

– É, estou *zoando* – ele disse.

Deus, era exaustivo!

– Ouça, cara, preciso ir... falar com Harry – disse Noah.

– Sabe o que mais você precisa fazer?

– O quê?

– Pensar em suas res-pon-sa-bi-li-da-des!

Noah assentiu.

– Há, claro.

– Harry! Oi! – Noah arquejou, correndo até onde Harry e Connor Evans estavam parados, perto da mureta. A mureta *deles*.

Harry suspirou.

– O que você quer, Noah?

– Eu só… – Ele se dirigiu a Connor. – Desculpe, pode nos dar licença? Preciso falar com Harry, você sabe, em particular?

– Hum, ok. Que seja. – Connor deu de ombros e então se virou para Harry. – A gente se vê depois, cara.

Noah observou Connor se afastar.

– Cara?

– Qual é o problema?

– *Cara?*

Harry suspirou.

– Somos amigos, e daí?

– Amigos?! – Noah gaguejou. – Então quer dizer que agora são amigos mesmo? Uau! Nossa! Beleza.

Harry cruzou os braços.

– E como é o *seu* amigo novo e incrível, Josh Lewis?

– Legal. Ele é legal.

– Sabe, me espanta que você esteja achando que tem muito em comum com ele.

– Não sei o que você quer dizer. Somos muito parecidos. Gostamos de muitas coisas. Fazemos *brincadeirinhas* inteligentes e decentes.

– Ele está repetindo um ano para conseguir nota para entrar em uma universidade.

– Há, *não*. Acho que você não está sabendo que a escola *implorou* a ele que ficasse aqui mais um ano para ajudar o time.

– Para alguém que é considerado bom em tudo, você é bem burro às vezes – Harry disse.

– Beleza, certo, você é bem... irritante às vezes – Noah contra-atacou.

– Ótimo. Foi bom falar com você. Tchau – Harry soltou, começando a se afastar.

– Não, Haz! Tenha dó!

Harry se virou.

– Não, Noah! Não me venha com "tenha dó"! Não! Você já deixou bem claro como se sente ao meu respeito. *Tudo bem*. Então, tudo de bom para você.

– Você não entende! – Noah explodiu. – Minha vida está um caos! Minha mãe me disse que tenho um irmão secreto nesta escola! No nosso ano! Pode até ser você, não faço ideia de quem seja. E ela está tendo um caso. Provavelmente com o sr. Baxter, em quem eu acidentalmente mijei. E Jess Jackson está grávida e dizendo que o filho é meu, mas nós não... – Ele baixou a voz. – Não fizemos nada. Nada mesmo. Então, quer dizer, você fica aí rindo e brincando com seu "amigo" Connor Evans e, sabe, eu realmente gostaria de um conselho seu. Como antigamente. Como sempre fizemos. Eu lhe contaria coisas, ou você me contaria coisas, e um ajudaria o outro. Harry?

Harry o encarou.

– Por favor, Harry?

E continuou olhando. Impassível. Frio.

– Harry?

– Quer saber? Por que você não vai falar com seus novos amigos que estão tão felizes por você ser hétero? É isso que deveria fazer. Vá falar com eles. Agora mesmo. E se alguém vir você conversando comigo? Vai saber o que pensariam, não é?! E eu odiaria causar mais problemas para você, Noah. Parece que você já tem o suficiente.

– Então, é isso?

– Sim, é isso. Ah, mas posso diminuir um pouco suas preocupações. Essa ideia de que talvez eu seja seu irmão? Sem chance. Não acho que tenhamos nem um pouquinho do mesmo DNA, Noah. Não acho que tenhamos absolutamente mais nada em comum.

Capítulo 29

— **N**oah, pode vir aqui um minuto, por favor?

Ele se arrastou até a porta principal, onde sua mãe estava parada com os braços cruzados diante de um homem forte de rosto muito vermelho que vestia um terno de listras grossas. Noah engoliu em seco. Ele sabia que quando havia homens de terno parados na porta as notícias não eram boas. E, dito e feito, logo atrás de seu ombro direito estava Jess Jackson.

Merda.

— Oi! — Noah baliu. Quer dizer então que Jess ia mesmo continuar com aquilo? Será que ela realmente acreditava que ia se safar daquele jeito? Era loucura!

— Jess disse que você dormiu com ela — sua mãe disse.

— Não. Não é verdade — Noah respondeu.

— Viu só? — sua mãe disse ao sr. Jackson. — Tem mais alguma coisa a dizer para me fazer perder meu tempo?

— Está dizendo que não aconteceu nada entre você e Jessie? — o sr. Jackson disse, olhando para Noah.

— Sinto muito lhe dizer que Jess Jackson, sua filha, é uma mentirosa. Ela está mentindo sobre isso.

— Entendo. E qual é exatamente a natureza da sua relação com minha filha, então?

— Bem, para ser sincero, nós só ficamos juntos… um pouco.

— *Ficaram juntos?* Diga, o que isso significa? Que vocês continuaram vestidos?

— Bem, *algumas* roupas foram tiradas — Noah admitiu. — Sua filha tirou várias peças de roupa. Eu não tirei a roupa dela, nem a minha.

O pai dela cruzou os braços.

– Então, quer dizer que não é verdade que você anda se gabando na escola de que dormiu com minha filha?

Noah engoliu em seco.

– Isto é, até descobrir que ela estava *grávida* – o pai dela continuou, olhando rapidamente por cima do ombro para ver se não havia mais ninguém ouvindo. – Parece que você deu a ela uma "nota de desempenho na cama", não foi?

– Você *o quê*, Noah? – sua mãe disse, com um olhar sério de censura.

Ele só queria morrer.

– Bem, eu... Veja, era só *brincadeirinha*. Sabe, entre *camaradas*?

– Eu o criei para ser desrespeitoso com as mulheres? – perguntou sua mãe.

– Bem, eu... – Noah gaguejou. – Era só uma *piada*!

– Não é engraçado – disse sua mãe. – E por que dizer uma coisa dessas se não era nem mesmo verdade que tinham dormido juntos?

Noah tentou falar, mas as palavras lhe escaparam. Não havia o que dizer. Não ter negado o rumor tinha sido de uma estupidez inacreditável.

– Então me diga: quem é o mentiroso agora? – o sr. Jackson indagou.

– Bem... eu – Noah admitiu.

– Sem dúvida! – o sr. Jackson afirmou. – Você é o garoto daquela história ridícula de sequestro por piratas, não é? É bom em inventar mentiras, não é?

Noah respirou fundo.

– Ouça, se eu tivesse dormido com ela, o que não fiz, obviamente teria usado um... preservativo. Não sou idiota. Na verdade, a própria Jess... – Noah deixou a frase pela metade, percebendo o que estava dizendo.

– A própria Jess *o quê*? – o sr. Jackson quis saber.

Noah engoliu em seco.

– Quando queria transar comigo, ela pegou um... preservativo de dentro do vaso que fica no aparador da sua lareira.

O sr. Jackson não vacilou diante daquela revelação embaraçosa. Ele devia fazer orgias regularmente em sua sala de estar e não tinha problema nenhum com isso.

– Ah, sim, agora estou me lembrando – Jess disse. – E depois abri a embalagem com os dentes...

– Abriu a embalagem com os dentes? – o sr. Jackson disse. – É assim que as camisinhas rasgam!

– Oh! – Jess exclamou, fingindo surpresa. – Não sabia disso!

– Sabia, sim! – Noah guinchou. – Você estava nas aulas de Educação Sexual! A única matéria em que você tirou dez no teste!

Jess deu de ombros e tentou recuperar a confiança de seu pai.

– Ele está tentando pôr a culpa em mim! – afirmou a garota.

– É incrível! – o sr. Jackson falou, se aproximando de um trêmulo Noah. – Passamos de não aconteceu nada para roupas sendo tiradas, depois para notas de desempenho na cama e para preservativos em menos de um minuto! – o homem balançou a cabeça. – Vocês sabem como as pessoas falam nesta cidade! O que acham que aconteceria se as pessoas descobrissem que minha filha está esperando um filho ilegítimo? Sou o presidente do Rotary Club! As pessoas me veem como alguém que tem boa reputação. *Ser respeitável* significa *bons negócios.* – Ele suspirou e baixou os olhos para seus mocassins com borlas. – Não que eu espere que pessoas como vocês entendam essas coisas.

– Espere um pouco – sua mãe disse, assumindo o controle –, quando isso supostamente aconteceu?

– Isso *não* aconteceu dois dias atrás – Noah respondeu.

O sr. Jackson ergueu os olhos rapidamente.

– Dois dias atrás? Não mesmo. Esses dois têm saído *há meses,* não é, Jess?

– Sim! – Jess disse, animada.

– Minha nossa! – Noah exclamou. – Você só pode estar brincando, Jess. Jura que disse isso? Hahaha! Ela me odiava até a outra noite!

– Você vai fazer a coisa certa com relação à minha filha? – o homem indagou.

Noah piscou incrédulo.

– Tipo, o quê? Casar com ela?

O sr. Jackson fez uma careta de repulsa.

– Não. Vai assumir a responsabilidade? Ajudar a sustentar a criança? Estou falando de diminuir o estrago. Esse pequeno acidente está longe do que seria ideal, mas, pelo menos, se houver um pai disposto a se empenhar para fazer as coisas darem certo, parecerá menos terrível.

– Mas não sou o pai! – Noah choramingou.

O sr. Jackson balançou a cabeça.

– Não me obrigue a chamar meus advogados.

– Ok, já chega! – sua mãe disse. – *Você* – ela apontou para Jess – é uma pilantra sem futuro. E *você* – ela apontou para o pai de Jess – é um babaca ingênuo que parece um porco de terno.

Isso! Acaba com eles, mãe!

E ela ainda não tinha terminado:

– Sei muito bem que meu filho, que é melhor, mais inteligente e mais gentil que toda a sua família horrível e medíocre de novos-ricos, jamais engravidaria uma garota nessas circunstâncias. E quando o teste de DNA for feito, a prova estará aí para todo mundo ver. E então *seus* advogados não farão diferença, porque *nós* processaremos vocês por difamação. Sendo assim, por que não rastejam de volta para aquela casa patética e exagerada de vocês e enfiam suas cabecinha descerebradas no rabo?

Ela bateu a porta na cara deles e esperou até ouvir as portas do BMW se fecharem e o carro partir.

– É assim que se trata gente mau caráter – ela afirmou.

Noah olhou para ela com os olhos arregalados. Sua mãe havia sido simplesmente brilhante. Naquele momento, ele a amava mais que tudo. Ela havia sido maravilhosa.

– Amo você, mãe – ele sorriu.

– Lógico. Mas você terá que *provar* que ela está mentindo, Noah. Se ela estiver mesmo grávida, ela e seu pai cretino sem dúvida lhe causarão problemas.

– Eu sei. Mas você acredita em mim, certo?

Ela inclinou a cabeça.

– Hum. Você chega tarde duas noites atrás e pego você queimando suas roupas no jardim. Não há nada remotamente suspeito nisso, não é?

– Não, mas…

Ela ergueu a mão.

– Tudo bem. Acredito em você. É para isso que servem as mães.

Ouviram uma batida vigorosa na porta.

– Que inferno! – sua mãe exclamou, abrindo a porta. – Por que vocês simplesmente… – Ela deixou a frase pela metade ao ver dois policiais parados à sua frente. – Ah, meu Deus! Eles chamaram até a polícia!

– Não fui eu! – Noah disse a eles. – Jess está mentindo. Eu nem a empurrei. Ela só se lançou contra mim e caiu – um princípio básico de física que diz que para cada ação há uma *reação* de intensidade igual e direção oposta. Foi só isso.

– Ele não dormiu com ela – sua mãe acrescentou.

Noah assentiu.

– Não mesmo.

– Ele nem se interessa tanto assim por sexo.

– MÃE!

– Bem, é verdade – sua mãe disse.

Os policiais só olhavam.

– Isso é… muito informativo, mas, na verdade, estamos aqui para perguntar sobre um garoto desaparecido.

Noah revirou os olhos. *Pelo amor de Deus!*

– Ah, é? – disse sua mãe.

– Ele tem mais ou menos sua idade – um policial disse, sorrindo para Noah –, não aparece em casa desde ontem à tarde, não foi à escola e não fez contato. Precisamos saber quem pode ter visto o garoto pela última vez. Seu nome é Eric Smith.

– Eric Smith? – Noah repetiu, tentando soar o mais neutro possível enquanto cada fibra de seu corpo gritava "Ah, meu Deus"! Ah, meu Deus! AH, MEU DEUS!

– Você o conhece? Você o viu?

– Ele é… Quer dizer, sim, ele está no mesmo ano que eu.

– Uma testemunha disse que viu um garoto que bate com a descrição de Eric descendo esta rua por volta das quatro da tarde de ontem. Só queremos saber por que ele viria aqui. Ele mora do outro lado da cidade, então ele pode ter vindo visitar alguém ou encontrar alguém. Qualquer pista poderia nos ajudar a encontrá-lo.

Noah deu de ombros enquanto seu coração acelerava. O que ele poderia dizer? Que tinha vindo com Eric para casa para comprar dele um vídeo de conteúdo questionável por oitenta libras? De acordo com Eric, as imagens mostravam menores *fazendo coisas*. Como Noah pôde ser tão estúpido? Se houvesse cenas de nudez naquele cartão de memória, cenas de sexo, aquilo meteria Noah em uma grande encrenca. O que diabos ele tinha feito? Não podia admitir nada. De jeito nenhum. O mistério seria desvendado e então… ele provavelmente acabaria na prisão. Tachado de criminoso sexual. Ele não conseguia respirar. Ele não conseguia engolir. Por que não tinha escutado Harry?

E, além disso, onde estava Eric?

– Há algo que você possa nos dizer? – o segundo policial quis saber, interrompendo o fluxo de pensamentos de Noah.

Ele olhou para a mãe, que estava calada e com os lábios comprimidos.

– Há… não. Nada.

O policial o examinou por alguns segundos.

– Certo. Obrigado pelo seu tempo.

Noah fechou a porta e se recostou nela, fraco. Sua mãe olhou para ele.

– Ele esteve aqui, então por que está mentindo?

– Está tudo bem, mãe. Não era nada de mais. Está tudo bem. Não é… relevante. Tenho certeza de que ele está… bem.

– É melhor que esteja.

Ela foi para a sala.

Parecia que uma espécie de rede havia sido lançada sobre Noah. E quando ele achava que as coisas não podiam piorar… elas pioravam.

Capítulo 30

— Fiquei sabendo que você ficou com a minha namorada – o rapaz disse, encurralando Noah contra a cerca-viva espinhosa que corria ao longo da calçada que dava na entrada dos fundos da escola. – Ouvi dizer que ela espera um filho seu.

— Não.

— Está dizendo que ela é mentirosa?

— Não.

— Está dizendo que *eu* sou mentiroso?

— Kirk, não é?

— Esse é meu nome – Kirk disse, sua voz indicando uma surra tão iminente que gerava nível de alerta máximo. Noah notou com pânico crescente que Kirk não só tinha músculos bem definidos visíveis até mesmo por baixo de sua camiseta Nike (o cara estava de camiseta! E era *inverno!*), como também tinha um volume considerável de barba – tipo, barba espessa mesmo, não aqueles pelinhos patéticos que, às vezes, cresciam acima do lábio superior de Noah. Ele estava lidando com um homem feito. Um homem que tinha várias tatuagens, uma das quais era um coração com a palavra "Jess" gravada nele. Não era uma situação muito promissora.

— Ela disse que vocês tinham terminado. – Noah disse com uma voz aguda, recuando e se encolhendo, conforme espinhos furavam sua calça. – Foi o que ela disse.

— Terminamos.

— Oh. – Noah estava apavorado. Ele certamente ia morrer.

— Para começo de conversa, não é legal dormir com a namorada de outro cara assim tão rápido.

– Não. Concordo, não é mesmo. – Ele concordaria com tudo que Kirk dissesse; não era o momento de discutir. – Quer dizer, pode ficar com ela... É toda sua.

– Acha que quero algo que já foi usado uma vez?

– Bem... duas vezes, porque...

– Cale a boca.

– Ok.

– Você me fez ser alvo de piadas.

– Eu... sinto muito. Desculpe.

– Eu disse, *cale a boca*!

– Beleza. Desculpe. Calo a boca. Claro.

– O problema – Kirk disse, agarrando Noah pelo pescoço de repente – é que aparentemente vocês dois já estavam saindo há meses pelas minhas costas, e não gosto de pilantras que se acham mais espertos que eu...

– Aaaahhhh... não... acho... isso. – Noah grasnou, ficando na ponta dos pés enquanto Kirk o tirava do chão.

– Eu podia matá-lo agora mesmo. Sabe disso, não sabe?

– Á-há...

– Podia torcer seu lindo pescocinho.

– BOTE ELE NO CHÃO! – gritou uma voz atrás dele. – E caia fora assim que fizer isso.

Noah pousou no chão enquanto Kirk se virava para confrontar o salvador de Noah, seu James Bond, seu Jason Bourne. Josh Lewis – seu *Superman*.

– Quem é você para me dar ordens? – Kirk disse de forma agressiva e insolente. – Está a fim de uma visitinha ao pronto-socorro?

– Fala sério, Kirk – Josh sorriu, nem um pouco perturbado –, só porque você está coberto de tatuagens e usando essas roupas esportivas de merda não quer dizer que precise agir como o babaca que parece ser.

Minha nossa! Josh era corajoso, mas certamente estava prestes a levar uma surra épica.

– Está rindo de mim?

– Não, estou conversando com um cara que não consegue lidar com o fato de que sua namorada preferiu transar com um geek baixinho como Noah do que com ele!

Noah não sabia bem como se sentia ao ser chamado de "geek" e "baixinho", mas não importava, porque tudo terminou absurdamente rápido. Kirk mal havia movido o braço para dar o primeiro soco e Josh já tinha desviado com reflexos impressionantes e acertado um excelente gancho de direita no queixo de Kirk. Noah nunca havia visto uma briga de verdade envolvendo socos de verdade e ficou surpreso com a rapidez e a facilidade com que Kirk foi ao chão, segurando a boca enquanto seu sangue pingava.

– Quer mais?! – Josh gritou, pronto para chutá-lo nas bolas.

– Pare! – Kirk grunhiu. – Não faça isso! Tive leucemia aos dez anos!

Noah arquejou e olhou preocupado para Josh. É claro! As notícias nos jornais. A valente luta de Kirk contra a doença. Os cafés da manhã para angariar fundos e as caminhadas patrocinadas para levantar uma grana para o tratamento pioneiro de Kirk na Alemanha. Josh tinha acabado de bater em um paciente de câncer! Era ruim. Se os jornais locais descobrissem, o que diriam? *Sobrevivente de câncer atacado por dois garotos sadios!* Haveria uma foto de Kirk, com o rosto inchado e ensanguentado, com a legenda: "O câncer voltou depois de um ataque brutal." Ai, Deus. Eles estavam arruinados!

– Suponho que você tenha se recuperado totalmente, não? – Josh respondeu, paciente.

Kirk deu de ombros.

– O que te interessa?

– Sinto muito pelo que aconteceu com você quando tinha *dez* anos, Kirk, mas isso não faz de você menos babaca *agora.*

Kirk não argumentou. Simplesmente se levantou e foi embora todo torto pela calçada, murmurando palavras de vingança, deixando Noah de olhos arregalados devido à surpreendente bravura de Josh. Josh havia feito aquilo tudo, por ele! Ninguém jamais tinha feito nada parecido com aquilo, nem Harry, nem ninguém. Josh estava se transformando em um excelente amigo substituto. Na verdade, Noah possivelmente tinha conseguido um amigo melhor.

– Obrigado – ele disse, quase desfalecendo nos braços fortes de Josh enquanto exclamava "Meu herói!"

– Foi só mais um dia de trabalho. – Josh deu de ombros, bocejando casualmente e alongando os braços de modo que a barra de sua camiseta subiu um pouco, revelando um abdômen durinho e o cós de sua cueca em que se lia "Carne 100% Inglesa".

Aquele abdômen. Noah não conseguia parar de olhar. Josh devia malhar muito... na academia... devia ficar todo suado...

– Há... ouça. – Noah disse, obrigando a si mesmo a voltar à realidade. – Jess foi à minha casa com o pai dela ontem à noite. Ela está mesmo insistindo nessa besteira de que eu a engravidei. E, em hipótese alguma, eu levarei a culpa. Imagine! Ser pai aos quinze anos! Mal posso esperar pelo teste de DNA para provar que ela está errada. E se ela estiver grávida, é óbvio quem é o pai!

– Quem?

– Kirk! Ela acabou de terminar com ele, e ele não quer saber dela, e suponho que ela tenha descoberto que espera um filho dele. Então ela precisa de um alguém em quem botar a culpa. E é aí que eu entro. Vou dar uma de Poirot e ir até o fundo nisso! Vou descobrir a verdade! Vou provar!

Josh assentiu.

– Uau! Um homem de atitude! Gosto disso. Então, aposto que o pai dela estava doido, não?

– Ah, sim, *doido*. Totalmente *doido*. – Ele estava feliz por saber que Josh queria dizer *doido da vida*. Eles eram tão descolados! Ele usaria a palavra de novo. – Ele estava realmente *doido*.

– Se houver algo que eu possa fazer, sabe, para ajudar, é só me dizer, beleza?

Noah queria passar seus braços ao redor do corpo bronzeado e bem definido de Josh e se perder no cheiro divino de sua água de colônia almiscarada. Mas não fez isso. Seria meio gay. Em vez disso, falou apenas:

– *Muito* obrigado. Serei grato eternamente, Josh – e fez uma mesura.

– Bom rapaz. Poderia buscar um sanduíche de bacon para mim na cantina enquanto vou fumar rapidinho?

– Ah. Hum, claro.

– Você é o cara. Gosto de você!

– Também gosto de você! – Noah sorriu. – Quer ketchup?

– Molho agridoce, mano. Molho agridoce. E quero o bacon crocante no pão branco.

– Molho agridoce, pão branco, bacon crocante! – Noah confirmou empolgado. – Não demoro! – E disparou na direção à cantina saltitante. Ele não se importava de ser usado por Josh naquele momento. Josh impedira que ele fosse surrado por Kirk. Buscar um sanduíche de bacon para ele era o mínimo que Noah poderia fazer.

Capítulo *31*

Quinta-feira à noite. Quarenta e oito horas desde que Eric tinha sido visto pela última vez, mas ninguém parecia muito preocupado. O que se dizia era que ele havia fugido, cansado de sua vida familiar caótica, ou que precisara se esconder, porque havia chantageado a pessoa errada com algo que conseguira contra ela. Noah ainda odiava Eric do fundo do coração devido à situação em que ele o colocara, mas mesmo assim não deixava de sentir um pouco de pena de Eric. Literalmente *ninguém* parecia se importar.

Ele bateu na porta do quarto da avó, enquanto "Like a Virgin", da Madonna, tocava lá dentro. Ele torcia para que ela estivesse no espírito – e tivesse clareza mental – para uma conversa sensata, que terminaria com um conselho razoável.

– Caia fora! – ela gritou do lado de dentro.

– É o Noah, vó!

Houve uma pausa de alguns segundos antes que o som fosse desligado e a porta aberta. O rosto de sua avó era a imagem da decepção.

– Você. Quero dar uma palavrinha com você! – ela disse e o puxou pela gravata para dentro do quarto, fechando a porta com força.

– Vó, posso só dizer que…

– O que foi que eu te disse?! Mantenha seu negócio dentro das calças, só isso!

– Vó, eu…

– E o que você fez?! Você não só botou o negócio para fora como também o enfiou direto na primeira garota disponível, e agora veja só no que deu!

– Mas não fiz isso! – Como diabos ela sabia da história?

– Minduim, se eu ganhasse uma libra toda vez que um garoto dissesse que não fez nada quando uma garota engravida, não estaria presa em uma casa de repouso de segunda. Estaria aproveitando a vida em um lugar em que houvesse *privacidade*.

– Vó, juro cem por cento que mantive meu negócio dentro das calças!

– Então, por que seu rala-e-rola com essa garota está em todas as redes sociais?

Maldição. O que Jess tinha feito?

– Do que está falando, vó?

– Fotos, Minduim! O seu nome e o dela marcados! Um ultrassom. E frases do tipo: "Eu e Meu Amor" e "Alguém vai ser papai!". Explique-se!

Noah suspirou. Jess não ia desistir facilmente.

– Veja bem, segui o seu conselho e não falei nada, inclusive quando começou esse boato de que talvez eu tivesse... *feito coisas* com Jess. Mas então as pessoas começaram a *presumir* coisas. E achei que tudo bem que eles presumissem o que quisessem, já que a situação fez com que eu me tornasse popular, então não neguei nada. Mas também não disse que era verdade! Agora, soa como se eu tivesse feito algo de fato e, para piorar, dei a ela uma nota...

– Uma nota?

Aquilo era embaraçoso.

– Uma nota... sabe quando um homem e uma mulher se amam muito e eles ficam bem colados um no outro e então o homem fica muito excitado e coloca uma *sementinha* dentro da barriga da mulher para que ali cresça um bebê? Uma nota para isso.

– Meu Deus!

Noah se jogou na cama de solteiro e sentou em algo desconfortável. Ele tateou por baixo do edredom fino e puxou o passaporte da avó e um maço de euros.

– O que diabos é isso? – o garoto quis saber.

– Nada – ela disse, pegando rapidamente o documento e as notas das mãos dele e os jogando em uma das gavetas, que foi fechada com violência. – Hum... e o que mais me conta? Como vai Harry? Alguma notícia do seu pai?

– Seja lá o que for que você esteja planejando, não vai funcionar e não é uma boa ideia.

– Não sei do que você está falando.

Noah suspirou.

– Certo. Papai está morando na Espanha e esse tempo todo escreveu várias cartas, mas mamãe as tinha escondido de mim.

A avó o fitou, pasma.

– Então ele está mesmo na Espanha?

– O que quer dizer com "*mesmo*"? Dá a entender que você...

– Espere só até eu botar minhas mãos nele!

– Quem contou a você que ele estava na Espanha?

A avó olhou para ele.

– Do que estávamos falando mesmo?

Noah mordeu o lado de dentro do lábio inferior e a examinou.

– Além disso, parece que eu tenho uma espécie de irmão secreto. Que está no mesmo ano que eu. E quero respostas, então... conto com você, vó.

Ela olhou para ele sem entender.

– Quem tem um irmão secreto?

– Eu!

– E quem é ele?

– Bem, a questão é justamente essa! Não sei quem é!

– E ele está na Espanha?

– Não, em Little Fobbing!

– Quem é?

– Meu... Ah, deixe para lá. Tudo bem. Vou descobrir.

– O que Jessica Fletcher faria? – a avó perguntou.

Noah suspirou e cruzou os braços. Ele tinha acabado de dizer que o filho dela estava vivo e que ele, Noah, tinha um meio-irmão secreto, e ela não pareceu nem um pouco surpresa ou, de fato, interessada em falar mais sobre o assunto. Ela tinha agido daquela forma por causa da doença? Teria sido por causa da demência? Ou sua reação havia sido aquela porque ela já sabia?

Mas, se ela já sabia, quem teria contado a ela?

Uma coisa era certa: ele não poderia pressioná-la. Entre os momentos de lucidez, ela passava muito tempo confusa. Não era justo piorar as coisas, deixá-la estressada e frustrada, fazer com que ela se sentisse mal.

Além do mais, ela já havia deixado escapar uma pista muito importante sem nem mesmo perceber.

– Como está Harry? Vocês se acertaram?

– Bem. Ele está bem. – Noah confirmou com um movimento de cabeça, olhando direto para ela, porque aquilo era DE FATO VERDADE.

– O que aconteceu? – ela indagou, tristonha.

– Bem, ele acha que sou uma pessoa terrível, e está tudo acabado, e não somos mais amigos.

Ela balançou a cabeça.

– Seu idiota.

Noah baixou os olhos para o chão. Ele sentia falta de Harry. O que Harry estaria fazendo naquele momento?, ele se perguntava. Estaria rindo dos problemas de Noah com seu novo melhor amigo? Não, provavelmente não. Harry não era esse tipo de garoto. Ele não ria da desgraça dos outros. Ele não era mau. E aquilo deixava Noah ainda mais triste.

– Não o perca – a avó disse. – Ele é especial. E você sabe disso.

– Mas, às vezes, as pessoas se separam.

– Não pessoas como você e Harry. Vocês podem superar isso. Precisam superar isso.

– Por quê?

– Porque em sua vida toda, não encontrará ninguém como ele. Escute as palavras sábias de uma velha encarquilhada que já viu de tudo, Noah. Você sabe que tenho razão. Sempre tenho.

Ele sentiu o coração pesado novamente. É claro que ela tinha razão. Mas agora era tarde.

Ele se recostou nos travesseiros e olhou pela janela, pensando no tanto de coisa que precisava resolver.

– Essa garota – disse a avó –, essa que você engravidou…

– Não engravidei – Noah disse, voltando-se para ela.

– Mas *alguém* a engravidou.

– Sim, o ex-namorado dela, Kirk.

– Então, você só precisa de alguma prova de que ela e Kirk… – a avó piscou para ele – *você sabe*.

As peças começaram a se juntar na cabeça dele.

Como ele podia ter sido tão burro?

Sua única preocupação com relação ao cartão de memória havia sido com as imagens dele beijando Harry. *Mas o que mais havia no dispositivo?*

Os outros eventos da festa daquela noite.

Eventos que poderiam salvar a pele de Noah.

Seu coração batia tão rápido que parecia que ia sair do peito. Ele se levantou apressado.

– Vó, preciso ir. Há algo que tenho que fazer!

Capítulo 32

Ofegante, Noah se sentou em frente ao computador em seu quarto, pescou o cartão de memória de seu esconderijo e o conectou à porta USB. O cartão de memória continha a gravação de tudo que havia acontecido naquele quarto na noite da festa. Vai saber que besteiras tinham ocorrido lá, quem mais Eric tentara chantagear?!

Jess Jackson e seu namorado, Kirk, estiveram na festa. Se eles tinham subido para fazer qualquer coisa naquele quarto, Noah se livraria da acusação e seria provado que toda a história de gravidez era mentira.

Ele não queria que as pessoas falassem dele, não daquele jeito. *Ele não queria que as pessoas achassem que ele era como o pai.* Sua vida seria diferente. E Jess Jackson não estragaria tudo.

O dispositivo finalmente apareceu na barra de menu. Um clique duplo mostrou seu conteúdo; mais um clique duplo no arquivo de vídeo e a execução começou.

Close-up em Eric. Seu rosto sorridente enquanto ele levantava a câmera. Olhou direto para a lente. "Projeto *Adios* em curso…".

Noah sentiu um calafrio percorrer sua espinha. O que diabos era o "Projeto *Adios*"? Eric *estava* tramando alguma coisa. Algo ruim o bastante para Eric ter que sumir. Ou ruim o bastante para que outra pessoa sumisse com ele.

O enquadramento girou aleatoriamente enquanto Eric subia em uma cadeira e posicionava a câmera em cima do guarda-roupa, mantendo uma tomada aberta de um quarto vazio.

Noah avançou até a imagem que mostrava os primeiros ocupantes desavisados entrando no quarto. Três garotos que ele reconheceu como sendo do nono ano. Um puxou da sacola uma garrafa de algo que eles obviamente não queriam dividir com o pessoal que estava lá embaixo. Passaram a bebida de um para o outro enquanto bebiam e falavam sobre com quem cada um deles queria ficar.

Noah continuou avançando o vídeo.

Ella e James. Eles praticamente caíram dentro do quarto. Bêbados. Excitados. Ela o empurrou contra a porta e eles começaram a se beijar e a se agarrar.

Não era o que ele precisava.

Quatro garotas fofocando. Rindo. Se acabando.

Harry.

Entrou furioso. Socou o guarda-roupa, então a câmera tremeu. Connor entrou e tentou falar com ele. Harry arrancou a cabeça de uma Barbie.

Noah não precisava ser lembrado do que aconteceria em seguida, muito menos em alta definição. Ele avançou até o momento em que o quarto ficou novamente vazio.

Um garoto entrou correndo. Agitado. Abriu uma janela e vomitou lá de cima. Limpou a boca e saiu.

Jess Jackson.

Oh, por favor… oh, por favor… Noah colocou o vídeo na velocidade normal.

Jess Jackson… no quarto conduzindo um garoto…

Oh, por favor… Por favor… ISSO! ISSO MESMO! Kirk. Seu "namorado" Kirk…

Kirk colocou uma cadeira encostada na porta do quarto para travá-la. Como algo saído de um filme. Quem diria que funciona de verdade?! E então…

Eles estão se beijando… e então…

E então algo estranho aconteceu. Jess o interrompeu. Fez com que ele se sentasse na cama.

— Kirk? Preciso te contar uma coisa.

— O que foi, gata?

Ela respirou fundo…

– Estou grávida. Você vai ser pai.

Ela deu um sorrisinho esperançoso, como se não estivesse certa de como ele se sentia a respeito, mas esperando que talvez ele superasse o choque e aceitasse sem problema.

E ele só olhou para ela.

E ela respirou.

E ele olhou.

E ela respirou.

E então ele balançou a cabeça e saiu andando sem olhar para ela, como se tudo aquilo fosse demais para ele.

Ela ficou sentada na cama. Sozinha.

Noah pausou o vídeo para assimilar o que tinha visto.

Ela admitira a gravidez no vídeo. Noah era um homem livre.

Ele se sentia um pouco triste por ela, mas também... QUE SE DANASSE! Como ela ousava tentar arruinar a vida de Noah, só porque a dela era um caos? Talvez, se ela tivesse sido um pouquinho mais honesta e gentil, Noah se compadeceria dela. Poderia organizar um evento beneficente para levantar fundos para o bebê ou algo assim. Mas, em vez disso, ela o tinha transformado em seu inimigo. Um inimigo com todas as provas necessárias para ACABAR COM AQUELA CRETINA MENTIROSA!

Rindo, ele desceu a escada com uma indolência alegre e entrou na sala, totalmente esquecido de que era quinta-feira à noite e de que ele deveria ficar em seu quarto porque...

– Mãe! Mãe! Adivinha só?! Não é meu! O bebê não é...

Ele parou de repente. Olhando para ele, totalmente paralisada de medo, estava sua mãe e...

Noah engoliu em seco. O *Homem Misterioso*.

Mas...

Noah piscou tentando entender aquilo.

– Você? – ele murmurou por fim, sem querer acreditar no que via. – O que *você* está fazendo aqui?!

Capítulo 33

A imagem que ficaria para sempre gravada na mente de Noah sobre aquele incidente era a da figura de um homem cuja camiseta estava levantada, revelando sua cueca, enquanto ele se inclinava sobre a mãe de Noah no sofá. Uma cueca que tinha um cós bem peculiar... em que se lia a frase "Carne 100% Inglesa".

– Josh? – Ele mal conseguia pensar, quanto mais falar. – *Josh Lewis?!*

– E aí, cara? – Josh respondeu, como se aquela fosse uma surpresa agradável.

– Mãe?!

– Noah, deixei bem claro que você não deveria aparecer aqui sem ser chamado no meu momento pessoal de lazer, e agora... olha no que deu!

– Mãe! Você e Josh são... Você e Josh... Você e Josh estão... Ah, meu Deus! Vocês... Você e Josh...

Tremendo, ele se virou e saiu correndo pela porta da frente enquanto ouvia Josh dizer à sua mãe:

– Fique aqui. Vou resolver isso. De homem para homem!

Noah começou a descer a rua apressado, sem saber para onde ia, mas com a certeza de que em hipótese alguma voltaria para aquela casa.

– Noah? Cara? Mano?! – Josh chamou, correndo atrás dele.

Que se danasse. Noah acelerou ainda mais. Mas não demorou muito para que um rapaz atlético que disputava *campeonatos do condado* alcançasse um garoto asmático que geralmente se livrava da aula de Educação Física com um pedido de dispensa de sua mãe.

— Noah? Cara! Espere! — Josh correu e parou na frente dele para interromper sua fuga ofegante e débil. — Não fuja, cara! Vamos conversar!

Noah olhou para ele furioso. Como Josh ousava fazer com que parecesse que era *Noah* quem estava agindo de forma irracional? A respiração de Noah era difícil e irregular. O sangue corria em suas veias, a adrenalina aumentava, a raiva crescia. Josh ia ver só, ia se arrepender!

— Você — Noah rosnou, a voz trêmula de raiva incontida — é um *maldito traíra*!

Noah esperou as palavras fazerem efeito, o peso delas sem dúvida cortando Josh como uma enorme faca afiada. Não, como uma *lança*. Uma grande *lança*. Não, uma metralhadora. Uma grande e destrutiva metralhadora, perfurando seu corpo patético com suas poderosas balas feitas de *palavras*.

Josh olhou para ele nada impressionado.

— *Sério* mesmo, mano?! Isso é o melhor que pode fazer?

— Isso é, basicamente, *a pior* coisa que um cara pode fazer a outro cara. Dormir com sua mãe! A mãe do próprio amigo! Esse tempo todo... Era você esse tempo todo?

Josh ergueu o rosto.

— Faz só alguns meses, mano, não é nada de mais.

— Nada de mais? É... ilegal! — Noah guinchou.

— Cara, não é. Tenho dezenove anos! Posso fazer o que eu quiser. Transar com eu quiser. — Noah sentiu a bile em sua boca. — Até com as professoras da escola, se eu quiser, não dá problema com os tiras!

— POLÍCIA! Não dá problema com a POLÍCIA! — Noah gritou.

— Tudo bem! *Polícia!* Tanto faz, mano. Não se irrite por bobagens.

— Onde vocês se conheceram? — Noah perguntou. Ele queria saber. Ele queria saber de tudo.

— No pub. — Josh deu de ombros. — Ela cantou uma música da Beyoncé no karaokê. Cara, foi ruim, mas valeu pela tentativa. — Ele deu uma risadinha, como se se lembrasse da cena com carinho.

– Eu disse que ela não deveria largar o trabalho diurno e ela riu e me pagou uma bebida.

Noah olhou para Josh com lágrimas nos olhos.

– Achei que você gostasse de mim. Achei que fôssemos amigos.

– Somos...

– Não. – Noah balançou a cabeça enquanto juntava as peças. O encontro "por acaso" no refeitório. A amizade repentina. – Não, alguém como você jamais seria amigo de alguém como eu. Nunca teve a ver com Jess e eu. Minha mãe fez você se aproximar, não fez? Foi ela quem pediu a você que fosse meu amigo, não foi?

– Cara, ela estava preocupada, porque você... Ela só estava pre-ocupada, porque você... não era popular e talvez... sabe, estivesse agindo meio estranho, então, você sabe...

Ele encarou Josh.

– Não sou obra de caridade.

– Ei, sei disso! Concordo *totalmente*! E, assim que começamos a conversar, bem, vi que você era um cara muito bacana.

– Nós dois sabemos que isso não é verdade – Noah murmurou. – *Por quê?* Por que você quer ficar com minha mãe?

– O que posso dizer? – Josh deu de ombros. – Temos uma ligação. E, claro, ela é um pouco mais velha, e algumas pessoas podem achar estranho, mas o que sentimos nem sempre atende às expectativas da sociedade, entende?

Noah olhou para ele bruscamente. Josh não se importava com o que os outros pensavam, só fazia o que lhe deixava feliz. De todas as idiotices que Josh havia dito, escolhera bem aquele mo-mento para dizer a única coisa que talvez Noah compreendesse um pouco.

Mas ele não pegaria mais leve com Josh por causa disso. A mu-lher "mais velha" era sua *mãe*.

E como *ela* podia ter feito aquilo com ele? Que diabos havia de errado com ela? Ela tinha *quarenta anos*. Será que não podia namorar alguém de sua própria idade? Imagine se Noah podia ter uma vida familiar *normal* com pais *normais* que se importassem de fato com ele! Ele cerrou os punhos quando uma onda de raiva percorreu seu corpo.

— Diga à minha mãe que desejo que ela tenha uma vida ótima! — o garoto soltou.

— Cara!

— Não! Vá se f$@#! *Todos sabem que o único motivo pelo qual você continua na escola é porque não conseguiu nota para entrar na London Met para cursar Gestão Cultural!* — ele gritou, se virando e se afastando *muito rápido* de Josh e de tudo.

No piloto automático, ele instintivamente pegou o caminho que levava à casa de Harry... parando duas ruas depois, ao perceber que Harry obviamente não falaria com ele, não depois da briga daquela tarde. Ele ficou parado no meio da calçada. Não, Harry diria apenas que tudo aquilo era culpa de Noah, supostamente por não ser gay o bastante.

Ele também não podia ir ver a avó, pois o horário de visita já havia terminado.

As lágrimas se acumulavam dentro dele. Ele não tinha para onde ir. Nenhum lugar, exceto... *a menos que...*

Ela tinha dito que ele poderia visitá-la quando quisesse. Ela tinha dito que suas aulas na escola nova não começariam até a semana seguinte. Então, talvez... Sophie?

Havia um ônibus que parava na rua principal a caminho de Grimsby. Se ele se apressasse, daria tempo de pegar o próximo. De Grimsby, ele poderia pegar um trem para Milton Keynes. Sophie entenderia. Ela era legal e gentil e teria pena dele e talvez até o abraçasse e tal. Ela poderia ser tudo que Harry não queria mais ser. Ele sem dúvida tinha dinheiro suficiente para chegar lá. Além disso, com relação ao que aconteceria depois, ele não sabia e, de fato, não se importava. Tudo que ele queria naquele momento era sair de Little Fobbing, com suas mães fogosas, "amigos" fingidos e garotas mentirosas, que diziam que você as tinha engravidado, quando você não tinha feito nada daquilo.

Na rua, ele viu os faróis dianteiros surgirem enquanto um ônibus de dois andares antigo chegava resfolegando, deixando uma fila de carros furiosos para trás. Noah nunca tinha tido uma visão tão bela e bem-vinda. Aquele ônibus velho representava sua liberdade. Um recomeço. Uma saída.

O ônibus encostou no ponto, soltando uma nuvem gigantesca de fumaça de diesel enquanto parava e abria as portas. Noah engoliu em seco. Aquela era a hora. Ele ia mesmo fazer aquilo. Segurou a passagem de três libras apertada na mão e esperou pacientemente um passageiro solitário desembarcar. Ele respirou fundo e ergueu o pé, pronto para subir no ônibus e começar sua nova vida, e então…

– Noah?

Ele se virou. Era o passageiro solitário, parado na calçada, olhando para ele. O homem usava um boné de beisebol e um sobretudo com a gola levantada e carregava uma bolsa de viagem pequena.

Os neurônios de Noah demoraram uns dois segundos para fazer a sinapse.

Uma busca no Google…

Um prédio de apartamentos…

Um suéter Ralph Lauren…

E então seus olhos quase saltaram das órbitas.

– Pai?!

Capítulo 34

— **V**ai entrar, amigo? – gritou o motorista enquanto Noah permanecia parado, atônito, meio no ônibus, meio na calçada.

Ele estava completamente confuso.

– Pai? O que está fazendo aqui?

– Achei que deveria voltar, não? Achei que precisava ver meu filho! – disse seu pai, olhando para os lados antes de finalmente olhar para Noah e sorrir.

– Amigo? Vai entrar ou vai sair? – gritou o motorista. – Todo mundo aqui precisa ir para casa!

– Está indo para onde? – seu pai perguntou.

– Eu… não tenho certeza, eu… – Aquilo era mesmo real? Que diabos estava acontecendo?

– Acho que você deveria descer – seu pai sugeriu, puxando Noah assim que as portas pneumáticas começaram a se fechar nele.

Após a remoção daquele obstáculo adolescente franzino, as portas se fecharam com força e o ônibus partiu, deixando uma nuvem de fumaça tóxica de escapamento atrás de si. Noah limpou a fuligem dos olhos e observou o homem meio desgrenhado parado à sua frente.

Pai.

Mas ele não se parecia nada com as fotografias que Noah tinha visto no Google. Será que era o bronzeado? Os dentes brancos? O ar confiante?

O "grande empresário" diante dele parecia gostar de usar camisetas esportivas folgadas da Adidas com calças de agasalho, e era bem evidente que não apenas quando se exercitava. Seu rosto era pálido e cansado, com a coloração amarelada daqueles que fumam demais. Ele tinha bolsas debaixo dos olhos e uma barba de vários dias. E, o mais decepcionante de tudo, ele era mais baixo do que Noah se lembrava. Se aqueles fossem os genes de que dependia, Noah sabia que havia pouca esperança de que ele fosse ter um estirão de crescimento.

Era um pouco decepcionante, é verdade, mas, mesmo assim, seu pai estava ali! Será que Noah devia abraçá-lo ou algo assim? Ele tinha visto programas de TV em que parentes que não se viam havia muito tempo e que finalmente se encontravam, sempre se abraçavam, e choravam, e coisas do tipo.

Mas Noah não sentia vontade de abraçar aquele homem. Ele não sabia o que sentia.

Mas então ele sentiu algo, e foi uma coisa que veio de dentro dele e explodiu. Era uma raiva destrutiva enorme, uma que ele nunca tinha sentido antes e, quando percebeu, estava gritando "Eu te odeio! Eu te odeio! Eu te odeio!" e socando com seus punhos frágeis toda e qualquer parte do corpo de seu pai que conseguisse acertar, para que ele sentisse apenas um pouco da dor que Noah havia sentido aquele tempo todo.

E, quando acabou, Noah cambaleou de volta até o pequeno banco, se jogou nele e começou a chorar, grandes soluços e lágrimas reprimidas que faziam parecer que ele ia sufocar até morrer.

– É bom ver você também, amigo – seu pai disse, se sentando perto dele.

– Onde esteve esse tempo todo?!

– Espanha.

– Sei disso!

– Então, por que perguntou?

Noah enxugou rapidamente as lágrimas que corriam com as palmas das mãos, fazendo o melhor que pôde para agir feito homem, mas foi só seu pai passar gentilmente um braço ao redor dele e lágrimas incontroláveis surgiram novamente.

Ele resistiu bravamente à suave pressão que seu pai aplicava para tentar puxá-lo para perto de si, pois não queria ceder facilmente e fazer parecer que estava tudo bem. Ele queria que o pai soubesse que estava bravo. Ele queria que o pai soubesse o quanto o odiava, porque tudo de ruim em sua vida, tudo de errado, *tudo* era culpa do pai.

Mas a resistência de Noah acabou mais rápido do que ele pretendia, e não demorou muito para que se aninhasse no ombro do pai, os soluços diminuindo aos poucos a cada vez que ele sentia o perfume reconfortante de seu pai.

– Sinto muito, Noah. Vou consertar as coisas. Vou consertar as coisas.

– Tudo bem. – Não era verdade. Ia ser preciso muito mais que um simples pedido de desculpa para compensar *seis anos* de sofrimento.

– Juro que tudo que fiz… foi só porque eu queria dar uma vida melhor a você. Foi isso que eu sempre quis.

– Eu sei. – Na verdade, ele não sabia. Que tipo de homem simplesmente abandonava o filho sem dar explicações?

– Temos muito que conversar.

– Você não faz ideia – Noah disse, sombrio, fungando para evitar que o nariz escorresse. Ele se afastou do pai e se sentou com uma postura mais ereta, lembrando-se de que tinha quase dezesseis anos, não seis, e que ficar abraçado com o pai não era mais algo que devesse fazer, mesmo que fizesse seis anos que ele não o via.

Conversar. Que tal começar com um pouco de *verdade*?

– Fale sobre meu irmão secreto. – Noah encarou o pai e cruzou os braços. Seu pai lhe devia aquilo, pelo menos.

– Seu *o quê*?

– Pare com isso. Quem é?

– Não tenho ideia do que você está falando! – Seu pai deu de ombros. – É alguma besteira que sua mãe lhe disse?

Noah baixou os olhos. *Possivelmente*. Mais uma mentira inventada para livrar a cara dela. Provavelmente, ela tinha gastado o dinheiro consigo mesma e seus *namorados* inadequados. Provavelmente, ele tinha usado o dinheiro para comprar cuecas idiotas em que se liam "Carne 100% Inglesa", enquanto o pobre Noah tinha que se virar e usar praticamente sacos de lixo e de estopa, datilografar seus trabalhos em uma ultrapassada máquina de escrever… praticamente… OK, num PC de três anos atrás, o que dava basicamente na mesma. Deus! Noah tinha sido tão *ingênuo*.

Provavelmente, percebendo o que o filho estava pensando, o pai mudou de assunto gentilmente.

— Por acaso você estava fugindo de casa?

— Ah. Não. Não… Eu só… Eu só estava a fim de viajar um pouco.

Seu pai sorriu.

— Sua mãe anda te irritando, não é?

— Minha mãe é… ela é uma pessoa muito má… uma mentirosa e uma… A propósito, ela disse que você estava *morto*… e eu a odeio e não quero vê-la nunca mais.

— Mas você me escrevia mês sim, mês não…

— O quê? — Noah balbuciou.

— Cartas. Suas… Ou…

Os dois chegaram a uma conclusão ao mesmo tempo.

— Inacreditável! — disseram em coro.

— Era a mãe se passando por mim! — Noah guinchou.

— Eu devia saber. É claro que você não exigiria fazer Tecnologia de Alimentos como opção extra na prova de conclusão do ensino médio.

— Não, essa parte é verdade.

— Ah. Ah, bem. Mas e a parte em que você diz que estava se interessando pela carreira de sua mãe e pergunta se eu achava que ela deveria diversificar e incluir Elvis, Michael Jackson e Eminem?

— O quê? Não, isso é tão… *Até parece!* — Noah balbuciou. — E como seria isso? Ridículo!

— Não acredito. Não acredito que caí nessa.

— Mas escrevi uma carta mesmo! Outro dia. Acho que você ainda não a recebeu…

– Deve ter chegado depois que saí da Espanha.

– *Por que não moramos na Espanha, você e eu?!* – Noah disse de repente, tendo a melhor ideia do mundo. Tudo que estava errado aqui seria melhor lá. Agora que ele não tinha mais um melhor amigo, poderia arranjar um novo melhor amigo espanhol. Chamado *Javier*, talvez. Ele seria bronzeado e teria músculos bem definidos e teria cabelos desgrenhados. Seria maravilhoso. – Me leve com você!

– Isso é…

– Ah, vamos! É uma ideia excelente!

– Isso é… Isso não é tão simples. Tem a escola… e essas merdas. "Essas merdas" resumia bem as coisas.

– Você tem piscina?

– Sim.

– Ótimo. E faz calor? O ano todo?

– Não o ano todo. Existem as estações, como em qualquer lugar.

– Me leve com você!

– Falaremos sobre isso, ok?

– Ok, certo. – Noah podia aceitar aquilo. Não era um "não", era um "falaremos a respeito", cheio de possibilidades. – Onde vai ficar?

– Bem, eu estava pensando…

– Não em casa. Você não pode ficar em casa.

– Ah.

– É só que… Tem a mãe e umas coisas… Não seria bom.

– Ela está saindo com alguém?

Noah fez uma careta.

– Quem é ele? – seu pai sorriu.

– Ninguém. Não é nada sério. É só um zé-ninguém, na verdade. Eu o vi umas duas vezes. Ele se acha uma espécie de *Adônis* ou algo assim, mas é um idiota. – Noah deu de ombros como se não significasse nada, mas em sua mente ele USAVA UMA LIXADEIRA DA BLACK & DECKER NAS BOLAS DE JOSH.

– Bem, não posso dizer que culpo sua mãe. Não nos separamos em bons termos, e já faz muito tempo. Mas não tenho outro lugar para ficar.

– E na pousada?

– Não quero gastar dinheiro com isso!

– Não tem nenhum amigo que possa lhe ceder o sofá?

– Fui embora daqui faz seis anos, Noah! Duvido que algum deles ainda se lembre de mim!

Algo naquilo não cheirava bem. Noah não conseguia dizer com certeza o que era, mas sentia que havia algo errado.

– Não está metido em encrenca, está?

– É claro que não! Nossa!

– Hum… tudo bem.

– Só achei que seria bom passar um tempo com meu filho. Estar por perto, para variar.

Noah assentiu. *Talvez.* Ele avaliou as poucas opções disponíveis.

– O barracão. Poderia ficar no barracão?

Capítulo 35

Noah deu ao pai instruções precisas para entrar discretamente pelo quintal e aguardar dentro da estrutura de madeira dilapidada e caindo aos pedaços que, forçando a barra, poderia ser chamada de "barracão". Então, depois de verificar se o pai havia conseguido passar em segurança pelo quintal, Noah se preparou e, confiante, abriu a porta da frente da casa.

– Voltei – Noah disse, entrando na sala e engolindo o orgulho a contragosto.

– Noah, fico feliz em ver que você tem juízo – sua mãe disse, pousando a taça de vinho (vinho!) e batendo as cinzas do cigarro (que seu pai sem dúvida tinha pagado!) no cinzeiro. – Josh e eu *adoraríamos* conversar com você sobre esta situação.

– Não é preciso! – ele piou. – Já pensei a respeito e, por mim, está tudo bem! – Ele foi direto para a cozinha, se virou e, em silêncio, fez uma rápida sequência de gestos obscenos na direção da porta, que tinha fechado atrás de si. Ela obviamente não havia nem mesmo chamado a polícia, apesar de seu filho de quinze anos emocionalmente perturbado ter fugido e do fato de que talvez ele estivesse correndo um risco enorme. – Faça o que quiser, não tenho nada a ver com isso! – ele disse, rapidamente começando a fazer o que tinha que fazer.

– Querido – ela disse, aparecendo na cozinha como se fosse a imagem de pureza e doçura –, fico feliz em saber que podemos conversar feito adultos sobre isso.

– Eu também! – *Isto é apenas atuação, Noah! Uma revisão das aulas de Teatro para a prova de conclusão do ensino médio, nada mais.*

– Mas você falou sério? Está mesmo tudo bem para você?

Noah assentiu.

– Sem dúvida. – *Mãe cruel e mentirosa DO INFERNO!*

– Estou tão orgulhosa de você, por estar sendo tão maduro.

– Á-hã! – *Ao contrário de você!*

– Obrigada, Noah – ela disse, dando um beijo na bochecha dele. – Significa muito para mim, e prometo... – Ela se inclinou e sussurrou alto demais no ouvido dele. – E prometo que você sempre será minha prioridade. Será sempre meu homem número um! – Ela deu uma piscadela e voltou rebolando para a sala.

Ótimo. Ela havia sido enganada pelo talento teatral de Noah e não fazia ideia de seus motivos reais. Ela nem imaginava que escondidos no bolso dele estavam dois biscoitos de creme recheados e cinco biscoitos digestivos, roubados do prato de biscoitos – *em que lugar daquela maldita casa a mulher escondia essas coisas?!* – que ela havia deixado sobre a bancada, provavelmente para *Josh*. O plano já estava em curso.

– Mãe? Vou lá fora tomar um ar...

Mas ela já estava de risadinhas com Josh na sala e nem ouviu o que ele tinha dito. Para ele, aquilo era simplesmente *ótimo*.

– Isso vai tapear a fome por um tempo – Noah explicou, enquanto puxava do bolso os biscoitos quebrados.

– Uma xícara de chá também seria ótimo – seu pai disse, erguendo os olhos de sua bolsa de viagem enquanto tirava de lá um macacão.

– Seria?

– E se tiver sobras do jantar...

– Sim, claro. – Ele não esperava que seu pai fosse tão exigente. Os pais não deviam ser carentes nem deviam ficar pedindo coisas aos filhos, até que estes últimos fossem bem velhos. – Quer um cobertor ou mais alguma coisa?

– Ah, sim. Uns cobertores e um travesseiro. E preciso de outras coisas também.

– Que tipo de coisas?!

— Só trouxe o básico comigo, Noah.

Noah achou aquilo estranho. Por que viajar sem as coisas de que precisava?

— Perderam minha bagagem no aeroporto, ok? — seu pai disse, olhando direto para ele.

— Ah. Isso é *terrível*. — Uma sensação de receio começou a crescer dentro dele. Contato visual direto como aquele significava MENTIRA. Ele sabia, porque já tinha feito aquilo muitas vezes.

— É… provavelmente deve ter ido parar em Tombuctu, ou sabe-se lá onde!

Noah assentiu. *Tombuctu*. Exatamente o primeiro lugar que viera à mente de Noah quando ele mentiu sobre o sequestro do pai.

— Do que precisa, então?

— De um celular. Pré-pago. Com trinta libras de crédito.

Noah apontou para o iPhone dentro na mala aberta do pai.

— Mas você tem um celular.

— Sim, mas quero ter um para o trabalho e um para uso pessoal.

Ótimo, Noah pensou. Exatamente como traficantes ou outros vagabundos do submundo com atividades suspeitas.

— E preciso de roupas — seu pai continuou —, só trouxe duas mudas. Talvez, produtos de higiene, um barbeador, esse tipo de coisa.

— Mas onde vai se lavar? Não é uma boa ideia entrar na casa!

— Entrarei de fininho assim que sua mãe sair. Só me deixe a chave.

Aquilo estava se transformando em um pesadelo.

— Beleza. Você tem algum…

— O quê?

— Dinheiro? — Noah perguntou, estendendo a mão.

Seu pai sorriu perplexo, como se aquele pedido fosse a coisa mais bizarra do mundo.

— Ah, amigão, eu não ia dizer nada, mas bateram minha carteira, sabe? Em Madri, a caminho do aeroporto, admito. Eu não estava prestando atenção. Estava pensando em outras coisas. Pensando em ver você! Meu maldito erro foi ter ficado empolgado demais para ver meu filho!

– Ah, então… – Noah sentiu um aperto na garganta. Ele reconhecia uma desculpa esfarrapada quando a ouvia, e aquela era de doer.

– Eles levaram tudo!

– Ah. Então como…

– Um garoto inteligente e engenhoso como você com certeza pode me arranjar um dinheiro, não?

Noah hesitou. Aquilo parecia errado. Ele achou que ficaria feliz com o retorno do pai. Mas aquilo não era certo. E ele já estava cansado de mentiras.

– Pai, por que simplesmente não diz a verdade? Não me deve pelo menos isso?

Seu pai suspirou.

– Claro. Claro, tem razão. Devo a você pelo menos isso. – Ele sentou pesadamente no chão e se recostou na parede do barracão, enquanto Noah continuava parado de pé no vão da porta, procurando o menor sinal de linguagem corporal que sugerisse que ele estava mentindo. – Algumas coisas não deram muito certo na Espanha. Alguns negócios faliram. Estou devendo dinheiro por lá. Então tive que voltar para cá.

– E teve que sair às pressas?

– Sim, bem, algumas pessoas ficam bem irritadas quando se deve a elas. Do tipo "vou quebrar seus joelhos" e tudo mais. Então, esta era minha melhor opção.

– Bem, isso é simplesmente *excelente, pai* – Noah disse –, e as pessoas a quem você deve dinheiro aqui?

– Elas receberão.

– Como?!

Seu pai deu de ombros.

– Me dê uma chance. Acabei de voltar! Tenho contatos. Vou fazer uns acordos, dar meus pulos, descolar uma grana. Você vai ver.

Noah desviou os olhos. Ele soava como Eric. E olha como Eric havia acabado. Vigaristas sempre acabavam sumindo.

– Mas seria *ótimo* mesmo, pai, se… Veja, o caso é que não sei por onde você andou esses anos todos e, por isso, eu disse às pessoas que você tinha sido feito refém. Por piratas. Agora, sou muito zoado por causa disso. Um monte de gente me acha maluco. Então, eu estava pensando... talvez você pudesse dizer a todos que era verdade, não?

— Você quer que eu diga que fui sequestrado?

— Basicamente, é isso mesmo.

— Amigo, preciso ser discreto por enquanto, entende? Não quero chamar a atenção da mídia. Não quero as pessoas comentando.

— Entendi.

— Do contrário, vai ter uma fila aí na porta de gente querendo seu dinheiro de volta agora mesmo. E não tenho dinheiro *no momento*.

— Não, é claro. Que estupidez a minha. Eu só achei... *Tudo bem.*

Seu pai o examinou da cabeça aos pés – o que fez Noah se sentir um carro usado que seu pai pensava em comprar.

— Até que você ficou bonito – ele sorriu.

— Ah, *obrigado* – Noah disse, furioso que aquilo fosse o melhor que seu pai tinha conseguido dizer.

— Acho que você ainda vai crescer mais uns cinco centímetros.

— Ou uns *dez*, espero.

— Está saindo com alguém? Tem algum amigo especial?

Noah baixou os olhos. "Amigo especial"? Aquela era a forma de seu pai sugerir que ele era gay?

— Não – ele murmurou –, mas estou andando com uma *garota* chamada Sophie. Ela é legal e tudo mais, mas veremos. Veremos.

Seu pai sorriu.

— Parece bom.

— E é. Bem, acho que ela quer levar as coisas para o próximo nível, mas estou tipo "Calma aí! Para que a pressa?", sabe?

Seu pai assentiu.

— Imagino.

— Ela está morando em Milton Keynes agora, então é uma relação a distância complicada, mas a ausência fortalece o sentimento, e ela é *louca* por mim. Estou dizendo, ela gosta *muito* de mim. *Muito mesmo.*

– Sua mãe falou de um garoto chamado Harry em algumas cartas.

Noah arregalou os olhos.

– *O que* ela disse de Harry?

– Só que vocês eram bons amigos.

– Bem, isso é passado – Noah afirmou.

Seu pai assentiu novamente.

– Enfim, pode arranjar as coisas de que preciso?

– Sim! Tudo bem. Eu... eu arranjarei o que pediu.

– Esta noite seria bom.

– Agora? Você quer todas aquelas coisas *agora*? – Noah correu os dedos pelos cabelos. – Você sabe que estamos em Little Fobbing, não? Tudo aqui fecha às seis. O que acha que posso fazer?

– Pedir emprestado a um amigo? – O pai sugeriu.

Um risinho histérico cresceu dentro de Noah. Um amigo? Quem, por exemplo? O único amigo a quem ele *poderia* contar sobre a volta de seu pai era Harry. O único amigo com quem ele *queria* conversar sobre aquilo tudo era Harry. Tudo, cada *coisinha*, acabava levando ao Harry. Mas Harry não estava...

As palavras da avó voltaram à mente dele: *Na sua vida toda, não encontrará ninguém como ele.*

Harry não estava...

Não o perca!

Mas ele não podia...

Vocês podem superar isso. Precisam superar isso.

Sim. Ele podia. Ele *tinha* que fazer isso.

– Verei o que posso fazer – Noah disse, saindo do barracão com uma decisão tomada.

Capítulo 36

Noah caminhou apressado pela calçada rumo à casa de Harry, não querendo passar nem mais um segundo sem retomar a amizade. Ele precisava de Harry. Ele precisava da bondade e do humor do amigo e de como ele fazia Noah se sentir como se ninguém mais no mundo importasse, só eles dois. Apenas os dois. E como o resto do mundo havia demonstrado ser feito de mentirosos – pessoais inúteis, nada confiáveis ou simplesmente *criminosas* –, ele precisava de Harry em sua vida. E era isso que ele diria ao Harry.

– Ei, imbecil! – disse a voz.

Noah ergueu os olhos e ficou cara a cara com Kirk. *Merda.* Ele olhou ao redor desesperado. *Ninguém.*

– Seu namorado não está aqui para salvar sua pele desta vez, não é? – Kirk provocou.

– Josh não é meu namorado.

– Agora você vai morrer. Sabe disso, não?

Noah cruzou os braços e inclinou a cabeça.

– Não, acho que não. Não acho nem um pouco!

– O quê?! – Kirk bufou.

– Sei o que aconteceu entre você e Jess. Ela contou a você sobre a gravidez na festa da Melissa. *Ela contou a você.* O filho é seu. Tenho tudo gravado em vídeo, graças a Eric Smith. – Ele se sentiu como se tivesse três metros de altura e ficasse bem acima de Kirk com aquela revelação brilhante. – O filho é seu! – ele repetiu, rindo. – *Você é o pai!*

– Não, *você* é o pai! – Kirk disse, botando o dedo no peito de Noah.

– *Você é o pai!*

– *Não* sou o pai!

Noah deu uma risada de deboche.

– Vocês acharam mesmo que iam se livrar dessa? Você é um idiota. Agora, se me der licença...

– Não – Kirk disse, pálido –, você está errado, Noah.

– Não, não estou – Noah disse, e então, como se sentia particularmente poderoso, acrescentou: – Seu *nojento*.

Kirk o agarrou pelo pescoço e o arremessou contra a parede.

– Do que me chamou?

– Não! – Noah choramingou – Não! Desculpe! Eu não disse nada!

– Quero esse vídeo. Você vai me dar esse vídeo.

– Mas é evidência! No tribunal, é o que usarei para provar minha inocência!

– Me dê o vídeo! – Kirk apertou a garganta de Noah.

– Aarrggh – há – o vídeo... aaah... é meu... e não vou... há!

Kirk o soltou e o colocou no chão.

Noah se recompôs.

– Pode me matar, se quiser – ele disse –, mas não vou dar o vídeo a você.

– Vai, sim!

– Não! Não, não vou. E se você tentar me obrigar, irei direto à polícia. E contarei tudo a eles! E vão achar que você provavelmente matou Eric! Afinal, ele está desaparecido e... bem, e se estiver morto? E se ele estiver morto e se foi você que o matou, porque ele conhecia seus segredos?

– Eric? Você acha... Oh, merda. – Kirk o examinou. – Você é um maldito delator.

– Com orgulho! – Noah exclamou.

– Tudo bem. Então vou lhe dizer por que aquele vídeo não prova nada. Por que mostrá-lo aos outros não vai ajudá-lo. E então você vai me prometer que não usará o vídeo, porque a maioria das pessoas não sabe o que vou lhe dizer e não precisa ficar sabendo, beleza?

Noah deu de ombros.

– Do que está falando?

Kirk balançou a cabeça.

– Tive câncer na infância.

Noah olhou para ele de esguelha. *Aquilo de novo.* O que aquilo tinha a ver?

Kirk foi com passos arrastados até ele, puxou o celular, digitou algo no aparelho e então o entregou a Noah: uma página do Google sobre como certos tipos de tratamento de câncer, quando administrados a garotos e rapazes, podiam deixá-los estéreis.

Noah leu o artigo, percebendo, horrorizado, que, se aquilo fosse verdade, se era aquilo que tinha acontecido com Kirk, então *em hipótese alguma* ele podia ser o pai. Ele olhou para Kirk, que chutava a parede de tijolos.

– Então quer dizer...

Kirk confirmou com um movimento de cabeça.

– Não posso ter filhos. Jess não sabia disso. Ninguém sabia. Não é o tipo de coisa que se sai espalhando por aí, certo?

Noah o encarou ofegante.

– Então, quando ela me disse naquela noite que estava grávida, eu sabia que o filho não podia ser meu. Soube imediatamente que ela havia me traído. E, pior, soube que ela ia mentir sobre aquilo.

– Mas então... quem é o pai? – Noah disse, tentando engolir para tirar o gosto amargo da boca. – Não sou eu, juro! – Ele queria fugir, se esconder, se afastar dali. Ele achou que tinha encontrado a solução para seus problemas, mas não. Aquele cartão de memória só tinha causado confusão.

Kirk deu de ombros.

– Não sei. Mas se o vídeo for divulgado, terei que contar a todos por que não posso ser o pai. E não quero que todos saibam desse meu problema, entende?

– Sinto muito.

– Não tem problema. Estou acostumado a ter azar. Tem sido assim desde sempre. – Ele olhou para Noah. – Mas, se você não

cumprir sua palavra, vai morrer. Não estou brincando. *Vai morrer.*
– Então Kirk pareceu se lembrar de algo. – Ah, mas isso não quer
dizer que matei Eric ou algo assim. Não fiz nada disso.

Noah assentiu e Kirk caminhou rua abaixo pesadamente, enquanto ele permanecia paralisado no mesmo lugar. Então era o
fim. Noah estava acabado. Ele tinha entendido tudo errado, inter-
pretado mal os sinais.

Ele precisava de alguém ao seu lado.

Ele precisava de alguém que o ajudasse.

Harry era sua única esperança.

Capítulo 37

Noah manteve o dedo na campainha até a mãe de Harry abrir a porta. Ele tinha visto as pessoas fazendo aquilo na TV. Era o melhor jeito de conseguir que atendessem rápido. Dizia: *É urgente.*

– Oi, Noah – ela disse, abrindo um pouquinho a porta e espiando pelo vão.

– Harry está?

– Bem, sim, mas...

Noah se enfiou pelo vão da porta.

– Preciso falar com ele. – Ele cruzou o vestíbulo apressado, tirando os tênis enquanto passava – a mãe de Harry não gostava que entrassem de sapatos na casa – subiu a escada, atravessou o corredor, bateu na porta de Harry por educação e esperou três segundos para o caso de Harry estar... *você sabe,* e abriu a porta, entrou e...

– Noah! – Harry disse de olhos arregalados. – Connor e eu estávamos fazendo a lição de história.

Connor acenou de forma displicente de onde estava sentado, ao lado de Harry na beirada da cama.

– Eu devia ter ligado, mas... não liguei – Noah explicou.

– Certo – Harry concordou.

Noah se virou para Connor. Aquela situação do novo melhor amigo de Harry era muito inconveniente. Principalmente agora que Noah não tinha nenhum amigo.

– Hum, ouça, sinto muito e tal, mas isto é *realmente* importante e preciso *muito* falar com Harry, você sabe, *a sós.* Sem ofensa.

Connor ergueu as mãos.

— Estou indo. A gente se fala depois, Harry. — Ele pegou sua mochila, se virou para Noah e o cumprimentou com um aceno de cabeça. Noah o cumprimentou da mesma forma, e Connor saiu, fechando a porta com cuidado atrás de si.

— O que foi? — Harry disse.

— Descobri com quem minha mãe está saindo. Josh Lewis.

— Ah…! — Harry disse, hesitante.

— E descobri que ainda estou enrolado com Jess Jackson, porque Kirk era meu principal suspeito de ser o pai da criança, mas só que ele… Bem, tenho sólidas evidências de que ele não é o pai.

— Ã-há…

— E meu pai voltou.

Harry olhou para ele ansioso.

— Ele…?

— Ele está de volta, Harry. Está aqui. Bem, está no barracão. Mas, sim, está aqui.

Harry deu um passo na direção dele.

— E, bem, como você se sente?

Conte com Harry para ir direto ao que importa. Enquanto outras pessoas provavelmente fariam um monte de perguntas sobre os porquês e os motivos, indagariam "onde ele esteve" e "o que andou fazendo", o que importava para Harry era saber como Noah se sentia.

E Noah não sabia ao certo como se sentia. As lágrimas que saíram de repente de seus olhos eram de alívio, confusão, raiva e por se sentir soterrado pelo peso de cada coisinha de sua vida naquele momento.

— Tudo bem. Está tudo bem — Harry disse, se levantando e o abraçando.

Aquilo era bom. Sentir Harry o abraçando daquele jeito. Tudo que tinham dito de ruim um para o outro desaparecendo. Poderia ficar tudo bem. Tudo certo. Ele enxugou os olhos com as palmas das mãos, piscou para acabar com as últimas lágrimas, olhou para a cama de onde Harry tinha acabado de se levantar.

— Onde estão seus livros?

— O quê?

– Você disse que estava estudando história com Connor, mas… sem nenhum livro.

– Já tínhamos terminado. Já tínhamos guardado tudo.

Noah se soltou e se afastou.

– Você está em um nível em história. Connor em outro nível. Vocês nem fazem essa matéria juntos, então…

Harry suspirou.

– Imagino que você saiba qual seja o *nível* de todo mundo em cada matéria. – Ele balançou a cabeça. – Ouça, sei que tivemos nossos *problemas* nesta última semana, e que eu o surpreendi de um jeito que não devia ter feito, e sinto muito por isso. Mas também sei que você fez coisas das quais talvez se arrependa.

– Sim, me arrependo. Totalmente.

– Certo. Então espero que eu esteja certo ao dizer que, depois de tudo, depois de ter pensado muito a respeito, posso dizer que ainda gostamos um do outro e que acho que seremos sempre amigos. Estou certo?

– Bem, está – Noah disse.

– Ok. Então tudo bem. Isso é bom. Porque senti sua falta. Mas você sabe… continuo sendo gay, e isso faz parte de mim. E uma parte muito importante em alguns aspectos, entende? Acho que o que estou tentando dizer é, com relação a isso, com relação à homossexualidade, acho que você ficará aliviado em saber que eu meio que estou em outra.

As palavras ficaram soltas no ar.

– O que… – Noah engoliu em seco, sua boca estava seca. – O que quer dizer com isso? Como assim? Está em outra como?

– Ah, por favor! Acho que você entendeu, não? *Connor*. Nós nos gostamos. Estamos meio que ficando.

Noah olhou para ele perplexo.

– Você e Connor? Mas achei… que vocês fossem só amigos.

– Bem, éramos. Foi assim que começou. É assim que essas coisas geralmente começam, não é? Com amizade? Ter coisas em comum, fazer o outro rir.

– Ele o faz rir? – Noah disse, sentindo um aperto no peito.

– Ele é divertido, sim. Ficamos conversando na festa da Melissa, antes do meu surto, e depois... as coisas evoluíram.

Noah assentiu e sua respiração se tornou irregular.

– Beleza, certo. E depois... vocês se beijaram?

Harry bufou.

– Noah, tenha dó! Está falando sério?

– Não, eu só estava pensando. Só estava pensando se vocês tinham... – Ele sentiu o coração acelerado, a garganta apertada, a tensão. – Foi bom? O beijo?

Harry avançou na direção dele.

– Se tiver algo que você queira me dizer, Noah, qualquer coisa, agora é um bom momento.

Noah ficou encarando o chão. *Foco*, disse a si mesmo. *Não estrague tudo*.

– Noah? *Me diga*.

Ele ergueu os olhos.

– Não tenho nada a dizer – falou –, fico feliz por você. Mesmo. Estou surpreso, mas espero... espero que dê tudo certo e tal.

Harry tentou tocar o braço dele, mas Noah se afastou.

– Eu preciso mesmo ir. Você sabe, meu pai e tudo mais, e... foi bom falar com você, Harry. Foi bom. Que bom que agora somos amigos de novo, porque eu... eu gosto muito de você, viu? Muito, muito mesmo. Beleza? Não há ninguém como você, e você é a pessoa de quem eu mais gosto no mundo. Ok. Então, tchau.

Saiu do quarto.

Desceu a escada de forma ruidosa.

Pegou os sapatos.

Saiu pela porta principal.

Correu rua abaixo de meia.

Virou à direita na travessa.

Desabou contra a cerca.

– Ah, maldição! – Noah soluçou, apoiando a cabeça nas mãos.

Capítulo 38

Ele não queria ir para casa. Ele não queria estar nem perto daquela cidade medíocre onde morava.

Qual era o propósito? O que havia ali para ele? Um pai que devia dinheiro para todo mundo e que era basicamente um foragido (um ótimo exemplo, parabéns, *pai*); uma mãe que estava *envolvida em uma relação totalmente inapropriada* com o garoto mais tapado – apesar de ser o mais bonito – da escola; uma garota que alegava estar grávida de Noah; e um melhor amigo que...

Bem, não importava o que quer que fosse que Harry tivesse feito. Era terrível, de todo modo. Agora, Harry não teria mais tempo para ele. Claro, ele tinha *dito* que eles seriam amigos, mas, na verdade, estaria ocupado fazendo coisas de namorados com Connor de agora em diante.

Eles olhariam catálogos e escolheriam cortinas juntos, ficariam se olhando por cima de Caramelo Macchiatos na Starbucks, passeando por plantações de flores ou fazendo caminhadas no outono e chutando as folhas e não se importando se estava frio demais, porque *o abraço caloroso de um amor jovem e gay os manteria aquecidos*.

Ele conseguiu pegar o último ônibus para Grimsby, depois passou a noite caminhando pelas ruas, tentando ser discreto, aguardando o primeiro trem da manhã e, no momento, lá estava ele, acelerando ao longo da Linha Principal da Costa Oeste, estupefato, olhando para frente.

Estava tudo bem, porque ele nem era gay e ia ver Sophie e, talvez, quem sabe, propor a ela que fosse sua namorada, e então era *ele* quem estaria escolhendo cortinas e desfrutando do abraço caloroso de um *amor jovem e hétero* e tudo seria ABSOLUTAMENTE MARAVILHOSO.

A menos que ela não aceitasse, é claro. O que provavelmente aconteceria. Porque sua sorte era exatamente assim.

Ele olhou para o outro lado do vagão, onde um rapaz estava sentado, assistindo a vídeos no celular sem usar fones de ouvido, pernas esticadas sob a mesa e sapatos enlameados pousados nos assentos à sua frente. Era tudo que havia de errado na sociedade em um único ser humano, mas Noah apenas desviou o olhar e observou a paisagem sem interesse. De todo modo, o que aquilo importava? Quem dava a mínima?

Ele pegou um táxi até a casa de Sophie. Ele lembrava que ela tinha dito que suas aulas na escola nova só começariam na semana seguinte, mas, mesmo assim, ele provavelmente devia ter ligado. Só que ele não tinha sido capaz de ligar. Ele não sabia como explicar as coisas, por onde começar. E não queria trazer com ele todos os seus problemas. Seria um recomeço. Ele e ela poderiam continuar de onde haviam parado, e ele queria que fosse perfeito, e divertido, e leve, e tranquilo. Então ele fingiria que tinha decidido surpreendê-la de propósito. E ela se alegraria e ficaria feliz em vê-lo e então… bem, pense apenas no *agora. É só o agora que importa,* ele disse a si mesmo.

— Noah! — Ela disse, um sorriso surgindo em seu rosto após o choque inicial de vê-lo ali ao abrir a porta. — Que surpresa agradável!

— Surpresa!

— Sim.

— Se você tiver arranjado um namorado ou algo assim, não importa! — Ele não queria ter dito aquilo. Não de cara, pelo menos. Havia muitas coisas que ele queria dizer, mas a sequência que ele tinha planejado cuidadosamente no trem havia desaparecido de sua mente.

Ela deu um meio-sorriso.

— Não arranjei. Obrigada por perguntar.

Ótimo.

– Também não estou namorando – ele garantiu. Ele queria que ela soubesse que ambos estavam bem solteiros.

– Entre.

Ele sorriu e entrou depois dela. Só de vê-la, só de trocar algumas palavras com ela – aquilo era a melhor coisa que acontecia em sua vida em décadas. *Sophie.*

A casa tinha cheiro de nova, embora a mãe de Sophie morasse ali já havia alguns anos. Os tapetes eram de cor creme, imaculados. Era tudo bem minimalista e moderno – definitivamente, o tipo de ambiente que se veria na revista *Ideal Home*. Harry gostaria dali. Era meio que o estilo dele. Ele falava com frequência sobre decoração de interiores com Harry (como tinha certeza que muitos outros garotos da idade deles faziam), e era exatamente o tipo de coisa que agradaria Harry. Se eles tivessem uma máquina de café integrada na cozinha, Harry certamente piraria.

Mas, é claro, Harry não estava ali e aquela visita não tinha nada, *nada,* a ver com ele.

Noah tirou os tênis por hábito.

– Bonita casa.

– Estou começando a me sentir em casa – ela disse. – Por que não me ligou para avisar que vinha?

– Desculpe. Está ocupada?

– Não.

– Sua mãe vai ficar brava?

– Ela saiu com amigos e só volta à noite.

Noah assentiu.

– Legal.

– Então, qual é o problema?

Noah olhou para ela.

– Nenhum! Só vim ver você! Só pensei em vir dar uma volta em Milton Keynes! – Ele bocejou e se espreguiçou – algo totalmente desnecessário. – É legal aqui. Muito relaxante.

Sophie cruzou os braços.

— Alguma novidade?

Noah expirou, tentando pensar em algo para dizer que não o levasse às lágrimas.

— Novidade? Novidade... Deixa eu ver... novidade, novidade, novidade... hum, bem! Tem uma novidade! Achei que minha mãe estivesse namorando o sr. Baxter.

Sophie ergueu uma sobrancelha.

— Por quê?

— Porque ela estava saindo com um cara misterioso e ele começou a se mostrar todo preocupado comigo, como se verdadeiramente se importasse e fosse meu padrasto ou algo assim.

— Ele provavelmente se importa. Você sabe que ele é gay, não sabe?

Noah olhou para ela atônito.

— Fala sério! Gay? O sr. Baxter? Então ele... — Noah arquejou. — Ele gosta de mim? Ele tem uma queda por garotos adolescentes?

Sophie revirou os olhos.

— Não! Ele obviamente percebeu o *bullying* e quis oferecer apoio. Um ouvido amigo. Alguém com quem você pudesse conversar. Então, *qual é o problema*?

— Mas como o sr. Baxter sabia que gosto muito de Agatha Christie?

— Noah, todo mundo sabe. Aquela apresentação que você fez no décimo ano na aula de Inglês, lembra? Uma hora de Agatha Christie, incluindo slides em PowerPoint e cenas recriadas de dez livros. Com certeza, ele deve ter ficado sabendo.

Noah assentiu, satisfeito.

— Acha que a sra. West disse aos outros professores o quanto foi impressionante?

— Tenho certeza de que ela disse a todos que conhecia — Sophie disse, tentando não sorrir.

— Sabe, eu mesmo fiz o figurino.

— Sei. Então, *qual é o problema*?

Ele tentou fingir que estava um pouco confuso.

— Problema? Não tem problema nenhum!

– Só que você parece acabado e seus olhos estão muito vermelhos, como se você tivesse chorado. – Ela se aproximou dele e tocou gentilmente seu braço. – O que aconteceu?

Ele entrou em pânico ao sentir sua guarda baixando diante da amabilidade dela. Por que ela tinha que ser tão sensível e intuitiva? Ele tinha passado a viagem toda empurrando tudo de terrível para trás de paredes de chumbo e portas de aço trancadas com um bilhão de cadeados.

– Não aconteceu nada! – ele choramingou, sua garganta se fechando conforme as lágrimas se acumulavam dentro dele. – Está tudo bem... Está tudo ótimo... A vida não poderia estar... Está...

Ele caiu no choro, um misto incontrolável de lágrimas, soluços e muco. *Droga.* Apesar de se esforçar ao máximo para ser um *homem* capaz e confiante, do tipo que uma garota ou mulher típica acharia atraente, ele mais uma vez se revelava um garotinho chorão. Quando é que ele ia aprender? Agora ela sem dúvida iria tratá-lo como a *criança* que obviamente ele era e...

– Quer um biscoito, Noah? Um chocolate?

... Pronto! Lá estava!

Embora, para falar a verdade, ele estivesse com um pouco de fome e aquela fosse uma oferta tentadora.

– Que chocolate? – Ele engoliu as lágrimas e enxugou os olhos.

– KitKat?

Isso! Não apenas um biscoito, mas uma barra de chocolate toda!

– Aceito.

– E uma xícara de chá?

– Tem suco?

– Tudo bem. Comeremos um KitKat e tomaremos suco e você me dirá o que aconteceu, certo?

Parecia bom. Ele sempre soube, mas aquilo apenas confirmava que Sophie seria, sem dúvida, uma excelente namorada.

– OK – ele sorriu. – Obrigado.

De mal a pior

Quando ele terminou de contar a história, *cada um* deles já tinha ingerido dois KitKats e três copos de suco. Ele tinha contado *tudo*. Em uma tentativa de botar tudo para fora e apenas dizer o que realmente tinha acontecido pela primeira vez na vida, ele não omitiu nenhum detalhe, por mais horrível que fosse. O dinheiro de seu pai ausente, o vídeo secreto de Eric, a acusação de gravidez por parte de Jess Jackson, a revelação de seu irmão secreto, o desaparecimento de Eric e seu possível *assassinato*. Seu pai que estava de volta, mas que precisava continuar escondido. Josh e sua mãe. O fato de Kirk não ser o pai do bebê. Ele tinha contado tudo. Cada detalhezinho repugnante e terrível.

— E sabe o que torna tudo isso pior? — Ele estava ansioso para terminar, porque precisava ir ao banheiro. — O fato de ser Little Fobbing. Se eu morasse em Londres, tudo isso seria perfeitamente normal. Acontece o tempo todo em *Londres,* porque todos vivem na libertinagem e têm desvios comportamentais variados e ninguém se dá ao trabalho de se importar com essas coisas. Mas é o fato de todos em Little Fobbing simplesmente *adorarem* um boato que piora tudo. Eles mal conseguem esperar para fofocar, e para julgar, e apontar, e não aguento mais, Soph. Simplesmente não aguento mais.

Ela estava boquiaberta, era a imagem da incompreensão.

— Ah, meu *Deus...* — ela murmurou.

— É... — ele disse, feliz por ela ter entendido a situação horrorosa em que ele se encontrava — Tem sido muito difícil, você não faz ideia.

— De algum modo, você conseguiu chegar à raiz de todos os problemas — ela disse.

— Hum, é — ele disse, se remexendo no sofá, porque PRECISAVA MESMO FAZER XIXI. — Sophie? Tudo bem se eu usar...

— E você não tem ninguém ao seu lado, não é? — ela o cortou.

— Não. Ninguém mesmo. Isto é, podemos continuar falando a respeito disso, mas primeiro preciso...

— E Harry? Ele lutou por você... literalmente.

– O quê? Do que você está falando?

– Do olho roxo? Aparentemente, uns idiotas estavam dizendo coisas ao seu respeito… – Sophie desviou o olhar, balançando a cabeça.

– Ah. Entendo. – Harry tinha trocado socos com outra pessoa para defender a honra de Noah? Por que ele não tinha dito nada? Noah se sentiu mais decepcionado ainda. – Bem, ficamos sem nos falar por um tempo, mas agora voltamos a conversar e ele tem saído com Connor, e parece que têm uma relação que vai levar ao *tchaca tchaca na butchaca*.

– O quê? Por quê?

Noah deu de ombros.

– Não sei. Também acho que Connor não é uma boa escolha. Ele tem um cabelo horroroso. Deve precisar de uma quantidade absurda de produto para fazer aquele penteado. É falso até não poder mais.

– Não é disso que estou falando. Quer dizer, você e Harry são *simplesmente* perfeitos um para o outro.

Noah riu e secou as mãos suadas na calça.

– Ah, bem, sobre isso. Eu… Toda essa história de homossexualidade… Quer dizer, *eu sou gay?* A pergunta é essa, certo?

Sophie apertou os olhos e o encarou.

– E qual é a resposta?

– Ah! De fato, qual é?! – Noah disse, cruzando as pernas para não fazer xixi na calça. – Enfim, já respondo, depois que eu…

– Mas você está a fim dele, não?

– Veja, eu *gosto* dele, sim. Mas talvez eu goste de meninas também. – Ele olhou para ela, esperando que ela pegasse a indireta. – Quer dizer, para ser sincero, a única pessoa que beijei foi Harry. Nunca beijei uma garota. Então como posso saber se gosto de beijar garotas ou não? Se eu beijasse uma, talvez adorasse.

– Talvez.

– Eu poderia… por exemplo, e este é só um exemplo, mas e se eu… beijasse *você*, por exemplo, hein? E se eu beijasse?

Sophie sorriu com cautela.

– Sei…

– Então, e se nós nos beijássemos e eu ficasse, tipo, *uau, nossa, realmente gostei disso!* Você sabe, poderia acontecer.

Sophie deu um suspiro de frustração.

– Certo, já chega dessa besteira, então vamos logo acabar com isso. Você pode me beijar, se quiser.

– Oi?!

– Me beije. Pode me beijar. Não tem problema.

Noah limpou a garganta.

– Hã? Quê? Beijo? Você e eu? Como assim?

– É para fazer você *perceber*, bobo. Aposto dez libras que você não vai gostar. Não mesmo. Mas você decide. A oferta está de pé.

– Certo. Beleza. – Ele se preparou. Havia chegado a hora. Aquele era o momento. Ele queria que fosse um beijo bom, para que pudesse comparar com o que tinha dado em Harry. Ele umedeceu um pouco os lábios, já que o ar frio do inverno os tinha rachado.

– Por que está passando a língua nos lábios?

– É que…

– Não é atraente fazer isso antes de beijar alguém, para sua informação.

– Ok, certo. *Desculpe.* Hum… e se sua mãe chegar?

– Ela só deve voltar à noite.

– Mas e se ela chegar mais cedo? E pegar a gente se beijando e achar que estou me aproveitando de você e me bater?

– Se não quiser me beijar, não precisa.

– Não, eu quero! Quero muito! Posso começar?

– Se quiser.

– Ok. *Iniciando a sequência de beijo!* – ele disse, em uma voz que imitava um computador.

– Cale a boca e me beije.

– Comece você – ele disse a ela. Era melhor. Ela saberia o que fazer.

Nossa, ele precisava fazer xixi! Ele meio que torcia para que ela desistisse, só para poder ir ao banheiro. Mas o que aconteceu foi que ela apenas sorriu e se inclinou na direção dele até seus lábios se tocarem. Aquilo estava mesmo acontecendo... *com ele*! Ela o estava beijando! Ele a estava beijando! Eles estavam se *beijando*.

E o que aconteceu foi típico. Era a primeira vez que ele beijava uma garota, *a primeira vez na vida,* e ele não conseguiu aproveitar direito, porque estava concentrado em não fazer xixi na calça. Que ótimo! Era assim que ele se lembraria de seu primeiro beijo: *uma vontade enorme de fazer xixi.*

– Viu? – ela disse, se afastando – Não sentiu nada, não foi?

– Hum...

– Eu sabia! Você me deve dez libras.

– Espere um pouco! – Noah disse. – Mal começamos. Quero revanche! Você não pode conduzir um experimento só uma vez e dizer *aqui estão os resultados*! Você precisa provar uma teoria!

– Tudo bem! – ela exclamou, beijando Noah novamente. Não era aquela descarga elétrica que ele achou que seria, mas não era horrível. Não exatamente. O beijo era razoável. Até que estava sendo bom, não estava? Não era *incrível*... Devia ser incrível? *Tinha* que ser incrível? Ou era tudo mentira? Mais uma *mentira* da mídia? Tinha sido muito incrível quando era Harry quem ele estava beijando. Mas aquilo não significava que ele fosse gay. Deve ter sido apenas... o álcool. Beijar quando se está bêbado era diferente. Talvez, ele devesse sugerir que eles virassem várias doses de Baileys para animar um pouco as coisas, não? Ele gostava de Baileys. A avó costumava lhe dar um pouco de bebida alcoólica no Natal. Era suave, sedoso, doce e suntuoso. Uma bebida gostosa... Oh, o beijo ainda estava acontecendo; não estava sendo muito bom... Será que a mãe dela tinha Baileys? Não! *Pare de pensar em líquidos, porque você tem que mijar. Pense em... deserto e areia...*

– Tudo bem? – Ela se afastou de novo e cruzou os braços. – O que achou?

Ele precisava muito urinar, era só nisso que conseguia pensar. Literalmente, era impossível pensar em outra coisa naquele momento, porque toda a sua força mental estava sendo usada para enviar instruções de *não mije na calça*. O experimento poderia ser repetido assim que ele tivesse...

– Ouça, você não precisa descobrir isso agora. Crescer é ir se descobrindo. Não se pressione se não se sente pronto.

Ah, meu Deus! Ela o estava tratando como uma criança pequena. Ela provavelmente achava que ele não tinha pelos pubianos ou algo assim.

– Pronto?! – Sua voz percorreu todo o intervalo de oitavas. Em *uma* palavra! Às vezes, ele queria agarrar o pescoço da puberdade e apertá-lo até a morte. – Sophie, faço dezesseis anos daqui a *algumas* semanas e posso garantir que sou completamente *maduro* e tudo mais. Eu só... vou *literalmente* molhar as calças a qualquer momento, porque preciso muito ir ao banheiro.

Ela explodiu em uma risada.

– Ah, Noah! Você é *tão* engraçado!

– Sim, mas estou falando sério.

– Suba a escada e já sairá bem em frente.

– Legal.

Ele a deixou rindo na sala e subiu voando os degraus. Não era o ideal, e *tinha* quebrado o clima de algum modo, mas era melhor do que acabar mijando nela.

Ele parou em frente ao vaso sanitário, urinando de forma barulhenta. Depois tudo seria melhor, porque ele poderia se concentrar direito no beijo. Ele não tinha conseguido se concentrar antes e provavelmente era por isso que não tinha gostado tanto do beijo. Beijar Sophie devia ser a melhor coisa do mundo. *Devia* ser os seus sonhos se transformando em realidade, *devia* ser maravilhoso e *sexy*. Não havia sido nada daquilo, porque ele precisava fazer xixi. Um garoto normal acharia que beijar Sophie era um ato absurdamente sensual. Um ato que deixaria um garoto normal extremamente *excitado*. Ele subiu o zíper da calça, foi até a pia, abriu a torneira e a água saiu com uma pressão extraordinária, molhando absolutamente tudo. Ele olhou para baixo.

Pavor.

Noah tinha uma enorme área molhada bem na frente da calça. Parecia que ele havia tido um "acidente" na hora de fazer xixi. Ótimo. Ele havia dito "vou literalmente molhar as calças" e lá estava! E Sophie também sabia tudo a respeito do incidente na excursão ao London Dungeon no oitavo ano, então ela certamente presumiria o pior, por mais que ele alegasse inocência. Ele pegou uma toalha de mão felpuda e tentou secar a área, mas sem sucesso. O aquecedor! Ele poderia encostar a parte molhada da calça ali e torcer para que o calor secasse o tecido rapidinho. Ele não queria queimar suas partes especialmente valiosas e muito adoradas, então tirou a calça e se ajoelhou, pressionando o tecido contra o aquecedor. Se ela subisse a escada e perguntasse por que ele estava demorando tanto, ele teria que mentir e dizer que estava com diarreia ou algo assim. Ficaria tudo bem e eles poderiam continuar se beijando mais um pouco.

Uma batida na porta do banheiro. *Droga.* Sophie eslava ali!

– Hum… Noah? Há dois policiais aqui esperando você.

– O quê? – ele perguntou, supondo que tivesse entendido errado.

– Policiais, Noah. Querem falar com você.

Ele olhou assustado para a porta trancada do banheiro. O que será que eles queriam? Será que era por causa do pai dele? Será que o tinham descoberto no barracão e supunham que Noah fosse uma espécie de cúmplice dos seus pequenos delitos? Ou talvez fosse Eric. Será que haviam descoberto que ele tinha mentido sobre Eric ter estado em sua casa? Ou talvez fosse o cartão de memória. Ou…

Não. De jeito nenhum.

Ele não ia aceitar aquilo. Ele tinha que fugir. Ninguém entenderia. Ninguém acreditaria nele. Por que ele continuava levando a culpa pelas ações de todo mundo?

– Diga a eles que desço em um minuto! – ele falou, tentando soar o mais natural possível.

Ele foi rapidamente até a janela do banheiro, a abriu e saiu. Havia um cano que descia da calha até o jardim lá embaixo. Depois, gramado até a cerca e campos dali para frente. Ele precisava descer pelo cano e correr para a liberdade.

De mal a pior

Ele jogou a calça pela janela. Haveria tempo para vesti-la quando estivesse a salvo e escondido. Ele subiu no vaso sanitário e colocou um pé no parapeito, depois começou a passar pela janela de costas, agarrando o cano com os pés e começando a descer devagar.

Seus pés escorregavam. Não tinham aderência e suas meias deslizavam no cano liso.

Se ele soltasse o parapeito, cairia direto no chão. Seus braços não eram fortes o bastante para sustentar seu peso nem para puxá-lo de volta para cima.

Debaixo da janela, um arbusto sanguinário aguardava sua chegada, com seus espinhos traiçoeiros famintos de carne fresca de garoto. Era uma espécie de planta carnívora enorme ou algo assim. *Ah, Deus!*

Os músculos de suas pernas e braços começaram a tremer enquanto o cano começou a se soltar da parede.

Era uma queda e tanto. Altura suficiente para matar uma pessoa, provavelmente. Ou para deixá-la paralisada pelo resto da vida.

Na melhor das hipóteses, ele acabaria em coma para sempre.

Sua boca estava seca, ele sentia um aperto no peito, seus olhos estavam saltando das órbitas enquanto ele tentava se segurar.

– SOCORRO! – ele gritou. – SOCORRO! ME AJUDEM, POR FAVOR!

Capítulo 39

Noah se sentou no gramado, enrolado em um cobertor, enquanto os bombeiros recolhiam a escada e o pessoal da ambulância guardava o kit de primeiros socorros e a maca.

– Podemos saber por que você estava saindo pela janela do banheiro de cueca? – perguntou um dos policiais.

Noah se remexeu e olhou para a grama.

– Minha... hum... calça caiu pela janela depois que eu... Bem, foi isso.

– Esta aqui? – disse a policial, segurando a calça no alto para que ninguém deixasse de ver a grande área molhada.

– Ah! – disse o policial. – Teve um pequeno acidente, não foi? Ficou um pouco embaraçado na frente de sua amiga?

Noah olhou apavorado para Sophie.

– Não! Não, não fiz xixi na calça. Pode olhar minha cueca, se quiser. Está...

O policial ergueu a mão.

– Não tenho o menor interesse em inspecionar a cueca de um garoto de treze anos, mas obrigado pela oferta.

– Quinze! – Noah guinchou. – Quase dezesseis!

– De fato – o policial disse. – Enfim, ainda bem que o encontramos. Sua mãe está muito preocupada.

– Não fui eu! – Noah choramingou. – Sou inocente! Quero um advogado!

– Relaxe, filho, você não está encrencado. Só achamos que ela poderia estar com você, só isso – já que vocês desapareceram mais ou menos ao mesmo tempo.

Noah olhou para ele e franziu a testa.

— Minha mãe desapareceu? Do que está falando?

— Não, sua avó. Parece que ela fugiu da casa de repouso Willows. Nem sinal dela, exceto um bilhete em que se lia apenas "*Adios*, idiotas". Não fazemos ideia de como ela conseguiu essa proeza; tudo que sabemos é que ela não deve ter agido sozinha. Fizemos uma busca nos arredores e não há sinal dela. Além disso, uma testemunha acha que a viu dirigindo um veículo, um Reliant Robin dos anos 1970, para ser exato. Com um garoto no banco do passageiro que batia com sua descrição. Quando fomos informados do seu desaparecimento, presumimos que era você.

Noah apoiou a cabeça nas mãos.

— Ah, meu Deus! Ela tem demência; pode ter ido para qualquer lugar!

— Eu sei. É por isso que estamos tentando encontrá-la. Ouça, nos dê um minuto para encerrarmos aqui e o levaremos de volta a Little Fobbing, para que você possa ajudar na busca.

Noah olhou para Sophie.

— Soph, sei que estávamos nos cortejando e tudo mais, só que preciso voltar a Little Fobbing. Preciso ajudar a encontrá-la.

— Claro. Tudo bem. E quanto essa coisa de "corte", quer dizer…

— Gostei do beijo, então não posso ser gay!

— Não, não gostou, e sim, você é.

Noah se pôs de pé e puxou o cobertor ao redor do seu corpo.

— Bem, precisamos discutir esse assunto mais detalhadamente uma outra hora. Obrigado pela hospitalidade.

— Noah, só mais uma coisa. — Ela o parou. — Aquilo que você disse sobre Jess e a gravidez… fiquei pensando e lembrei de algo.

— Do quê?

— Eu estava em uma festa na casa de Jess, acho que umas seis ou sete semanas atrás, e houve uma confusão em determinado momento, porque Jordan Scott aparentemente tinha entrado em um dos quartos e surpreendido duas pessoas que realmente não deviam estar ficando.

Noah se lembrou da noite em que Jordan Scott entrou no quarto em que Harry e ele estavam. *Estou sempre surpreendendo pessoas que não deviam estar juntas*, ele disse.

– Quem ele surpreendeu? – Noah perguntou.

– Bem, isso que é estranho – Sophie disse. – Eu queria ir para casa e meu casaco estava naquele quarto, então eu me dirigia para lá quando a confusão aconteceu. Uma das pessoas era, sem dúvida, Jess, mas, quando cheguei ao quarto, não havia nem sinal da pessoa que havia estado lá com ela; quem quer que fosse, havia saído pela janela, descido até o telhado da garagem, pulado para o jardim e fugido – e isso não é pouco. Escapar por uma janela alta é complicado, não é, Noah?

Noah lançou a ela um olhar que dizia *isso não é engraçado*.

– E Jordan também não disse nada, o que significa que ele estava sendo subornado, ameaçado ou leal a alguém que considerava um amigo ou que admirava.

Noah suspirou.

– Há muitas variáveis. Não tenho certeza se essa história nos diz algo.

– Mas achei isto, na cama – Sophie disse, colocando um pequeno objeto na mão de Noah. – Peguei achando que alguém postaria no Facebook que havia perdido isso, mas ninguém postou. Imagino que seja porque isso coloque a pessoa naquele quarto com Jess.

Noah segurou o objeto entre os dedos.

– Ora, ora, ora – ele disse. – Sei exatamente a quem isto pertence.

Ele estava sentado no banco traseiro da viatura, perdido em seus pensamentos, a caminho de Little Fobbing. O que Sophie tinha achado era uma pista importante, mas ele precisava de mais provas. Algo que não fosse circunstancial.

De todo modo, aquilo não importava muito. O que importava *de verdade* era a sua avó. Nem em um milhão de anos ele teria imaginado que ela conseguiria levar a cabo seu plano. Parecia tão implausível. Impossível. Certamente, a casa de repouso devia ter segurança para evitar aquele tipo de coisa, não? Como diabos aquilo havia acontecido?

– Então quer dizer que minha mãe disse que eu estava desaparecido? – ele perguntou.

– Não foi bem isso que aconteceu – disse a policial, se virando para o banco de trás para olhar para ele.

– O que *exatamente* aconteceu? – ele perguntou, mal-humorado.

– Bem, basicamente, fomos até sua casa quando deram pelo desaparecimento de sua avó, e sua mãe decidiu ajudar na busca porque achou que ela poderia estar por perto. Então, sua mãe foi até o quintal para pegar uma lanterna no barracão e...

Noah se encolheu.

– Houve uma gritaria dos diabos no quintal – a policial continuou –, então corremos para lá, e encontramos sua mãe batendo em um homem – que era o seu pai – com uma vassoura. Ele estava morando em segredo no barracão.

Noah baixou os olhos para o assoalho do carro.

– É claro que, como seu pai esteve implicado em diversos roubos e golpes menores nos últimos dez anos, o levamos para a delegacia para interrogatório. Na verdade, para sua própria proteção. Parece que ele deve dinheiro a muitos moradores da cidade e, se eles soubessem de seu paradeiro, tenho certeza de que eles apareceriam com tochas e forcados. – Ela deu uma risadinha, como se aquilo fosse de algum modo engraçado.

Excelente. Pelo menos, seu pai não o havia dedurado para a polícia.

– Ele disse que você o ajudou a se esconder lá – o policial falou, olhando para ele pelo retrovisor.

Noah respirou fundo.

– Não tenho nada a declarar.

Ele olhou de relance para o espelho e viu o policial sorrindo para ele.

– Não tem problema – o policial acrescentou. – Você não sabia que ele era um homem foragido. Sabia?

– Não, é claro que não! – Noah disse. – Sou muito honesto e confiável. Pode perguntar na escola. Sou um dos melhores em tudo.

Deus! Seu pai era totalmente egoísta e só cuidava de seus interesses.

– Seu pai muito gentilmente nos disse que você talvez estivesse em Milton Keynes. Ele disse que você tinha uma quedinha por uma garota chamada Sophie que havia acabado de se mudar para lá. Então localizamos o pai dela e pegamos o endereço com ele.

Noah fez uma careta. *Quedinha?* E que diabos a polícia havia dito para o pai de Sophie? *Que ótimo.* O pai de Noah não poderia simplesmente ter ficado de boca fechada? Será que estava tentando cooperar com a polícia para ver se conseguia redução da pena?

Houve barulho de estática em um dos rádios e alguém disse algo que Noah não conseguiu entender.

– Entendido – disse a policial. – Estamos indo para lá. – Ela se virou para o banco traseiro novamente e olhou para Noah. – Ok, ela foi encontrada.

– Ok.

– Mas… se envolveu em um ATT; isto é, um acidente de trânsito.

– Mas ela está bem?

– Está em uma ambulância a caminho do Lincoln County Hospital. Aparentemente, está acordada e conversando. Chegaremos lá o mais rápido possível.

Ele sentiu os ombros relaxarem um pouco e se recostou no assento, tranquilizado pelo fato de a avó aparentemente não estar ferida. Eles estavam a uns trinta minutos de distância. Trinta minutos para chegar lá e para ligar os pontos.

Noah continuou olhando para frente enquanto um enfermeiro alto e bem definido (e muito sensível) o guiava por um corredor. Ele sempre se sentia particularmente à vontade perto de profissionais de saúde como aquele. Provavelmente, era só o fato de saber que, se Noah se engasgasse, tivesse um ataque cardíaco ou apenas uma verruga, eles saberiam exatamente o que fazer para salvá-lo.

De mal a pior

Além disso, enfermeiros como aquele não só tinham excelente forma física, mas também eram sabidamente pessoas gentis, que banhariam seu corpo com uma esponja macia e quente, se fosse necessário, e tocariam sua testa febril com ternura enquanto sussurrariam palavras doces em seu ouvido.

– Está tudo bem? – o enfermeiro alto e bem definido (e muito sensível) perguntou.

– Sim. Por quê? – Noah disse.

– É que você estava meio que... meio que *gemendo*.

– Dor de barriga – Noah disse, passando a mão no abdômen, e se perguntando que diabos havia de errado com ele. *Sua avó está num hospital! Ela pode estar bem, mas, pelo amor de Deus, mantenha o foco!*

– Posso fazer algo para ajudá-lo?

Noah olhou para o enfermeiro alto e bem definido (e muito sensível) e se perguntou: *O que fiz para merecer tanta gentileza?* O cara não poderia ser mais amável e perfeito, nem se tentasse. Além disso, era australiano.

– Você está gemendo de novo.

– Vou ficar bem – Noah garantiu.

– Pode esperar aqui – o enfermeiro disse, abrindo a porta que dava para a sala de espera dos parentes. – Assim que tivermos feitos os exames iniciais, virei falar com você. O garoto que estava no carro com ela também está aqui. Ele não nos disse nada, mas talvez você consiga fazê-lo contar o que aconteceu, quem sabe?

Noah murmurou um agradecimento e respirou fundo. Ele sabia exatamente o que encontraria do outro lado daquela porta. Ou, mais precisamente, *quem*. Ele empurrou a porta.

– Ora, ora, ora – Noah disse. – Meu meio-irmão, suponho?

– Oi, Noah.

– Olá, *Eric*.

Capítulo 40

Eric bateu palmas para ele devagar.

– Parabéns, Noah. Chegou aqui, no fim das contas.

– Oh, cale a boca, seu *imbecil* – Noah soltou, fechando a porta com violência atrás de si e ficando parado no meio da sala com as mãos na cintura. – Que diabos você fez?

– Fiz o que eu tinha que fazer, meu amigo. Fiz o que tinha que fazer.

Noah respirou com dificuldade, mal conseguindo controlar a raiva que crescia dentro dele.

– É mesmo? Então é melhor começar a falar; do contrário, *eu* vou fazer o que tenho que fazer!

– Ah, é? E o que seria?

Noah olhou de relance para ele.

– Prefiro evitar um ataque físico no momento – ele fungou –, então pode se considerar um cara de sorte. Mas todo mundo sabe que a pena é mais forte que a espada. Então, tome cuidado!

– O que vai fazer? Escrever um poema devastador sobre mim? – Eric deu uma risadinha. – Quem revelou minha identidade?

– Sou eu quem faz as perguntas aqui! – Noah disse triunfante, como se fosse o policial protagonista de uma série de TV.

Eric deu de ombros, se recusando a olhar para Noah. Então pegou o celular como se aquela fosse uma situação totalmente casual, totalmente tranquila, e como se não estivesse acontecendo nada de mais.

– Há-há! Guarde esse celular agora, mocinho! – Noah sibilou. – Guarde imediatamente!

Eric riu novamente e enfiou o aparelho de volta no bolso.

— Ninguém revelou minha identidade, não é? Tudo isto é uma grande surpresa para você!

— Isso é uma estupidez sem tamanho, Eric — Noah disse, ou como gente vulgar como você costuma dizer, é uma grande *besteira*. Eu já sabia, beleza? Pista Nº 1: minha mãe me contou sem querer sobre meu irmão secreto que estava no mesmo ano que eu na escola. Pista Nº 2: a vó sem querer confirmou que meu irmão era do sexo masculino durante uma conversa. Pista Nº 3: quando você foi à minha casa vender o cartão de memória, minha mãe sabia quem você era, mas ela não conhece ninguém da minha série. Então, como ela podia saber o *seu* nome? Pista Nº 4: você mencionou o "Projeto *Adios*" no início do seu vídeo ilegal, e a vó deixou um bilhete em que estava escrito "*Adios,* idiotas!" na casa de repouso. *Adios* é uma palavra *espanhola* e, é claro, por acaso a Espanha era onde o papai estava. Era muita coincidência! Pista Nº 5: meu pai fala igualzinho a você, todas essas gírias de malandro e esses termos de coroa pilantra. Pista Nº 6 — Noah limpou a garganta e olhou pela janela — há um argumento fraco e pouco convincente de que nós somos vagamente parecidos.

— Sim, muita gente diz isso — Eric afirmou.

— Diz?! — *Aquilo era humilhante!*

Eric deu de ombros.

— Bem, nós dois somos meio baixinhos…

— Ainda estou em fase de crescimento! — Noah exclamou. — Só entrei na puberdade na metade do nono ano, então, toma! *Ainda estou em fase de crescimento.*

— Nós dois temos cabelos escuros com tendência à oleosidade…

Noah ergueu a mão para calar Eric.

— Ouça, *rapaz,* eu uso um xampu muito caro com extrato de melaleuca e toranja, então *tendência à oleosidade,* como você disse de forma tão eloquente, não é algo que se possa dizer do meu cabelo! — *Que garoto irritante!*

— Quando fui visitar a vó pela primeira vez, ela achou que eu fosse você — Eric disse.

– Ela tem demência, Eric!

Eric suspirou e baixou os olhos para o chão.

– De qualquer modo – Noah continuou –, considerando todas as probabilidades, você era o candidato mais provável e, quando a polícia disse que a vó tinha fugido com alguém que batia com a minha descrição, tive certeza, embora a polícia estivesse errada nesse sentido, porque, na verdade, não somos nada parecidos. A propósito, por onde você andou nos últimos dias? A polícia estava procurando você; foram à minha casa!

Eric ergueu os olhos para Noah com ar de esfinge.

– Desculpe, mano. Mas não é da sua conta.

– Bem, essa resposta não basta! Tenho certeza de que a polícia…

– Que parte do "não é da sua conta" você não entendeu, Noah? – Eric lançou a ele um olhar frio e demorado. – Faça a si mesmo um favor e esqueça essa história, certo?

– Tudo bem – Noah disse, incomodado. – E há quanto tempo você sabe sobre… nós?

– Há alguns anos – Eric disse, olhando para cima. – Descobri que a sua mãe estava dando dinheiro à minha mãe.

Noah assentiu.

– Sim. Sua mãe estava chantageando a minha, não é? Esse é o tipo de coisa que a sua família faz, não é? Deve ter ameaçado quebrar o joelho dela se ela não colaborasse, não foi?

– Você acha que eu não presto – Eric disse.

– Imagine!

– Na verdade, foi por causa do marido da minha mãe, o cara que eu *achava* que fosse meu pai.

– Você se refere ao Cachorro-Louco-de-Dentes-Afiados Smith? Eric suspirou.

– Sim, também conhecido como *Colin*.

– Ele perdeu o olho em uma briga! – Noah disse.

– É isso o que ele diz às pessoas. Na verdade, é uma deformidade congênita. Ele nasceu assim.

– Oh.

— Mas ele *é* um pilantra maluco e violento. Não tenha dúvidas. E, se ele soubesse a verdade, se ele soubesse que não era, de fato, meu pai, ele teria… – Eric fez um gesto de garganta sendo cortada. – Entendeu?

Noah assentiu.

— Então o meu pai de verdade, *nosso pai,* não quis que nada de ruim acontecesse comigo nem com a minha mãe, para sua própria segurança – Eric continuou. – Manteve distância, fingiu que não tinha acontecido. Mas acho que sua mãe tem coração mole, sentiu pena de nós, ou talvez só quisesse manter tudo em segredo, então começou a dar dinheiro para minha mãe, por baixo dos panos, tipo, o que nosso pai tinha enviado para ela. Não era muita coisa, acredite em mim. Ele jamais pagou o que deveria ter pago. Mas bastava. Quer dizer, ele tinha *dois* filhos, afinal. Não poderia simplesmente fingir que eu não existia.

— É uma pena, Eric.

— Foi aí que descobri a verdade. Colin, o cara que eu achava que fosse meu pai, não era meu pai coisa nenhuma. Meu pai de verdade, *nosso* pai, morava na Espanha.

— Como você o encontrou? – Noah perguntou.

— Paguei algumas pessoas e elas fizeram a busca.

— Bem, tentei pesquisar no Google, mas…

Eric sorriu malicioso.

— Fui um pouquinho além de uma pesquisa no Google, Noah. A busca envolveu ir atrás de empresas de fachada e contas em bancos estrangeiros. Uma rede de conexões que estava tão escondida que nenhuma autoridade fiscal do mundo poderia encontrá-la. Cara esperto, o nosso pai.

— Sim, verdade – Noah bufou –, mas você quer que eu acredite que você pagou… o *Anonymous* ou outro grupo de hackers para encontrar o pai?

— Não o *Anonymous*, exatamente – Eric explicou –, mas pessoas com interesses parecidos.

— Bem, você não precisava ter se dado ao trabalho. O endereço dele está lá, para todo mundo ver, nas cartas que ele enviou para a minha mãe.

Eric balançou a cabeça.

– Aquele nem era o endereço real dele. Ele não morava lá, era só um escritório que recebia correspondência em nome dos clientes.

– Veja só! Você sabe tudo, não é? – Noah disse. – Bem, também sei algumas coisas, e sei o que você estava tramando. Seu plano era conseguir dinheiro com suas chantagens para ir confrontá-lo! Exigir o que era seu por direito! A pensão que ele não tinha pago todos esses anos! E, se ele não pagasse, você ameaçaria contar tudo para o Cachorro-Louco-de-Dentes-Afiados Smith! Ah, sim, isso é…

– Não.

– O quê?

– Meu plano era bem maior que isso, Noah. – Eric sorriu. – Quem se importa com umas centenas de libras aqui e ali? Eu não queria tirar dinheiro dele. Eu queria *me unir* a ele. Eu queria entrar no esquema de negócio dele. Queria ser aprendiz dele. O dinheiro que arranquei de você e de todos os outros – aquele era o dinheiro que eu investiria. Eu queria participar, ser um acionista; não queria dinheiro de pensão. Não sou uma criança que precisa de cuidados.

Noah olhou fixamente para ele. Nunca em um milhão de anos ele teria imaginado que fosse aquele o caso. Seu pai e Eric? Juntos em um negócio? Parecia loucura.

Mas, ao mesmo tempo, Noah não conseguia deixar de se sentir afrontado pela ideia, por mais bizarra que fosse. Por que Eric achava que o pai o escolheria para ser seu parceiro de negócio? Totalmente ao contrário de Eric, Noah tinha excelentes habilidades de desenho e redação (comprovadas pelo período em que foi editor-chefe da revista da escola, a *Fobb Off!*), tino financeiro (tesoureiro do Clube de Escoteiros) e um senso afiado para um bom atendimento ao cliente (monitor da cantina no oitavo, nono e décimo anos). Se alguém em sã consciência tivesse que escolher um parceiro de negócio, escolheria Noah.

– Por que envolveu a vó se já tinha tudo planejado? – Noah perguntou.

– Para poupar o dinheiro da passagem, certo? – Eric disse. – Assim que ficou claro que ela queria escapar da casa de repouso e que o amigo dela, Dickie, tinha um carro, me pareceu uma escolha óbvia. Eu chegaria à Espanha sem gastar, ela teria sua fuga. Mais grana para o meu primeiro investimento.

– Ela tem demência! – Noah gritou. – Como você pôde ser tão incrivelmente estúpido, Eric?

Eric deu de ombros novamente, como se aquilo não importasse.

– Na verdade, eu não sabia disso. Ela era bastante sensata… na maior parte do tempo. Bem, agora que você mencionou, *apenas parte* do tempo. Mas eu não sabia da demência; só achei que ela fosse velha!

– Sabe, tenho vivido um *inferno* esses últimos dias – Noah soltou.

– Ah, buá, Noah. Buá-buá.

– Certo, tudo bem. Mas quando a polícia aparecer fazendo perguntas, não espere que eu lhe faça algum favor. Irmão ou não irmão, eu te odeio, você é total…

– Noah…

– Vai se f#@$!

– Noah…

– Seu *merdinha*.

– Noah…

– E, o mais importante, eu nunca me meti em confusão, geralmente sou um bom garoto…

– Até seus peidos são cheirosos, não são? – Eric provocou.

– Na verdade, Eric, eu não peido. Peidar é uma *escolha*. Eu prefiro não fazer isso porque é nojento. Como você. – *Ponto para mim*, Noah pensou. *E ainda farei muitos outros pontos antes desta nossa conversinha terminar!*

– Sei quem é o pai do filho de Jess Jackson.

Noah parou de repente.

– Sabe?

Eric assentiu.

– Bem, eu também sei – Noah disse, seus batimentos cardíacos começando a ecoar em seus ouvidos.

– Mas não tem nenhuma prova concreta, tem?

– Tenho – Noah afirmou.

– Não tem. Não como esta. Minha prova é, como dizem, *incontestável.*

Ele estava blefando. Noah tinha certeza.

– Impossível.

– Naquele dia em que você ficou preso na estrutura de escalada na aula de Educação Física com uma ereção...

– Isso não é verdade! – Noah guinchou. – Não tive... Não tinha nada acontecendo nessas partes! – Ele limpou a garganta. – Mas prossiga.

– Eu estava gravando uma coisinha com meu celular.

– Sim, eu vi, seu *pervertido* – Noah disse.

– Em determinado momento, saí para o corredor que leva à recepção do ginásio de esportes. Eu queria ver o que eu tinha gravado.

Noah assentiu. Ele se lembrava de Eric ter saído.

– E foi então que eu os vi – Eric explicou. – Eu me escondi no canto e filmei a coisa toda. Uma conversa que não era para ninguém ter presenciado.

É claro! É claro que ele tinha filmado. Como sempre fazia.

– Eric, eu... Está dizendo que há prova concreta, é isso? No seu celular?

– Isso – Eric respondeu, sorrindo e mostrando seus dentes que eram um verdadeiro desafio ortodôntico.

– Posso... Será que você poderia me mostrar gentilmente a gravação? Talvez, eu possa dar uma olhadinha? Só uma espiada? Na gravação? Ver o que ela mostra? Confirmar minha teoria? Posso? Eu... eu sei que tenho tratado você mal. Sei disso. E estou pedindo para você me ajudar. Estou implorando perdão. Ando sob muita pressão e não estou raciocinando direito. Sinto muito. Está me ouvindo? Estou pedindo desculpa por tê-lo insultado. Você não é um merdinha. Você é... um cara bacana. Um cara legal. Alguém que eu...

Eric entregou a ele o celular.

– Saca só.

Noah deu o play e assistiu de olhos arregalados aos eventos se desenrolarem na tela. Noventa segundos de vídeo em alta definição que mudavam tudo.

– Excelente – Noah disse quando terminou de assistir.

Capítulo 41

— O que aconteceu? Como ela está? Ah, Deus! Vocês dois estão aqui juntos; vocês sabem de tudo, não? – sua mãe tagarelou, irrompendo na sala ofegante e agitada, com Josh atrás de si.

– Oi, mãe. Sim, posso dizer que Eric e eu sabemos *de tudo*. Das mentiras, da enganação, da desonestidade, veio tudo à tona. *Quase* tudo, pelo menos.

– Como se *você* pudesse falar dos outros, Senhor Guardião da Moralidade! – ela disse. – Escondendo seu pai no barracão! Viu só, Noah? Seu arremedo de pai consegue manipular as pessoas para que façam coisas, guardem segredos. Ele é desprezível assim!

Noah assentiu.

– É verdade. Algumas pessoas têm muita lábia. Conseguem levar os outros a fazerem coisas que nunca imaginariam fazer. Por que não se senta, mãe? Josh? Acomodem-se. – Ele se levantou e começou a andar de um lado para o outro da sala, imaginando uma lareira crepitante atrás de si e um tapete de urso.

– Noah, o que está acontecendo com sua avó? Ela está bem, ou…?

– Nos garantiram que ela está bem, e agora estamos aguardando a equipe médica terminar os exames de rotina. Está tudo bem, e a vó ainda vai viver muitos anos, durante os quais você jamais a visitará, então não se preocupe – Noah disse. – Enquanto isso, reuni todos vocês aqui…

– *Do que está falando?* Tomou alguma droga? – sua mãe perguntou. – Você não nos reuniu aqui; *você* fugiu, mocinho, e não conseguimos encontrá-lo!

– Só fiz uma pequena viagem – Noah sibilou. – A Milton Keynes. Não preciso informá-los de cada passo que dou. *Vocês* certamente não fazem isso.

Sua mãe suspirou e se sentou em uma das cadeiras.

– Apenas sente, Josh. É mais fácil, acredite em mim.

Noah observou Josh sorrir com malícia e se sentar ao lado de sua mãe, segurando a mão dela de forma nojenta, como se tudo aquilo fosse realmente preocupante para ela.

– Preciso aproveitar a ocasião, mãe – Noah explicou.

– Na verdade, Noah, tudo isso tem sido muito angustiante. Sei que você acha que odeio sua avó, mas não é verdade. Eu só odeio ir à casa de repouso, só isso.

– Por que, mãe? Porque faz lembrar de quão próxima você está do frio abraço da morte, agora que já chegou aos quarenta?

– Você é que será abraçado pela morte se não tomar cuidado com a língua! – a mãe retrucou.

Noah girou no próprio eixo, afastando sua capa imaginária enquanto prosseguia.

– O mistério da gravidez de Jess Jackson escapou a grandes mentes, inclusive à minha – Noah começou, ignorando os olhos revirados de sua plateia. – Por que uma garota como ela inventaria uma história tão ridícula? Qual seria a verdade por trás daquilo? *Quem seria, de fato, o pai da criança?*

Sua mãe suspirou.

– Preciso de um cigarro.

– Você precisará de muito mais que isso quando eu tiver terminado – Noah disse. – Mas vamos ao que interessa. Consegui – e não vou dizer como – uma gravação em vídeo de Jess Jackson dizendo ao seu namorado, Kirk, que estava grávida dele.

– Eu sabia! – Josh exclamou. – Aquela garota é muito cara de pau! Que bom para você, Noah, que conseguiu uma prova. Então Kirk a dispensou e ela culpou você pela gravidez, só para que os pais não ficassem furiosos com ela!

– Interessante que você conheça tão bem os pais dela, Josh – Noah observou, se virando e olhando para ele, apoiado no aparador de sua lareira imaginária, enquanto bebia um conhaque fictício.

Josh deu de ombros.

– Sim, conheço Jess. E os pais dela. Tudo ali tem a ver com aparências. Com o que os outros vão pensar sobre eles.

– A ruína de muitos – Noah disse com um olhar distante, sabendo muito bem que aquilo se aplicava a Josh também.

– Adoraria ver a cara do pai dela quando ele descobrir – disse sua mãe.

– Minha história ainda não terminou! – Noah exclamou. – Então. Confrontei Kirk com a evidência – ele prosseguiu, recomeçando a andar pela sala –, mas Kirk não era o pai, é claro.

– Achei que você tivesse um maldito vídeo mostrando que era ele, não? – sua mãe disse.

– Eu *tinha*. Mas o que ninguém sabia, nem Jess, nem ninguém mais, era que Kirk… O tratamento de câncer que ele fez quando criança teve o efeito indesejado de deixá-lo estéril. Ele não podia ser o pai de jeito nenhum.

– *Cara*. Isso é… Então, voltamos à estaca zero? – disse Josh.

Noah deu um suspiro teatral.

– Parece que sim – ele disse. – Ah! Já ia me esquecendo… Tenho algo para você, Josh!

Noah enfiou a mão no bolso e tirou de lá o pequeno objeto que Sophie havia lhe dado.

Um brinco. Quadrado e brilhante. Como um diamante.

– Meu brinco! – Josh exclamou. – Onde o achou?

– Uma pessoa o encontrou perdido. É seu, não é?

– Nossa, cara! – Josh disse, pegando o objeto da mão de Noah. – Adoro este brinco. Achei que nunca mais fosse encontrá-lo. – Ele examinou o brinco e o colocou na orelha.

Noah tinha que admitir que ele ficava muito bonito.

– Bem, isso foi muito interessante… – a mãe de Noah começou a dizer.

– Ah, desculpe, mãe, mas ainda não terminei – Noah disse, abrindo um sorriso. – Cerca de uma semana atrás, fiquei preso em uma estrutura de escalada na aula de Educação Física com… com um *probleminha.* Bem, quando digo *probleminha,* quero dizer… um problema *razoável.* Ou pouco abaixo da média. Enfim, eu estava preso na estrutura de escalada com um *problema* um pouco abaixo da média. E foi quando Jess Jackson entrou correndo no ginásio de esportes com um monte de seus *flyers* idiotas nas mãos.

– Aonde quer chegar com isso, Noah? – perguntou sua mãe.

– Jess Jackson *entrou correndo.* Ela deveria estar fazendo exercícios com o resto da turma, mas *entrou correndo.* Ela obviamente pegou seus *flyers* na recepção do ginásio de esportes, mas o que ela estava fazendo lá, para início de conversa, se devia estar na aula de Educação Física?

– Tinha ido ao banheiro? – sua mãe arriscou.

– Ou tinha ido se encontrar com alguém? – Noah indagou. – O melhor momento para se encontrar com alguém na escola, se não quiser que os outros saibam, é quando todos estiverem na aula. Quem era essa pessoa com quem ela tinha ido se encontrar e da qual não queria que ninguém soubesse?

– Bem, diga logo, porque estamos *loucos* para saber! – a mãe zombou.

– A outra pessoa que estava fazendo coisa errada naquele dia era Eric – Noah continuou. – Ele estava ocupado filmando as garotas com seu celular, para fins que não posso imaginar.

– Masturbação – Eric soltou.

– Obrigado, Eric. Era uma pergunta retórica! Eu não estava perguntando de fato e ninguém quer saber – Noah disse. – Eric escapuliu do ginásio de esportes em determinado momento e, por pura sorte, viu Jess Jackson conversando com nosso desconhecido misterioso. E Eric, como sempre, decidiu filmar o encontro. Jess Jackson falando com essa pessoa e revelando que estava grávida. Ela dizendo que estava bêbada quando havia ficado com essa pessoa em uma festa em sua casa algumas semanas antes, e que em tal ocasião eles não tinham usado nenhum método contraceptivo. "Não", disse a pessoa. "Não pode ser meu. Tenho quase certeza de que é do Kirk… e não vou levar a culpa. Se você disser que é meu, negarei. E você não sabe se o filho é meu ou de Kirk, e você não pode obrigar alguém a fazer um teste de DNA e, mesmo se pudesse, teria que testar um monte de caras, não é? Pense em como isso seria para os seus pais!". Foi isso que a pessoa disse. Não foi… *Josh?*

Silêncio. Josh explodiu numa risada.

– Está me zoando, não está, mano?

– Não, *mano*, não estou. Está tudo gravado em vídeo, não está, Eric?

– Cada palavra – Eric assegurou.

– Que cara decente e honrado você é, Josh – Noah disse. – Envergonhando Jess, se recusando a assumir a responsabilidade por seus atos e depois ficando muito feliz em me ver levando a culpa! Quando Kirk também a dispensou, Jess entrou em pânico. Ela só precisava que *alguém* fosse o pai, para que seus pais não ficassem totalmente malucos. Como você disse, Josh, o que importa para eles é o que os outros vão pensar. Quando acabei na casa de Jess naquela noite, ela percebeu que eu era a opção perfeita. Ela mencionou o quanto seus pais adorariam que ela levasse "um garoto como eu" para casa. Eu era o alvo ideal: um sujeito nada descolado, vulnerável à doce tentação da popularidade…

– Sem experiência sexual – Eric sugeriu.

Noah fechou a cara.

– Se ela conseguisse fazer parecer que estávamos saindo havia um tempo, seria a solução perfeita. Bem, pelo menos, naquele momento. Não era um plano infalível, mas, quando se está sem saída, desesperado para evitar que sua vida seja arruinada e verdadeiramente apavorado com o que os outros vão pensar, não dá para raciocinar direito. – Ele desviou o olhar de todos e fechou os olhos por um instante. *Deus era testemunha de que ele sabia bem como era aquela situação.* Ele! Mister Inteligência. Mister Melhor em Tudo! Até ele tinha caído naquela armadilha.

Sua mãe puxou a mão que Josh segurava.

– Josh? – a mulher indagou. – Isso é verdade?

Josh riu.

– Ela fez comigo o mesmo que fez com Noah: inventou mentiras. É claro que não dormi com Jess. Nem conheço direito a garota. Nunca fui à sua... – Ele parou de falar de repente, os dedos tocando involuntariamente o brinco em sua orelha.

– Nunca foi à casa dela, Josh? Era isso que ia dizer? – Noah sorriu. – Exceto pelo fato de que foi lá que você perdeu seu brinco, não foi? Umas seis semanas atrás, em uma festa na casa dela. Em um momento de paixão ardente, vocês sem dúvida se agarraram com mãos hábeis e ávidas e se entregaram a um êxtase vil e suado, e então o brinco caiu da sua orelha. Foi quando Jordan Scott surpreendeu vocês dois e você teve que sair às pressas, deixando para trás o brinco, que foi encontrado por minha amiga Sophie.

– Josh? – sua mãe repetiu.

– Cara, eu não sei. Aquela garota já dormiu com todo mundo; qualquer um pode ser o pai da criança.

– Mas *você* dormiu com ela? – a mãe perguntou.

– Bem, *sim,* claro que sim. Sou um adolescente com hormônios em ebulição, e daí?

Os olhos de sua mãe faiscaram.

– Seis semanas atrás? Quando você e eu já estávamos saindo?

Josh riu.

– Cara, foi só uma transa!

– Bem, me recuso a ir para o xadrez por assassinato ou lesão corporal grave, então isto vai ter que servir – sua mãe disse, se levantando e olhando para ele de cima. – Você é um merda, é isso o que é. Estou farta de homens como você: arrogantes, folgados e mentirosos. Você acha que o mundo gira ao seu redor, porque passou a vida toda conseguindo que o que queria. Acha que sua boa aparência e seu corpo sarado dão a você o direito de dizer e fazer o que bem quer. De se safar. – Ela balançou a cabeça. – E frequentemente consegue isso mesmo. Mas aonde tudo isso o levou? A lugar nenhum! Você se transformou no maior babaca de merda do mundo. É isso o que você é, Josh. Um babaca de merda. Além disso, você adora o palavreado das ruas, mas todo mundo sabe que você não passa de um garoto de classe média patético que não duraria dois minutos em uma cidade grande entre pessoas cujos pais não têm cartões American Express. E você é ruim de cama.

— Isso aí, mãe! — Noah exclamou. — E diga *cadeia,* mãe, não *xadrez*, por favor. Josh? Tem algo a dizer?

Josh olhou para ele.

— Imagino que você vá divulgar os vídeos, não?

— Não, Josh — Noah disse. — Não vou. Pelo amor de Deus, tenha o mínimo de decência! Kirk é um *sobrevivente de câncer*! Posso não ser um ás do esporte nem bonitão como você, mas sou uma boa pessoa e vou respeitar a privacidade dele com relação à sua condição médica. — *E espero, assim, não ser morto.* Ele continuou, fazendo um gesto circular com a mão. — E você, Josh, terá chance de ser um pouco menos asqueroso. Eis o que você vai fazer: falará com Jess e assumirá sua responsabilidade de pai.

— O quê? Sem chance. E meu curso de Gestão Cultural na London Met?! Não poderei me divertir na universidade se estiver preso a um bebê!

Noah sorriu. Ver Josh diminuído daquele jeito era muito bom.

— Com certeza deve ter um curso perto de sua casa que lhe ensine como limpar equipamento de ginástica.

Josh se levantou e partiu para cima de Noah.

— Esta é a parte em que você tenta me matar, Josh? Só para avisar, Eric luta kung fu!

Eric olhou para cima de repente.

— Há...

Noah olhou para ele.

— Ah, *luta, sim*! Você é faixa preta!

— Você é desprezível — Josh disse.

– Não, Josh – disse a mãe de Noah, afastando Josh. – Você é desprezível. E deveria ir embora. Agora.

Josh correu os olhos pela sala e saiu furioso, batendo a porta atrás de si.

Sua mãe desabou onde estava, incapaz de olhar Noah nos olhos.

– Sinto muito por você ficar sabendo de tudo deste jeito – Noah disse.

Sua mãe ergueu os olhos e assentiu com um olhar triste.

– Fui… um pouco idiota. – Ela baixou os olhos e balançou a cabeça.

– Sim, foi – Noah concordou, surpreso e satisfeito por ela ter admitido. – Muito idiota. – *Será? Será que ela conseguiria virar a página e finalmente ser a mãe que ele merecia?*

Sua mãe olhou para ele rispidamente.

– Não precisa extrapolar.

Talvez não.

– Sabe, mãe – Noah começou –, você é tão maravilhosa, bondosa e dedicada, não sei como ninguém comprou ainda os direitos do seu livro sobre como criar filhos.

Ela olhou para Noah apertando os olhos e se virou para Eric.

– Alguém já veio examinar você? – ela perguntou.

– Estou bem – Eric murmurou.

– Por que não descemos para procurar um enfermeiro e ver se está tudo bem mesmo? Só para garantir? E, no caminho, compro alguma coisa para você na máquina de vendas.

Os olhos de Eric brilharam.

– Tipo, um pacote de balas de gelatina?

A mãe se virou para Noah e deu um sorriso maroto.

– Sim, Eric. Um pacote de balas de gelatina.

Noah revirou os olhos em resposta.

– Legal. Até depois, Noah – Eric se despediu, se levantando e se dirigindo direto para a porta.

– Veja só – sua mãe disse, tirando algumas moedas do bolso enquanto saía atrás dele. – Parece que dá para comprar três pacotes. Que sorte a sua, Eric!

Noah balançou a cabeça enquanto sua mãe fechava a porta atrás de si. Ele não estava com vontade de comer nada mesmo. Ainda não conseguia acreditar que tinha conseguido juntar todas as peças.

Mas e agora? Eric Smith era seu meio-irmão – o que *aquilo* significava? É claro que ninguém poderia saber, ou a mãe de Eric estaria em perigo por causa do Cachorro-Louco-de-Dentes-Afiados Smith. E talvez até Noah preferisse não saber: Eric continuava sendo um pilantra que obviamente não sentia remorso. E ele obviamente continuaria com seus segredos, como, por exemplo, por onde tinha andado nos últimos dias.

E, ainda que ele não fosse o pai do filho de Jess Jackson, a enorme tristeza relacionada ao Harry ainda o oprimia.

A porta se abriu e o enfermeiro alto e bem definido (e muito sensível), que ele havia encontrado antes, sorriu para Noah com bondade.

– Ela está bem. Está dormindo, mas está bem.

– Posso vê-la?

– Claro que pode. Venha comigo, parceiro.

Parceiro. Noah gostava quando o enfermeiro alto e bem definido (e muito sensível) o chamava assim. Aquele era um *bom* hospital. Sem dúvida, ele faria uma avaliação muito positiva do lugar na internet.

Capítulo 42

Eles tinham colocado a vó em um quarto individual pequeno no fim de uma das alas.

– Não se preocupe com o monitor cardíaco – o enfermeiro disse ao ver a expressão alarmada de Noah. – É só por precaução. A pressão arterial dela está boa e os batimentos cardíacos estão normais. Você quer um chá ou algo assim?

– Ou balas de gelatina?

O enfermeiro sorriu.

– Verei o que posso fazer.

Noah puxou uma cadeira para perto da cama, beijou a avó na bochecha e segurou sua mão.

– Francamente, vó – ele disse. – Esta não foi uma das suas ideias mais brilhantes.

Ele suspirou e olhou de relance pelo quarto. Havia uma TV na parede, uma porta que dava para o banheiro privativo e uma boa vista para o parque. Estava mais para um quarto de hotel, e Noah tinha certeza de que a avó aprovaria totalmente. Ela gostava que as coisas fossem apropriadas.

Ele sentiu um aperto no peito. *Será que ela ainda se importaria com isso?* Talvez a demência estivesse pior do que ele havia imaginado. Para ter embarcado naquele plano maluco de Eric, ela devia estar pior. Ela estava ali agora, mas, pouco a pouco, pedacinho por pedacinho, a avó estava desaparecendo.

Ela era a pessoa mais gentil, engraçada e sábia que ele conhecia. Ela o amava. E ele a amava. Mas havia muitas coisas que ele nunca tinha dito. Não tinha perguntado.

Ela era a única pessoa que o havia chamado de "bonito" ou "inteligente"... que havia lhe dito o quanto tinha orgulho dele. Ela frequentemente lhe dizia o quanto ele era importante para ela, mas ele nunca havia dito de fato o quanto *ela* era importante para *ele*.

Ela não estava morta. Mas seria tarde demais? Tarde demais para dizer algo que seria realmente importante para ela? E, naquele momento terrível, ele percebeu o quão frágil e breve era a vida. Que só estamos aqui por um período relativamente curto. E que esse tempo pode ser abreviado ainda mais por um revés, um infortúnio.

Não se deve deixar para depois as coisas que se quer. Não se deve esperar até amanhã para dizer às pessoas queridas o quanto você gosta delas. Não se pode garantir que você terá essa chance de novo.

E ele não achava que alguém diria a si mesmo em seu leito de morte: *Sabe, nunca fiz o que queria, nunca fiz nada controverso, nunca usei aquela roupa fabulosa, nunca disse o que realmente achava, nunca beijei aquela pessoa,* mas, pelo menos, nunca ninguém fofocou ao meu respeito ou falou mal de mim pelas costas. *Posso morrer feliz.*

Por que precisamos ficar diante do pior, antes de ver o que realmente importa?

A porta se abriu um pouquinho.

– Noah?

Ele se virou e viu Harry enfiando a cabeça pelo vão da porta, usando uma jaqueta Parka azul, com as bochechas vermelhas por causa do frio. A borda de pelo do capuz da jaqueta de Harry parecia quentinha. Parecia macia. Era fofa como um cãozinho. E, de repente, tudo se agitou dentro dele e ele começou a chorar. Exatamente como da última vez que ele tinha visto Harry. Ele realmente precisava se controlar.

– Como ela está? – Harry perguntou, entrando no quarto. – Acalme-se, vai ficar tudo bem – ele murmurou enquanto Noah se levantava e se jogava em seus braços.

– Ela está bem – Noah disse, engolindo as lágrimas e enterrando o rosto no ombro de Harry. – Ela vai ficar bem. Por enquanto.

– Que bom.

Noah fungou, se separou de Harry e enxugou os olhos.

– Pensei… Não achei que você quisesse vir, quer dizer… – Ele puxou um lenço do bolso e assoou o nariz. – Por que você veio?

– Porque a avó do meu melhor amigo está no hospital e eu sabia que ele estaria totalmente arrasado, porque a ama mais que tudo. – Harry tirou o casaco e o pendurou no encosto da cadeira. – Fala sério! Precisava mesmo me perguntar isso?

Noah deu de ombros.

– Desculpe. Só achei que você estaria ocupado com Connor. Eu não sabia se… Desculpe. – Ele olhou de relance para Harry e tentou dar um sorriso de arrependimento, mas o que queria mesmo era outro abraço. Havia algo muito caloroso e reconfortante nos abraços de Harry. Os braços e ombros de Harry eram fortes e suaves ao mesmo tempo. O pescoço de Harry era estranhamente atraente. Noah meio que queria… cafungar ali. Aquilo era esquisito? Mesmo se fosse, ele ainda queria. E o casaco de Harry cheirava a amaciante de roupas, Lenor Moonlight Harmony, se Noah não estivesse enganado. *Ótima escolha.*

Harry segurou no ar um pacote de balas de gelatina.

– Um enfermeiro muito gato pediu que eu entregasse isto a você. Arranjou um admirador, não foi?

Noah conseguiu dar uma risadinha hesitante, suspirou e assoou o nariz de novo.

– Desculpe, isto não é nada atraente, eu sei – ele murmurou, tentando dobrar o lenço de pano encharcado da melhor forma possível. Ele olhou de esguelha para Harry, que estava olhando para ele e sorrindo, aquele sorriso irresistível.

– O que foi? – Noah indagou. – Sinto muito, beleza? Sei que agi feito um imbecil com relação a muitas coisas.

Harry deu de ombros.

– É? Tipo o quê?

– Tudo, *você sabe.* Sinto muito, de verdade.

Harry assentiu.

– Tudo bem.

– Tudo bem.

Noah olhou para a avó. E depois olhou de novo para Harry. Harry ainda olhava para ele com seus olhos castanhos penetrantes. O que mais Harry queria? Ele olhou para a avó mais uma vez, e depois olhou sutilmente para Harry de canto de olho para ver se ele ainda estava olhando para ele, *e ele estava*. O que diabos estava acontecendo?!

– Ok – Harry disse por fim. – Isto é loucura. Vou dizer uma coisa e quero que você escute sem dizer nada. Nem uma palavra, mesmo. Tudo bem?

Noah assentiu, lábios comprimidos.

– Ok – disse Harry. – Vou dizer algumas coisas que *sei* e algumas coisas que *acho*. Vamos começar pelo que eu sei, porque é mais fácil. Sei que não há mais ninguém no mundo com quem eu goste tanto de estar. Sei que você me entende como ninguém mais, e sei que eu entendo você de verdade e, sem querer ser arrogante, acho que isso provavelmente é algo raro. Por exemplo, sei que você preza as regras de etiqueta na hora de passar manteiga no pão, como daquela vez que estávamos na Pizza Express e eu passei manteiga *no pão todo*, em vez de parti-lo em pedacinhos e ir passando manteiga em cada um deles.

– Como uma espécie de *homem das cavernas*! – Noah completou. – Praticamente pegando nacos de carne com as mãos e jogando os ossos por cima do ombro.

Harry olhou para ele atônito.

– Desculpe, isso foi… muito rude da minha parte – Noah disse.

– Tem muitas outras "coisas que eu sei" que são engraçadas, mas não vou falar delas agora…

– Ah, não! Pode falar! Fale! Vou ficar calado – Noah assegurou, colocando o dedo indicador na frente dos lábios.

Harry hesitou um momento antes de limpar a garganta e continuar.

– Sei que irrito muito você quando subo o tom no fim de uma frase quando nem é uma pergunta. Tipo assim? Tipo, essa é a pior coisa que eu poderia fazer?

– AAHHHH!

– Você disse que ficaria calado.

Noah respirou fundo.

– Insuportável.

Harry estendeu o braço e pôs a mão no ombro de Noah.

– Sei que somos amigos desde sempre. Sei que eu gostaria que fôssemos mais que amigos. Sei que não é que eu apenas goste de você; o que eu sinto por você é muito maior, e mais forte, e muito mais incrível que isso. Sei que não quero ficar sem você. Sei que quero beijá-lo. Sei que quero ir além de um beijo. Sei que você está assustado e sei que tudo isso surgiu de repente, e sei que você, às vezes, se preocupa demais com o que os outros vão pensar.

– Mas eu *acho* que o sentimento é recíproco. – Harry continuou. – Acho que você também gosta de mim, mas acho que você tem dificuldade de dizer isso em voz alta, porque fica nervoso ao pensar o que isso significa, e você, na verdade, é tímido, e eu acho isso fofo.

Harry tirou a mão do ombro de Noah.

– Então, minha proposta é a seguinte: Connor gosta mesmo de mim e, você sabe, ele é um garoto bacana. Mas não é o *meu* garoto. O meu garoto é *você*, Noah Grimes. E eu disse isso ao Connor. E ele é legal, ele entende. Não quero ficar com Connor; quero ficar com você. E acho que você quer ficar comigo. E você não precisa dizer nada. É difícil para você, entendo isso, então não diga nada. A menos que eu esteja enganado. A menos que eu tenha entendido tudo errado e que eu seja um idiota. Nesse caso, você tem que dizer alguma coisa. Você precisa me dizer.

Noah o olhou nos olhos.

– Não.

– Não?

– Não, Harry. Eu *quero* dizer uma coisa.

Harry assentiu e engoliu em seco.

– Ok.

– Então… eu também sei e acho algumas coisas. E não dizer nada a respeito não é bom, porque acho que precisamos dizer às pessoas essas coisas. Porque nunca se sabe quando... – Ele indicou a avó. – Certo? Quando será tarde demais.

Harry assentiu.

– E, além disso, o conselho da vó foi cale a boca e deixe que os outros digam e façam o que quiserem. E, até certo ponto, concordo com ela. Apenas os ignore. Quem se importa? Mas outra parte de mim acha que não devemos fingir ser quem não somos. Temos que ter orgulho de nós mesmos.

Harry ergueu a sobrancelha.

– Então, *acho* que tudo que você disse foi uma descrição bem... precisa de como são as coisas. Mas tenho que dizer. Tenho que dizer – ele engoliu em seco – que acho que você passou a noite toda escrevendo aquele discurso, não foi?

– Talvez – Harry disse.

– Porque, quer dizer, se aquilo foi espontâneo, tiro meu chapéu para você, *sir.*

Harry deu de ombros.

– Eu tinha pensando um pouco a respeito.

– Sabe aquele dia na enfermaria da escola, quando você chegou com um olho roxo? Por que não me disse que tinha brigado por minha causa?

– Porque você tinha dito que não precisava de proteção, então achei que você ficaria bravo.

– Posso ter mudado um pouquinho de ideia quanto a isso – Noah disse.

– Ah, é?

Noah sorriu.

– Amo você.

– Mesmo?

– Mesmo. Não sei se isso significa que sou gay. Não tenho certeza. Quanto mais penso nas coisas, menos sei. E, talvez, eu precise parar de pensar nas coisas e simplesmente... acho, o que sinto por você... – Noah engoliu em seco e olhou Harry nos olhos. – Quer ser meu namorado?

Harry arregalou os olhos.

– Você disse mesmo… isso? Tipo, de forma tão direta?

– Eu disse, eu disse – Noah falou. – Não me deixe aqui esperando.

– Não se importa que os outros saibam?

Noah deu de ombros.

– Os outros podem pensar e dizer o que quiserem. Farão isso de qualquer forma. E quem se importa?

– Ah, meu Deus…

– Eu sei – Noah concordou –, é um jeito novo e ousado de ver as coisas. Mas é o certo. E tem mais uma coisa que eu sei.

– E o que é?

– Sei que quero beijar você. Tipo, *agora*.

Harry sorriu e o abraçou, puxando o corpo dele para perto do seu, e aquilo parecia tão certo. Totalmente certo. Ele se sentia o garoto mais sortudo do mundo. Se sentia no topo do mundo. Rei do Universo! Os lábios macios de Harry contra os seus, suas bochechas se tocando, o gosto doce de…. balas de gelatina. *Harry já tinha aberto o pacote de balas que o enfermeiro gato havia dado a ele?*

Bem… não importava. Agora que eram namorados, eles dividiriam tudo… tudo que Harry tivesse seria metade de Noah por lei.

– Ah, *arranjem um quarto*!

Noah se afastou de Harry e se virou.

– Vó?!

– Estou conectada a todas as máquinas do mundo, tem essa coisa gotejando nas minhas veias, estou prestes a morrer, e vocês dois ficam aí se agarrando!

– Vó! – Noah exclamou, segurando a mão dela. – Você não está prestes a morrer, você vai ficar bem. E essa máquina é só por precaução. E o que está gotejando nas suas veias… bem, não sei o que é, para ser sincero. O enfermeiro não disse, mas tenho certeza de que é inofensivo.

– Como está o Eric? – ela murmurou, evitando os olhos de Noah.

– Ah, sim! Sobre isso! O que achou que estivesse fazendo?!

A avó deu de ombros.

– Indo ver George.

– Vó! George está morto. Ele morreu, vó!

– Você parece com ele...

– Bem, sim, talvez eu pareça, somos todos parentes afinal, mas eu...

– George?

Ele suspirou e sorriu para ela.

– Sou o Noah, seu neto. Seu neto que ama muito você. Aquele a quem você ensinou tanto, aquele que ouviu tudo que você disse a ele e que sempre usará os talheres certos, que saberá diferenciar uma taça de xerez de uma taça de vinho do porto e que respeitará as boas e velhas regras gramaticais do inglês. Então, obrigado, vó. Você é tudo para mim.

Avó sorriu para ele, pela primeira vez na vida sem palavras.

– Mas, se tentar uma coisa dessas novamente, juro por Deus, virarei um selvagem, só para irritar você! Botarei *piercings* em toda parte – eu disse *em toda parte*. Farei uma tatuagem no braço de ideogramas chineses que não sei o que significam, escutarei música no transporte público sem fones de ouvido... *Colocarei os pés nos assentos!* Mas o pior de tudo: usarei o mesmo como pronome. Entendeu?

A avó assentiu.

– Justo.

– Eric está bem, mas da próxima vez que eu tiver um meio-irmão secreto, me diga, beleza?! Isso é absurdo.

Harry se sentou na beirada da cama da avó.

– Eric?

Noah suspirou.

– Olha, tem *um monte* de coisas que preciso contar a você, e algumas delas você provavelmente achará surpreendente e outras, possivelmente, odiará, mas agora você é meu namorado, então tem a obrigação de me amar de qualquer jeito, independentemente de quão ruins sejam essas coisas, certo?

Harry sorriu.

– Pode mandar.

– Eric é meu meio-irmão secreto; ele chantageou nós dois para conseguir o dinheiro que pretendia usar para se tornar parceiro de negócio do meu pai. Que, na verdade, também é pai *dele*. E Josh, que *não* está mais namorando minha mãe, é o pai do bebê de Jess Jackson.

– Sua família é um caos. Ainda bem que você é bonito.

Noah deu uma risadinha e um empurrãozinho de brincadeira em Harry.

– Então... suponho que vocês dois tenham se acertado, não? – a avó disse.

– Sim – disse Noah. – E você, vó, é a primeira a saber. Harry e eu somos... Somos namorados! – Noah sorriu.

A avó olhou para eles.

– Certo. O bom dos garotos é que eles não engravidam. Grande parte do charme deles vem daí. Mas esperem! Tenho uma palavra para vocês dois, e é muito importante: preservativos!

Noah gemeu.

– Vó!

– Não me venha com "Vó"! Quer pegar sífilis? É isso o que você quer?

– Vó, é claro que não. – Ele sentiu as bochechas ficando vermelhas. – Mas...

– HERPES! – a avó gritou.

– Não se preocupe, sra. Grimes – Harry disse. – Tomaremos todos os cuidados com relação a isso.

Noah mal conseguia olhar para Harry. Falando *daquilo*. De *sexo*. Ele nem tinha pensado em nada daquilo.

O olhar da avó foi de um para o outro, como se ela não acreditasse em nada que eles diziam.

– Bem, vocês formam um casal muito bonito. Gonorreia! Agora, um de vocês pegue o celular – clamídia! – e bote umas músicas boas dos anos oitenta – *verrugas genitais!* – para ajudar na minha recuperação.

– Tenho a música certa aqui – Harry disse, digitando algo em seu celular e botando "Alive and Kicking", do Simple Minds, para tocar.

Noah se inclinou e beijou a bochecha da avó, e depois deu um beijo mais demorado nos lábios de Harry. Todos têm aquele momento. Aquele momento em que tudo, tudo, é simplesmente *certo*. Quando *eles* são aqueles que estão vivendo o melhor momento de suas vidas. E aquele momento era o dele. O *deles*. Porque era ali que ele queria estar. Era com aquela pessoa que ele queria estar. Aquela era sua vida. E daquele momento em diante ele iria vivê-la de verdade.

Sua mãe enfiou a cabeça no vão da porta.

– Noah, boas notícias! Acabei de falar com seu pai. Ele usou o telefonema que tinha direito para ligar para mim.

– Quer que você pague um bom advogado, não é?

– *Au contraire* – sua mãe disse, surpreendentemente usando francês, o que significava que ela estava se sentindo presunçosa por algum motivo. – Seu pai tem pensado bastante durante esse tempo na cadeia.

– Ele está numa cela da delegacia só há algumas horas!

– E percebeu várias coisas – sua mãe disse. – E, é claro, eu também tenho pensado muito ultimamente. Quer dizer, onde é que eu estava com a cabeça, ficar andando por aí com um garoto de dezenove anos? Não sou assim. Então vou parar de enrolar e falar logo, Noah. Seu pai quer renovar nossos votos de casamento.

O sangue de Noah gelou. Ele lançou um olhar duro e demorado para a mãe.

– E o que você disse, mãe?

Sua mãe sorriu docemente.

– Eu disse sim, é óbvio! Ah, Noah! Vamos tirá-lo da cadeia e ele voltará a morar conosco. Seremos uma família de novo! – Ela olhou para a avó. – Parece *ótima*, Millie. Adorei a… camisola de hospital e… o negócio de gotejamento. Boas notícias, não?

Com isso, sua mãe desapareceu e deixou Noah olhando para a porta.

A vida não era dividida em episódios agradáveis. Não existia isso de "final feliz". As coisas mal tinham começado a dar certo na vida de Noah e já ia começar um novo ciclo de inferno.

Oh, *Deus*.

AGRADECIMENTOS

É o meu nome que está na capa, mas você não estaria lendo este livro se não fossem pelas pessoas muito talentosas (e muito adoráveis) que me ajudaram ao longo do caminho. Então, sem nenhuma ordem em particular...

Agradeço a Sam Mills e Catherine Coe, que leram os primeiros esboços do livro e me deram valiosos conselhos editoriais.

Devo muitíssimo a todos da Golden Egg Academy, especialmente a Imogen Cooper por toda a ajuda e o apoio que ela me deu, e à minha maravilhosa editora na Golden Egg, Jenny Glencross, que me ajudou a aperfeiçoar e a dar forma ao manuscrito e me deu confiança para que eu "chegasse lá".

Muito obrigado a Sara Grant e a toda a equipe da Undiscovered Voices da SCBWI. Os dois primeiros capítulos deste livro foram selecionados para a antologia de 2016 e dentro de um ano eu já tinha conseguido um agente e um contrato de publicação – obrigado!

Tenho a sorte de ter a agente mais maravilhosa do mundo – Joanna Moult, da Skylark Literary, que me conduziu pela mão durante todo o processo, foi brilhante ao trabalhar o manuscrito comigo e em geral é fantástica de várias maneiras. Obrigado, Jo! Ela gerencia a Skylark com a igualmente amável e prestativa Amber Caraveo, e as duas são realmente uns amores!

A Linas Alsenas, meu incrível editor na Scholastic: eu não poderia ter desejado uma pessoa melhor, mais talentosa, mais divertida e mais adorável com quem trabalhar no processo de transformar Noah em realidade. Obrigado por me defender, e ao livro também, por todas as suas ideias e observações brilhantes e pelo apoio infinito. Você. É. Maravilhoso.

Muitíssimo obrigado também a toda a equipe da Scholastic — principalmente à minha assessora de imprensa, Olivia Horrox, a Roisin O'Shea e à equipe de marketing, a Lauren Fortune, Sam Smith, todos os outros editores fabulosos, à equipe de vendas, aos copidesques e ao incrível Liam Drane, responsável pela capa brilhante.

Travis — obrigado pelas observações e comentários. Foi ótimo saber a opinião de um adolescente de verdade!

Obrigado a todos os meus amigos, colegas escritores da SCBWI e da Golden Egg, blogueiros literários e amigos do Twitter pelo apoio, pela diversão e, conforme o caso, pelo gim.

Mãe, obrigado por acreditar em mim e por me apoiar desde o início — desde quando escrevi *Toxic Danger*! na máquina de escrever da vovó — até agora, que consegui criar um livro de verdade. Você é a melhor. E obrigado a Jonathan, Alfie, Liz, Tricia e ao resto da família; acho que papai, vovô e vovó ficariam muito contentes com Noah... mesmo que certas partes do livro os fizessem erguer a sobrancelha! Obrigado por tudo.

Sue e Peter Counsell — obrigado pelo apoio e pela generosidade, bem como pela desculpa perfeita para ir a Devon e escrever!

Por fim, há uma pessoa inacreditavelmente especial, que tem sido gentil, generosa incentivadora. Então, a Sarah Counsell, que leu o manuscrito um milhão de vezes, que esteve ao meu lado neste caminho cheio de altos e baixos desde o início e que fez o retorno na rodovia em Bristol quando percebi que tinha esquecido meu laptop (e o livro todo) em um celeiro em Devon – meu obrigado. Você sempre acreditou em mim e em Noah, e isso é tudo para mim. Este livro não existiria sem você. E agora você já pode passar por tudo de novo com o próximo!

beijos,
simon